U0033744

關山萬里情

王貽蓀、杜潤枰戰時情書與家信

（一）

Love Letters and Family Letters

Wang Yi-sun and Tu Jun-ping on the Home Front

Section I

民國日記 ｜ 總序

呂芳上
民國歷史文化學社社長

　　人是歷史的主體，人性是歷史的內涵。「人事有代謝，往來成古今」（孟浩然），瞭解活生生的「人」，才較能掌握歷史的真相；愈是貼近「人性」的思考，才愈能體會歷史的本質。近代歷史的特色之一是資料閎富而駁雜，由當事人主導、製作而形成的資料，以自傳、回憶錄、口述訪問、函札及日記最為重要，其中日記的完成最即時，描述較能顯現內在的幽微，最受史家重視。

　　日記本是個人記述每天所見聞、所感思、所作為有選擇的紀錄，雖不必能反映史事整體或各個部分的所有細節，但可以掌握史實發展的一定脈絡。尤其個人日記一方面透露個人單獨親歷之事，補足歷史原貌的闕漏；一方面個人隨時勢變化呈現出不同的心路歷程，對同一史事發為不同的看法和感受，往往會豐富了歷史內容。

　　中國從宋代以後，開始有更多的讀書人有寫日記的習慣，到近代更是蔚然成風，於是利用日記史料作歷

史研究成了近代史學的一大特色。本來不同的史料，各有不同的性質，日記記述形式不一，有的像流水帳，有的生動引人。日記的共同主要特質是自我（self）與私密（privacy），史家是史事的「局外人」，不只注意史實的追尋，更有興趣瞭解歷史如何被體驗和講述，這時對「局內人」所思、所行的掌握和體會，日記便成了十分關鍵的材料。傾聽歷史的聲音，重要的是能聽到「原音」，而非「變音」，日記應屬原音，故價值高。1970年代，在後現代理論影響下，檢驗史料的潛在偏見，成為時尚。論者以為即使親筆日記、函札，亦不必全屬真實。實者，日記記錄可能有偏差，一來自時代政治與社會的制約和氛圍，有清一代文網太密，使讀書人有口難言，或心中自我約束太過。顏李學派李塨死前日記每月後書寫「小心翼翼，俱以終始」八字，心所謂為危，這樣的日記記錄，難暢所欲言，可以想見。二來自人性的弱點，除了「記主」可能自我「美化拔高」之外，主觀、偏私、急功好利、現實等，有意無心的記述或失實、或迴避，例如「胡適日記」於關鍵時刻，不無避實就虛，語焉不詳之處；「閻錫山日記」滿口禮義道德，使用價值略幾近於零，難免令人失望。三來自旁人過度用心的整理、剪裁、甚至「消音」，如「陳誠日記」、「胡宗南日記」，均不免有斧鑿痕跡，不論立意多麼良善，都會是史學研究上難以彌補的損失。史料之於歷史研究，一如「盡信書不如無書」的話語，對證、勘比是個基本功。或謂使用材料多方查證，有如老吏斷獄、法官斷案，取證求其多，追根究柢求其細，庶幾還原

案貌，以證據下法理註腳，盡力讓歷史真相水落可石出。是故不同史料對同一史事，記述會有異同，同者互證，異者互勘，於是能逼近史實。而勘比、互證之中，以日記比證日記，或以他人日記，證人物所思所行，亦不失為一良法。

從日記的內容、特質看，研究日記的學者鄒振環，曾將日記概分為記事備忘、工作、學術考據、宗教人生、游歷探險、使行、志感抒情、文藝、戰難、科學、家庭婦女、學生、囚亡、外人在華日記等十四種。事實上，多半的日記是複合型的，柳詒徵說：「國史有日歷，私家有日記，一也。日歷詳一國之事，舉其大而略其細；日記則洪纖必包，無定格，而一身、一家、一地、一國之真史具焉，讀之視日歷有味，且有補於史學。」近代人物如胡適、吳宓、顧頡剛的大部頭日記，大約可被歸為「學人日記」，余英時翻讀《顧頡剛日記》後說，藉日記以窺測顧的內心世界，發現其事業心竟在求知慾上，1930年代後，顧更接近的是流轉於學、政、商三界的「社會活動家」，在謹厚恂恂君子後邊，還擁有激盪以至浪漫的情感世界。於是活生生多面向的人，因此呈現出來，日記的作用可見。

晚清民國，相對於昔時，是日記留存、出版較多的時期，這可能與識字率提升、媒體、出版事業發達相關。過去日記的面世，撰著人多半是時代舞台上的要角，他們的言行、舉動，動見觀瞻，當然不容小覷。但，相對的芸芸眾生，識字或不識字的「小人物」們，在正史中往往是無名英雄，甚至於是「失蹤者」，他們

如何參與近代國家的構建，如何共同締造新社會，不應
該被埋沒、被忽略。近代中國中西交會、內外戰事頻
仍，傳統走向現代，社會矛盾叢生，如何豐富歷史內
涵，需要傾聽社會各階層的「原聲」來補足，更寬闊的
歷史視野，需要眾人的紀錄來拓展。開放檔案，公布公
家、私人資料，這是近代史學界的迫切期待，也是「民
國歷史文化學社」大力倡議出版日記叢書的緣由。

導讀

高純淑
天主教輔仁大學歷史系兼任教授

　　中國抗日戰爭史的研究，過去多著重於軍事、外交、政治、經濟的領域，作為研究素材的個人日記、回憶錄、口述訪問，也大都集中於軍政領導階層。近年來學界對庶民生活史的研究日趨重視，咸認戰時平民百姓的生活圖像是很值得開發的議題。過去對國計民生、政經制度等的「公領域」研究已具相當成果，屬於個人「私領域」的情感或心靈部分，隨著日記和書信的公開，實可提供研究者新的議題和趨向。民間私藏史料，往往隱而未現，不易獲得，「王貽蓀藏王府、杜府信件」的出現，極屬難得，宜加珍視。

　　2005 年 12 月，王正華博士在中央研究院近代史研究所主辦的「戰爭與日常生活（1937-1945）」學術研討會中，發表〈烽火渝筑情——情書中的戰時生活〉，首次運用其父親王貽蓀與母親杜潤枰在抗戰後期（1944-1945）交往的信件做材料，初探大後方一般人的戰時生活。2008 年 9 月，王博士再次發表〈關山萬里情——家書中的戰時生活（1937-1945）〉（《國史館學術集刊》第 117 期），透過王、杜兩家戰時往來書信，見證戰爭下淪陷區與大後方的生活。嗣後計畫繼續運用「王貽蓀藏王府、杜府信件」，探討其他議題，惜

英年早逝，未能如願。

「王貽蓀藏王府、杜府信件」包括江蘇省江陰縣祝塘鎮王、杜兩個家族於抗戰期間往來的書信，烽火連天中「家書抵萬金」，王、杜家庭成員有的留在家鄉，身陷淪陷區，如王貽蓀之父王仲卿，叔王贊卿、王采卿，族叔王湘卿、王雪卿，與幼妹王芸芳、王芸芬，幼弟王穎蓀，杜潤枰之父杜志春及兄杜鑑枰、幼妹杜鑑玉等。部分兄弟姊妹則奔往大後方，輾轉流徙於湘、豫、鄂、滇、黔、川各省，到1944年分別暫居四川重慶（王貽蓀）、雲南昆明（王桐蓀與陳偉青夫婦）和貴州貴陽（杜潤枰、徐敏生與王月芳夫婦）。書信的內容，有父親對兒女的期望與關注、兄弟姊妹之間的友愛互助，和青年男女在戰火中結緣的戀情，顯示同鄉親族的人際網絡在戰爭中的維繫，他們的命運和戰爭的發展息息相關。從書信的內容，足以追尋他們在八年抗戰中的行蹤和經歷，勾勒出淪陷區江陰祝塘的圖像，與到大後方的子弟各自歷經烽火下的人生旅程。

這批珍藏七十年的信件中，大半是王貽蓀與杜潤枰從通信到訂婚、到團聚、到結婚的「情書」，時王住重慶，先後任職於軍隊黨部、三青團部；杜住貴陽，職務是郵局郵務員，兩人自1944年談戀愛，至1945年抗戰勝利那年的中秋（9月20日）正式結婚。王貽蓀致杜潤枰的信始於1944年1月20日，止於1945年10月26日；杜潤枰致王貽蓀的信始於1944年1月30日，止於1945年9月4日。兩人魚雁往返密切，幾乎是一天一封信，最高紀錄是一天三封，有時是兩地同發。「情書」

應該是屬於個人的「私領域」，原本不適公開，惟其翔實書寫所見所聞，並記錄其心路歷程，內容勾勒出抗戰時期的真實人生，藉個人的生命史反映大時代的故事。除顯示抗戰時同鄉親誼的人際網絡的重要，亦透露小百姓的戰時生活，從柴米油鹽到日常娛樂的種種面向。信中更提及郵政制度的運作、調職與轉任的周折、援華盟軍的討論，在在可供研究戰時政治、社會、經濟者參證，深具歷史意義，故不能以一般情書觀之。

「王貽蓀藏王府、杜府信件」由王貽蓀集之於重慶，抗戰勝利後，由重慶帶至南京，1949 年大陸變色，又由南京遷至臺灣高雄而臺北，轉徙於大江南北，歷經還鄉、渡海，多次搬遷，迄今七十餘年而留存完好，實屬不易。

民國歷史文化學社徵得王貽蓀家屬同意，將王貽蓀保存書信併同日記交付整理出版，書信部分定名為「關山萬里情：王貽蓀、杜潤枰戰時情書與家信」，第一冊蒐羅王貽蓀寄出的信函，除三、五件寄與徐敏生、王月芳夫婦外，其餘皆為與杜潤枰交往的「情書」。第二冊為杜潤枰發出函件，受信者皆為王貽蓀。其餘為親友函件，發信地點遍及江蘇江陰、湖南長沙、湖北恩施、廣西桂林、雲南昆明、貴州貴陽、四川重慶和上海等地，包括王仲卿致王桐蓀、王貽蓀兄弟的信，王桐蓀、陳偉青夫婦和王貽蓀、王芸芳之間的通信，杜志春與杜潤枰的通信，以及其他親屬友人函件。惟王貽蓀僅能保存其收到及王桐蓀轉來之家書，自身寄發之書信則已散佚，無法相互參照，殊為可惜。

　　人世間固有醜陋的一面，但更多的是善良、誠摯與溫情。戰火中數百封情書與家信，熊熊的戀情與真摯的家庭關愛，躍然紙上，道盡了離亂中人生的至性、至情。這些信函，除了作為史料外，一般人讀過之後，也很難不為之動容。

收發信人介紹

王貽蓀
王仲卿次子、王桐蓀之弟，抗戰初期
遷往後方，後任職於重慶黨部組織。

杜潤枰
杜志春長女，抗戰初期往後方求學，
於貴陽國立第三中學高中部畢業，
後在貴陽郵局供職。

王桐蓀、陳偉青夫婦
王貽蓀之兄嫂，
抗戰期間分途遷往昆明。

徐敏生、王月芳夫婦
王貽蓀之堂姊夫婦。
王月芳為王采卿之女，
於抗戰初期前往後方，
輾轉落腳貴陽成家。

王仲卿
王貽蓀之父，在祝塘經營南北雜
貨店。

　　王芸芳　　　　**王芸芬**　　　　**王穎蓀**
王仲卿子女、王貽蓀之弟妹，在祝塘。

陸含章
王芸芬之夫，
1944 年結褵。

杜志春
杜潤枰之父，在祝塘經營南北雜
貨店。

杜鑑枰
杜潤枰之兄、王貽蓀之小學同學，
在祝塘。

杜鑑瑜　杜鑑玉　杜敏玉
杜志春子女、杜潤枰之弟妹，在祝塘。

王湘卿
王貽蓀之族叔，在祝塘。

王雪卿
王貽蓀之族叔，在祝塘。

王軼卿
王貽蓀之族叔，抗戰中期赴後方求
學，後任盟軍翻譯官，復員後任職
於善後救濟總署蘇寧分署。

王文元
王貽蓀之族兄弟。

王鶴亭
王貽蓀之同鄉，抗戰期間與其妻徐
志英分途遷往後方。

陳祝三
陳偉青之弟、王桐蓀之內弟。

陳祝平
陳偉青之弟、王桐蓀之內弟。

陳祝和
陳偉青之弟、王桐蓀之內弟。

陳壽昌
王貽蓀之同學與同鄉，復員後娶其
妹王芸芳。

柳克述
王貽蓀參加戰時工作幹部訓練團第一團時之長官。

翁思信
王貽蓀之上司與同鄉，與杜潤枰亦相熟。

徐作霖
字雨蒼，王貽蓀之中學老師，抗戰期間遷居貴陽。

華欽文
王貽蓀之姻族長輩。

黃克誠、李俊彬夫婦
王貽蓀之友人夫婦。黃克誠為王貽蓀之同鄉與摯友，抗戰期間遷居後方，於重慶結婚。

黃鑑璋
王貽蓀之同鄉、王軼卿之中央大學同學，抗戰末期赴印度。

楊燕廷
王桐蓀之同學、王貽蓀之友人、杜潤枰之高中老師。

賈漢儒、楊育興、郁文祺、駱駿
王貽蓀之同事。

周傑超、李向樸、周希俊、毛鳳樓
王貽蓀之友人。

1944-1945 年親屬散居各地情形

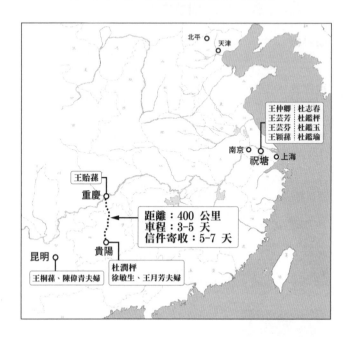

編輯凡例

一、本書收錄王貽蓀先生所藏1938至1953年間書信，均依發信人分類，再依時序排列，標題統一使用西曆記年。

二、原件已有標點者予以保留，若無則加具標點。

三、為保留原意，錯字、漏字、贅字等均不予更動，異體字、俗寫字一律改為現行字，至挪抬、平抬等書寫格式，一概從略。

四、無法辨識文字以■表示，原件破損之文字則以□表示。

五、信中如有收件人加註文字，以加劃底線標示。

目　錄

致杜潤枰函（1944 年 1 月 20 日）

潤枰妹英鑒：

　　頃得令兄來示，述及在貴醫學校攻讀，至為欣慰，並囑代籌零用以為添補之需，自當遵辦，但未知學校生活如何？需款是否急迫？用敢先請惠示，以便遵辦。舍姊月芳亦在貴陽，可函貴陽貴州公路局材料室徐敏生即可。翁思信先生同在此間，一切均佳。專此即請

學安

　　　　　　　　　　　　　　小兄王貽蓀手上

　　　　　　　　　　　　　　　　元、廿

　　惠示重慶新橋樵莊即可。

　　令兄鑑枰及令姐玉文，皆係祝小同班生。家父即王仲卿、家叔采卿與府上係戚誼，家姊月芳原在中央醫院供職，現以小孩累暫家居，如示詳細通訊處，囑先訪也。

致杜潤枰函（1944 年 2 月 24 日）

潤妹英鑒：

　　惠書敬讀，詳悉校中近況，快慰奚如。月之五日，隨部長赴湘之行，路經貴陽，當即趨晤。敏生哥於貴州路局，悉妹已於月姊家暢敘也。斯時原擬分訪一敘，但以時間匆促，未獲如願，至以為悵。此行經黔、桂、粵、湘四省，分別視察四、七、九三戰區工作，得遊西南貴陽、柳州、桂林、衡陽、曲江、長沙等地，誠屬快事。旋於月之十八日任務完畢，返桂林待命，於十九日搭乘軍委會航運專機返渝，同行有孫司令長官連仲等拾餘人。該機於午後二時起飛，五時即安抵渝空，航空之神速，誠屬驚人矣。現已恢復辦公，前約敏哥在貴共敘之圖，當待諸他日矣。前信思信先生早已接讀，彼近況甚佳，但業務稍忙耳。令兄前囑代籌校中零用，以倉卒奉令出發視察，故未遵命。玉意如何？盼即見示。至於戰時學校教育之不如人意，則困於設備之不周，師資之缺乏，勢之然也。今日求學厥在個人之奮勵力學，否則徒有其名而已。如對醫科興趣不濃，暫時工作半年後轉入他校，未嘗不可。但總盼多加考慮，或可一商於敏哥、月姊也。如何之處，盼早示釋念。家兄桐蓀現服務於昆明利滇化學公司，偉嫂原在昆任教，今以子女成群，已主持家政矣。知注併聞，祝地則久無來音為念。

專復即頌

學安

　　　　　　　　　　　　　　小兄貽蓀手上

　　　　　　　　　　　　　　二月廿四日

思信先生暨倍學姊囑筆問好。

醫校有無其他鄉友？家書時盼代致候令尊及令兄。

秀文、玉文、啟枰諸姊弟近況乞告。

致杜潤枰函（1944 年 4 月 28 日）

潤枰妹：

　　惠示敬悉，孤單流離之苦，倍為切念。旬前接讀令兄自蘇來信，對吾妹至為懸念，囑過貴時一晤，並代安慰。經濟方面亦囑設法接濟，但以久不獲近況為念。當即函詢月芳姊，亦以久未晤及相告。今當於短期中寄上零用若干，以濟應用。月姊處係自己人，儘可早日告知近況。現已轉告近況一二，盼即赴晤一敘，以釋彼念。月姊現任職貴醫院之附屬醫院，中午趨晤較便。今日社會之人事複雜，原非吾儕初入社會之青年所可逆料，但多遭拂逆之境，亦可淬礪吾人之志氣，可勿以此消極。擬來渝工作壹節，甚表贊同，但渝上工作尚未妥謀之前，可勿遽動。盼即迅將履歷表（可多繕數份）及所喜擔任何項工作？或學校何項課程？一併賜告，以便此間商同思信先生等合力進行，一俟稍有把握，即可囑敏生哥代覓便車來渝，如此可免在渝上困居之苦，不知意為然否。目前情形如何？月姊處晤及否？盼即賜告。專復即請

近好

愚兄貽蓀手上

四、廿八

即覆

致杜潤枰函（1944 年 5 月 9 日）

潤枰妹：

五月五日惠書敬讀，詳悉種切，至以為慰。能投考郵務員亦佳，果能錄取後，環境優良，則不妨暫時服務。至渝上工作，克誠兄（黃樹德子）稱可設法，但待遇較低，及不知你之服務條件如何？刻已詳詢工作情形後即可轉告，其他亦可分頭進行。果欲來渝，則以筑渝段汽車中途容易深山拋車。不得宿舍，似以先請敏生哥設法介紹為妥（可商月芳姐，並轉告芸妹稱，叔家已闔家自寨遷祝，雇工男一女一。現家中有二弟三妹，念蓀弟在長中讀書，蘊妹在祝小讀書，皆甚好，可勿念），否則仍以客車為佳。來渝如抵重慶，可先抵南紀門馬蹄街七號軍政部第一被服廠訪黃克誠，再訪上清寺美專校街一一五號許玉瑾（祝小時令兄及我之同學，蔚文先生女）。來新時，可在七星崗乘公共汽車逕抵新橋，詢社會服務處（有科中同志工作也）即可知道翁先生家，亦可居宿，一切可立定決心自擇。至於渝上同鄉較多，升學較廣，工作亦較易謀，確屬實情。客居董先生家中一切稱適，則吾人更宜小心謹慎，使人愛佩，暇可多讀書本自娛。來信所稱「能忍厄運諒亦能任大事」，此種胸襟正吾人之必須具備，是則一切艱苦困危當可淡然矣。家中宜多作書，以寬慰堂上及令兄之懷念。頃得舍妹芸芳來信，祝地稱安，可勿遠念。日前囑渝上鄉友匯寄千元，以充零用，是否收到？盼一併賜知。專復即頌

近好

愚兄王貽蓀手上

五、九

致杜潤枰函（1944 年 5 月 17 日）

潤枰妹：

　　十二日惠書敬讀，郵試初試及第，則口試不難通過矣。以平日力學，程度優秀，故得應試順利，至以為佩。何日正式揭曉，盼即迅告，以便此間鄉友勿再進行工作也。嗣後能得較安定之長期工作，且屬有保障之工作，則今後之潛心向學自修或謀繼續升學，皆可從容自決，誠足自慰。初入社會服務，能以勤慎為本，謙讓為輔，當可得心應手，毫無困難。月姊近在咫尺，希能常多往來，互為砥勵。思信先生合家均好，可勿為念。此間一切強，可惜不能自力奮進為愧耳。專復即頌

近好

愚兄王貽蓀手上

五、十七

致杜潤枰函（1944 年 5 月 30 日）

潤妹：

　　惠書敬讀。郵試及第，至深慶喜。今日作家信時曾轉致令兄一函，並告此訊，萬里外得佳音，諒必快慰，府上亦以為樂。所述各節，並代轉告翁先生及倍學姊，彼等回溯在長沙時，吾妹以年幼而能立志向學，不以舉家東返為慮，今又復能自力更生，一試及第，言下備為

讚譽，並囑代為問好。今日政府為實施計劃教育及適應
國家迫切需要起見，故今後大中學生之為國家服務相當
年限，誠事實之所必需。今吾妹能正式投考郵試及第，
此後似可不受此限，且郵員職業較安，並得法律保障，
似更可避一般社會工作之人事紛擾為苦。至事業前途全
恃吾人之奮發淬勵，力爭上游，而為學之道，能入學府
安心向學固屬理想，然果能自擇性之所近，潛心自修力
學，亦可有成，況社會到處亦皆學校也。此間曾接舍妹
芸芳來信，亦述及故鄉疫癘流行，災禍之後繼以流疫，
誠生民之苦矣。而無知之民迷信是崇，毫不知醫學衛生
之道，吾人東顧桑梓，實同深慨嘆。惟冀早日和平，能
藉吾儕之力，得稍稍改善故鄉風習，略事建設，則幸
矣。此間一切稱佳，暇以準備高考課程自勵，但進步甚
少，為自悶耳。芳姊晤及否？奉派何項工作？生活如
何？盼即玉示一二。專復即頌
近好

　　　　　　　　　　　　　　　　小兄貽蓀手上
　　　　　　　　　　　　　　　　　五、卅

致杜潤枰函（1944年6月11日）

潤妹如晤：

　　惠示敬悉，詳悉近況，至以為慰。在筑能得董先生
摯誠相待如家人子弟，其愛挈後進暨捨身助人之精神，
誠足為吾人仰佩。值此亂世之末流，吾固有之道德日漸
淪亡，先民捨己救人與夫博愛之精神早為鄙棄，社會
泄沓之風所趨，厥為自私欺詐為祟，誠堪浩歎。今吾妹
以隻身孤單居異鄉，能得仁者如董先生其人者慨助，此
固自身能自愛自力，有足為人見愛使然，但亦足證社會
之正氣尚存，先民之精神猶生，果自吾儕青年起而發揚
蹈勵，未嘗不可挽狂瀾於既倒矣。嗣後董先生處理宜
敬篤相師，以期無負愛助與器重之殷望，則吾人庶無
愧也。

　　前以吾妹擬來渝上，曾分別進行接洽工作，嗣悉投
考郵試，頗有希望，但仍不知其詳，是故耿耿在懷為念
耳。你能好學奮勵，不畏艱苦，此在長沙時之不束返，
而毅然獨留後方讀書可知。至於聰慧溫靜，則每聞之思
信先生夫婦之稱譽也。今證之郵試及第與獲董先生特別
見愛，益可信而無疑。故吾倆雖未謀面於祝——事實上
必然晤及，但未經令兄、姊之介紹——此次又失於筑，
但欽慕之忱於此滋焉。至於今日教育程度一般之低落，
早為時論所痛心，無庸諱言也。吾人惕於未來前途之可
畏，責任之綦重，誠如惠示所云「家鄉的教育程度非常
低落，目前社會亦能佔有一地位者，簡直寥寥，要改善
鄉風，惟有提高教育水準。」語之中肯，直如人之見其
肺肝然。是則吾人允宜互為淬勵，努力以赴，亦惟有努

力前途，不苟且，及時策勵，致不使失望於鄉里也。回憶兒時，家父創立大河頭（吾村）小學於吾家，繼創北山頭小學（吾宗祠）於吾鄉，迄今祝地河南諸村之學子，無不出於斯二校者，實班班可證。今渝上鄉友漫談，總以吾祝青年遠不如陸橋為恥，考其病源，實受禍於吾祝教育之低落一也。而祝地有為青年能外出淬勵奮鬥，且能佔有一地位者，寥若晨星，亦一主因也。吾人懲前毖後，能不觸目驚心有動於中乎。

　　惠示策勵有加，並詢高考一節，無限惶愧，但念事在人為，有志竟成，則藉為自修力學之門徑與夫進身之階段，似無不可。故擬於年內應高等考試之普通行政或社會行政，目前公餘之暇，即以溫習政治、社會、經濟、史地等課程為自娛，成否則一而再，再而三待之可耳。況孤零異鄉，除一二親戚鄉友足資惕勵互慰外，亦可藉以寄慰精神也。令兄曾屢囑代籌你處用費，如筑地籌劃不易，可先向董先生或月芳姊處（曾告此事）說明提用後，由渝代劃或籌。吾人為正常用途而應用，似可不必過份撙節。分發工作情形，至為關懷，盼早日玉示為禱。書不盡意，專復即祝

近好

　　　　　　　　　　　　　　　　　小兄貽蓀上

　　　　　　　　　　　　　　　　　卅三、六、十一

翁先生處囑候近好。

　　你工作派定以後，即望能直接給翁先生一信報告近況，彼今仍與令尊有連絡也。

致杜潤枰函（1944 年 6 月 25 日）

潤妹如晤：

今天是端節，追念著兒時家鄉的情景，懷念著今日家園的淪亡，「每逢佳節倍思親」，能不依依神往！同是流浪兒，飽嘗辛酸之寂寞，我們寄慰在那裡？為著祖國的生存而奮鬥，孩子的一群，我們分散在昆明（家兄桐哥暨家嫂偉青及諸兒），在貴陽（月和你），在重慶……能不更憎相思之念。天氣陰雨連綿已近一週，重慶的人們在雨傘下泥濘過活，快將窒息了，今天帶來了晴和的陽光，真使人鼓舞欣奮。你和昆明的信又同時收到，我該是格外的愉慰呀！給我了孤單中的溫暖。

你的郵局工作在此信到時也許可以分發了吧，我相信前進的國家與社會，決不會使前進的女青年失望，上帝也會賜福於英勇奮鬥的你。在工作沒有確定以前，心緒或許燥急和煩悶，但天下事那能件件如意，總理啟示我們：天下事不如人意者十常八九，而全在吾人之堅忍耐煩克服耳。你是中國的新青年，夏令營的洗鍊，該是更堅強而英勇了。你絮絮地述說了戰後的奮鬥經過，我是何等的欽佩和神往，在家鄉流浪到後方戰火中的青年裡，月姊和你都能接受戰爭的洗禮，一度貢獻一切而為將士服務，你們倆是值得自慰的了。我是從「七七」到現在，始終站在戰爭中效忠工作而積極奮鬥，時代需要有血性的青年獻身於祖國，我是沒有理由逃避這種神聖的天責呀！自從隨家父到了武昌，首入軍委會鄉幹受訓，隨後在湖北江陵工作了一年，接著投入軍委會戰幹團受了一年餘的嚴格軍事訓練，它是政治與軍事併重，

一年中強壯了我的體格和奮鬥的堅強自信心，接著到了前線第六戰區——恩施——司令長官部追隨陳誠將軍（我們的副團長）參加直接戰地工作貳年餘，嗣因陳長官東調遠征軍，同學相率準備遠征，我也就為此打算，開始到了重慶，投入了軍委會的後方勤務部——擔任全國部隊作戰補給的神經中樞——時間正快，瞬已一年。因為重慶生活比較安定，也就開始了我讀書慾的復燃。但七、八年來脫離書本較遠了，所以先從志趣較近的高試課程開始，這樣也許能便利我戰後事業的趨向與要求。同時，或可以因此而滿足我們前二次討論改革我國地方政治、教育、衛生……等的理想。我是歷盡家庭的幸福與艱苦，嘗盡流浪與困苦，但不顧一切的「自力更生」，相信可以創造我的前途，正如你勉勵我的，有無限前途在待著，我們已往事實的奮鬥中突破艱苦，以後的一切，我相信決沒有不可克服的。潤妹，我欽佩你的奮鬥，你今後能同情我的奮鬥和給我奮鬥的鼓勵嗎？我們為了相互的奮勵和理想！

你能打破經濟誘迫，養成一種良好的「固有習慣」，確乎是難能，但經濟是現代文明的基礎，在個人也是物質生活必需的條件，我們必須隨時隨地保有經濟上自力的要求。至於家庭接濟兒女與友誼中的互助，在中國社會都是一種義務，我們今日有權利要求家庭接濟我們上進，正相等於我們不能使家庭對我們失望一樣。何況府上經濟是寬裕，而令尊和令兄皆囑隨時代籌，以供必需之用。前次我怕你不好意思要錢，所以僅自己寄你了壹仟元，並沒有向同鄉代劃（也沒有告訴令尊），

現在仍再先寄你伍百元，日後擬和渝方同鄉相商，代劃
叁千元，你同意嗎？

　　筑地的防空設備和地形，對空襲都比較危險，久居
貴陽的你當然知道，希望能特別注意安全才好。潤妹，
半年來你屢次來信都稱我「姻」兄，你也覺得在現代的
觀念中，需要修正吧。何況我們要建立超脫舊社會的一
切理想呢！夜深了，恕我佳節多憾，你能原諒嗎？即祝
快樂

兄貽蓀敬覆

六、廿五，夜，端五節

致王月芳函（1944 年 6 月 26 日）

月芳姊：

　　端五節接到了潤妹的來信，今天又接到了你的來
信，我內心中當然萬分愉快，你能這樣關切到我和潤枰
妹，假使真能如你所說的話，在我當然是期望的。我的
個性和一切，與及我們的家庭，你當然同我一樣的瞭
解，賢妻良母是理想中的要求，祗有能刻苦奮鬥、共同
甘苦的家庭，才能創造幸福，正如你現在的家一樣。我
從潤妹的父親和哥哥囑託代為照應，而知道了潤妹在
筑，從思信先生夫婦的稱譽而認識了她的一部份，從半
年的通信中，經過數度的探討家鄉教育、衛生等問題，
而認識了她的偉大抱負。此次考取郵局，我開始欽佩了
她的好學而程度很好。但我始終是盡我慰勉她的責任而
已，並沒有向她有何表示過，或許有時無形中的流露，
那祗有潤妹自己才能知道了。既然有人向她追求，她當

然也同樣會覺到婚姻問題的有必然性，那嗎，你能作側面的試探，看看她的自己主意究如何？你們是姊妹，時常見面，當然也可以坦誠一談，否則，我也決不能冒昧地對潤妹有所要求呀！潤妹在幼時相見過尚很模糊，你能代我們交換一次相片嗎？現在很久未拍照，仍以去年的一張寄你，一切你看如何就好了。樹德先生的兒子黃克誠在十六日結婚，送了壹千元禮，但未及參加婚禮，這是因為科中同事也結婚，並強拉了充介紹人哩，一笑。芸芳妹我曾堅囑她來後方，今南北交通阻梗，住也沒有，至以為念。長學甥的照片即寄一張來此。說到生活，筑地恰巧便宜三分之一，重慶是太貴了呀。專復即頌

快樂

　　　　　　　　　　　　　貽弟手上

　　　　　　　　　　　　　六、廿六

　　敏哥均此。

致杜潤枰函（1944 年 7 月 9 日）

潤妹如晤：

　　七月二日惠書展讀，卓識與爽直之情，至為佩慰。談論到我國舊社會的「稱呼」問題，素以「倫理觀念」為家庭制度基礎中心之我國社會，更以兼重「名位」關係，的確具有傳統的歷史價值，誠如來信所說「當然以舊思想上曾有的長處為根基而趨向優良的新社會」一句中所指「長處」的論斷。但事實也有所不盡然的地方，舉例說，就在我們的家庭中，自從偉姊（家嫂）來後，經過家庭中同意的自然發展，我們就打破了歷來女權低於男權的慣例，我們之間祇有兄弟姊妹，開始廢起了叔叔和姑姑、嫂嫂等怪不平等的稱呼，現在並且博得家鄉村中無形採用，成了我們這一代的習慣了。就因為這緣故，在我們往來的信件中的稱呼是簡化了，這在素重禮教的我們家庭中，可保證決不是時髦或前進的花樣，不過是一種平實的發展而已。過去我開始稱你就是「潤妹」，就是習慣中的自然所致，偶而想起可修正，也是似乎習慣上的要求。現在你既非反對我的修正提議，當然信任你的爽直，我亦非反對你的建議，不過是保持習慣，那嗎，願你也能相信我的爽直的話一無他意。以後靜待我們趨向優良的新社會的時機到來時，再講好了。

　　你的工作拖延到了現在還沒有解決，這是環境給你的磨折，而非你自己的不能努力，就在這一點上已足夠你自己慰安了，何況還能得到董先生的寬慰和許多人的同情。貴陽雖沒有你值得留戀的地方，但「生於憂患」，艱苦的環境未嘗非英雄成功的所在。關於你郵局

分發的可能性，依我判斷來說，最近湘中之敵已成潰敗
之象，大局已見好轉，那嗎總局的覆電可能是傳用了，
說不定此信到時早已得了分發工作的通知哩。這裡擬請
本部軍郵處（總局局長兼我們部內處長）同仁打聽是否
傳用的消息。如果一定不能傳用，而你決心來渝工作的
話，這裡或可代為進行設法。但以目前渝市工作較難覓
得，則來渝後亦可在思信先生家暫居，以俟進行。總之
能來渝上觀光首都及分晤諸鄉友，更以渝市工作部門之
廣，較困居貴陽，必屬較佳也。劃款正接洽中，當遵囑
暫勿寄筑。此間以久無家信，靜候不得，故決於近日中
家稟時告知代劃情形，並於令尊前專函陳述一切，盼勿
為念。令兄處曾告在貴錄取郵員，但亦以迄無來信，為
念也。未知筑地有家音否？我家現已全部遷祝，以家父
與令尊及令兄與舍弟在商業上互有往還，諒多周轉之
事，以後再有劃款情事，僅須雙方通知即可，決無混淆
之慮也。

　　「願我們都是從苦痛中得到快樂，由奮鬥尋求幸福
是抗戰給我們的工具，多麼難得的時機。」這話是千真
萬確，祇有經痛苦的奮鬥中去耕耘的人才能體認，也祇
有能繼續不斷從痛苦中去奮鬥的人，才能夠把握這樣
難得的時機。潤妹抱有這樣偉大抱負的青年，難道還有
「雄心」消沉的時候嗎？願我們都從苦痛中得到快樂，
由奮鬥中創造幸福。

　　月姊處最近去玩過沒有？七月十四日是長學甥的週
歲，不妨一敘為快。近況盼即見告。即頌

康樂

　　　　　　　　　　兄王貽蓀上

　　　　　　　　　　　七、九

致杜潤枰函（1944 年 7 月 15 日）

潤妹如晤：

　　七月九日發一信，諒已收閱為慰。刻晤本部軍郵督察處潘紀明先生（即郵政總局調任本部工作者），詳悉最近郵政總局有命令暫停任用新考郵員佐壹節屬實，但經承商之後，潘先生已允由彼私人名義逕商貴陽局友人設法儘先錄用。如目前筑方確有較佳機會，似可無問題也。接信後，盼能稍候郵局通知，勿必他離。並詢及郵員將來可能聲請另調他區服務，則來渝之機會可待也。家鄉連日來二信粗安，祝地盛會頻繁，足見愚民之沉醉矣。專此即詢

近好

　　　　　　　　　　小兄王貽蓀上

　　　　　　　　　　　七、十五

致杜潤枰函（1944 年 7 月 16 日）

潤妹如晤：

　　今天原是星期日，可以休息的，但上午是股長以上人員參加國父紀念週，我因為兼了紀錄的職務，每次是必須參加的。返部時和思信兄談起你的工作問題，仍是念念不置。好在前天本部軍郵處潘先生允予協助設法，也就放心了許多。本部距離中山堂里多路，汗流挾背的跑進辦公室，首先接到了你的來信，知道在「七七」你

已正式工作了，真是說不出的快慰。「七七」賜予我們艱苦，但這偉大的日子，今日也賜予我們快樂，我們該是如何的興奮呀。你說由奮鬥中尋求幸福，是抗戰給我們的工具，願我們永守這句話，奮鬥到成功，願我們利用這工具，創造偉大理想和事業。

　　郵局工作是我國最上軌道的職業，更是理想的女子職業，你能參加這種為群眾服務的社會工作，並且以自己的學能考入，實在是值得自慰和自勵。希望能從工作中探求經驗，由經驗中研究郵政，更於公餘中力學自修。剛開始的工作，總是比較容易，這就是我國為政做事由淺入深、由小及大的道理。你開始工作的初期，盼望能特別勤慎，因為上官和同事對你都在考察和體認的時候，先給人予好的印象，那麼好的開始就可以給成功打下基礎。在機關中工作，做事首要法規諳熟，這樣做起事來方能得心應手，毫無困難。負責任和吃小虧，也是新人的必要耐性。你早出晚歸是相當辛苦，但這樣才能表現你的刻苦奮鬥精神。談到處人和做事同樣重要，但能「謙讓」應付，總可博得大家好評。今天在興奮中要寫的別的話實多，但我們需要的在學養和事業中砥礪，恕我寫了或者出你意外的話，但我總認為是對的，相信你也如此看法。我從民卅年起記日記迄今，多少可以惕勵自己，你也有此良好習慣嗎？餘容後敘，專此即頌
近好

兄貽蓀手上
七、十六

敏月哥均此代候。

思信先生信即代轉，特囑先候近好。在月姊處吃飯是最好的事。咱家姊妹多少不論，照常情稱就可了。家父四、廿九，五、十兩諭連日接到，祝地粗安，盛會仍多，可轉告月姊闔家安吉，勿念。

致杜潤枰函（1944 年 7 月 20 日）

潤妹如晤：

十七日手書展讀。你能得到工作上和精神上的洽調，在郵局能得熟練工作的同鄉指導，在休息時能得月姊處家庭的歡樂，在晚間能得董先生以最高的友誼愛護你，我真為你祝福，深引為慰。今後你已可能走上幸福之途，這種由艱苦奮鬥而得來的快慰，實在是人生莫大的欣喜，相信身歷其境的人最能明白瞭解。假使我人能努力到底，那麼還有什麼不能達到的理想，和不能創造的事業，阻撓吾人達到最大的幸福之途。

長學甥在十四日過週歲，你能參加慶賀，這樣在月姊的心裡能有一個親近如你的在一塊，當然是會感到萬分欣慰的。送禮僅是一種形式的表現，咱家人是「知心」的，她們更知道你的現狀，一切當然能諒解。在月姊告訴我的時候，我向她要了照片並沒送禮，你就可知道我們姊弟間的爽直了。前次道經貴陽，抱了決心一晤月姊和你暨第一個外甥，結果時間的匆促，僅得與敏哥一敘。在桂林時給長學買了些東西想帶到貴陽的，然臨時改乘飛機返渝未果，也就改贈了人家，迄今的確悵然。現在既然你提起了此事，你又愛長學甥的活潑頑

皮，那麼就請你在即將由渝遝寄月姊家轉你的劃款叁仟元中，酌用少許（不要超過千元，每人五百元左右即可），由你親為長學甥做些衣服（最實際的辦法），或購些必用物品（果真你太忙的話）來表示你的和我的微意。潤妹，我這種頑皮的煩勞你，願意嗎？請原諒我不能將禮物和寄信你一樣寄給月姊。

重慶已入炎夏，高熱已達百度左右，在工作緊張和奔波往返中的你，應該自己特別珍重身體，健康是事業和幸福的基礎，學過醫學的人，必然比我們更重視。餘後敘，專此即祝
康樂

貽蓀手上
七、二十

回到水口寺的成績？你願意我知道嗎？午前剛發月姊信，恕我不寫了，盼轉告。華緝熙伯最近有三千元寄伊轉你。又及。

致杜潤枰函（1944 年 7 月 24 日）

潤妹如晤：

二十日的惠書和玉照是敬收了，謝謝你的精神安慰。我倆星星相近，但過去確沒見過面，現在相信你也必在月姊家得和我作初次見面了吧，要大家知道得清楚，月姊也許是今日比較最清楚的一個，否則祗有待那天能每天見面的時候了。

目前的社會環境對於純潔青年是一種惡性刺激，對於意志薄弱的青年是一種惡性引誘。但我們對於自己應

有勇氣負起責任，從我們過去奮鬥的教訓中，已經證明個人的努力可以勝過環境的影響。那麼今後我們還能對難處的環境退縮嗎？忍氣吞聲會被人視作弱者，祇有堅忍苦鬥才是有為青年的本色。生在今世紀的青年有權利爭取「自由」，縛束自由的桎梏要以利劍去斬除它，敷衍是自己欺騙自己的勾當，我們要竭盡可能從不合理的生活形態中解放自己。關於你的一切痛苦，請能詳細的述說，我們本於患難的友誼和戚誼，我相信是沒有不可坦誠相告和赤誠互助的，否則心理的毛病會引起生理的毛病，這對於你是一個不可補償的損失。

　　董先生和你究竟什麼關係？他對你究竟像前信說的有捨身助人精神呢？還是如來信說的增加你痛苦呢？受人之恩惠當然要答謝，但這是受惠者的自願，假使要以施惠於人求報酬，那簡直是偽善，則為「以德報德」是我們的信條，希望在這個寸份上去估計吧。月芳姊處是否可以住宿？可能的話，我可以代為徵求同意的，你們是可以坦誠相商的。月姊也是從痛苦中奮鬥的人，她對你必能寄於同情的，不妨爽直的傾訴或商量。互助是新時代求生存發展的最高表現，但我們總得站在平等的立場上互惠，你同意我的論點嗎？

　　此次已得緝熙伯同意劃你叄仟元，此款由家父先付彼妹，以便來後方完婚。他說即日匯月姊轉你，諒此信到時已收得了吧。前信囑你能送禮月姊，但如果你目前需款的話，可以不必，以後日子很長哩。「二月的食宿」希望你能照貴陽的生活和他們算帳，叄仟元不夠的話，可以再設法，以有限的物質來損傷無限的精神，這

實在是件太吃虧的事，你認為對嗎？

　　以後我相信你們的郵政局是可以增設宿舍的，更希望有一天能調到重慶來工作，現在可以耐心的等候著吧。天熱得很，又奉命視察駐渝單位工作情形，請原諒我特別的潦草。餘容續敘，專復即頌
近好

　　　　　　　　　　　　　　　　貽蓀手上
　　　　　　　　　　　　　　　　七、廿四

　　桐哥在昆明，偉青姊已有二男一女，他們在昆郊滇越鐵路鳳鳴村車站利滇化工廠工作，近況甚好，願意的話，今後可以介紹你們通信。月姐處日內另寫一信告訴一切。你的來信始終保持著，你也願意同樣辦理嗎？

致王月芳函（1944 年 7 月 25 日）

月姊：

　　前接來信後，曾覆快信，迄未見覆，至以為念。此次潤梓妹在筑諸多煩累，今且在府上吃飯，格外照應之處，除潤妹外，志春伯暨關心潤妹者當皆深感也。對於我之前途，至蒙關切，原意已坦陳前函，此間亦迭接潤妹來信，並遵囑意惠贈小照壹幀。吾倆今後之能由戚誼而進入友誼，是皆吾姊所賜矣。弟對此事之觀點，現足供吾姊坦陳者：（一）吾倆為同鄉，更為親戚，以鄉土觀念及生活方式論，似適於吾家暨個人間。（二）吾倆家庭情形較易明瞭，而易得雙方家庭同意，可免一切徒然之誤會與顧慮。（三）雙方皆有工作能力，具有自力更生之青年精神。（四）雙方皆能刻苦奮鬥，從痛苦

中追求光明理想。（五）我希望的是一個共同創造事業
的賢妻良母，容貌方面能周旋於客堂之上？即可。（潤
妹較偉及芸如何？）（六）我自愧的是怕奮鬥不能打破
一切艱困，而在事業上愧對於她。以上六點是我現在考
慮著的問題，相信潤妹或許也如此。我倆都說你是最清
楚我們的，你看究竟如何？你能給我進一步努力的指針
嗎？當然，一切還是我倆自己會負責的。

　　長學甥的週歲，經潤妹的告訴，知道你和敏哥忙了
壹天。我前信向你要了照片，而沒提給第一個外甥送
禮，我真自覺好笑起來，你能諒解我嗎？潤妹也說祇有
她沒送禮，但在今天和今後日子正長的情形中，你能諒
解她嗎？改日，我想請潤妹代送幾件長學甥實用的東西
呢，你認為可以嗎？

　　潤妹在貴陽的環境，根據來信分析是相當痛苦，你
也能知道吧？現在她的「宿」似乎很嚴重，過去「二月
的食宿」也影響精神自由，你是從痛苦中奮鬥出來的，
對惡性的現社會也曾苦鬥過，希望能賜予她指導和鼓
勵，你們坦誠的商討後，不妨告我實情，以有限的物
質來桎梏精神是太不值得的，也是我反對的，我希望
在可能範圍內要衝破這種時代惡性的攻擊，爭取我們
的自由。

　　日前華緝熙伯允與潤妹互劃叁仟元，即轉你給她，
收到了盼即告我。此款已囑父親先付彼妹菊芳，以供後
來之用（她是軼卿和祝三間無法決定的，去昆明或成都
尚不知哩）。潤妹是否還需款？可詢後轉告。芸芳妹不
能來後方，至以為悵。餘後敘，即祝

儷安

貽弟手上

七、廿五

敏哥均此。

潤妹說在你家吃飯怕伙食不好算，我看大家照算就是了。你們負擔重，可不必和沒有負擔的弟妹客氣，你說對不對？還有，一切事我們要以固有的戚誼做基礎，要以助人為積善去看，請不要把以後我倆可能的友誼混進去，戴了有色眼鏡會失去真實，這是我對任何人或事的一貫看法。又及。

致杜潤枰函（1944 年 7 月 30 日）

潤妹：

你廿日覆我十五日快信的來書敬讀了，你那麼忠誠地傾心於我倆未來的理想，英勇地表顯了時代青年的氣概，我除欽佩於你的勇敢外，當然深願以相等的忠誠和英勇，接受你的……一切。世界潮流啟示著我們，祗有能艱苦奮鬥而英勇挺戰的國家，才能獨立自由，同樣，祗有能在艱苦中奮鬥，而從事於創造的青年，才能有前途，有理想的光明；你不是曾經接受過夏令營的洗禮嗎？我們現在正當把握青春去努力鍛鍊和奮鬥，活躍和英勇正是我們生氣的主力，我們的心胸應該是整天「活潑潑地」、「活躍躍的」去開拓前途。目前的遭遇雖或不能盡如己意，但有為的人們是樂意創造環境的，「英雄造時勢」這一句名言，它素來被歷史上每一個偉人崇拜。今天也許被整個時代青年傾心，矚目全球的烽火，

沒有英雄去執行神聖的「戰爭」，那麼，「和平」那裡
能有希望呢？中華的兒女們，如果每一個皆深居於安樂
窩中，試問抗戰那能有今天。以後的艱難無論在國家或
個人，恐怕是障礙重重。潤妹！你是英勇的；我堅強的
自信我們能突破黎明前的黑暗層層。七年來的艱苦奮
勵，已使我們日漸堅強，抗戰給予我們了最好的時機，
我們還能不奮鬥到完成光榮而幸福的日子嗎？那一天，
願互訴衷腸，久壓在心頭的積憤，自然可以盡情地奔
流，任它傾吐──誰也可以不再向第二個人訴說過去
了。那時，兄弟姊妹的歡敘，我們祗有歡樂，年老的爺
娘相見，祗待接受偉大的「愛」的溫慰。過去一切，除
留在生命史上，給後來的人們惕勵外，已皆可付之東
流，讓它消失在幸福中了。潤妹！你願我們建立這個共
同奮鬥的理想嗎？？

　　前天接到了月芳姊的來信（廿三日），她告訴了關
係你的現狀和生活，同樣也關心到了我的現狀和生活，
她是我鄉前進青年中的先鋒，曾經遍歷戰地而服務於戰
鬥的祖國，我欽佩她能從痛苦中奮鬥創造，所以，今天
終能日趨理想的目標邁進。潤妹！你過去的奮鬥也許已
勝於月姊的初期了，願你能更努力而淬勵，同樣我也願
繼續努力惕勵而英勇邁進。有一天，我們一定可以認識
清楚得如你今天和月姊每天見面二次，也許三次、四次
……你希望嗎？你願否為比翼而飛的幸福之鳥？你的吃
飯是可以快意了，但住的問題是相當嚴重的，的確，食
住是生活上最重要的課題，它太影響於一切了，前信主
張你全力解決它，月姊也告你要設法遷居，現在究竟有

辦法沒有？我已告月姊儘力協助你解決，她當然可以量力給你指導和協助的；前信通知你曾代劃三千元，由華緝熙姻伯轉匯月姊給你，現在也收到了嗎？你不是尚須用款嗎？那麼就可將此款充用了。至於送禮月姐，原是不必要的事，但長學甥週歲，我們又愛他活潑而頑皮可愛，當然可以給他一些實用的東西。此次我們重慶的公務員，大家補發了些代金和薪津，所以隨信寄上貳仟元，盼你能酌情揀實用，而月敏哥愛好的送些長學甥。假使有餘的話，也希望能為我們的友誼增強而留下一件可紀念的物品。潤妹！你贊成我全部的建議嗎？？

　　我的生活情形，也必是你關心著吧！現在，先告訴你工作方面的情形：我們是軍委會後方勤務部特別黨部，它直屬中央執行委員會（中央黨部）和軍事委員會，本部是全國最高軍事黨部之一，組織和編制較省黨部略大，分書記長室、宣訓科、組織科、總務科，同仁有四十餘位，皆由中央黨部委派，大學、軍校、中學程度皆有，我在宣訓科服務，科內同仁十五位，分設考核、編撰二股。此次六月考績，我正式升任了股長，因為科中主要科員皆是戰團同學，辦事上很能協作努力，毫無困難，目前擔任的主要職務是本科的工作計劃和工作報告編製，訓練通訊編撰，各戰區全國勞動小學的考核指導（卅二校，學生四千名左右，泰半完全小學），並擔任了後勤部紀念週的記錄（部長訓詞等）。初來時，相當吃重而繁忙，現在業務熟諳了，也就駕輕就熟，毫無問題了。必要時，也會奉令視察各級黨務，今

年正月就追隨部長兼特派員，在江南視察了一個月，此次視察重慶單位十日，昨天剛完畢，現正要草擬報告哩。最近本部擴編，以後全國陸軍及後方醫院也全歸我們處理了，業務勢必日繁，機構也許要擴大些，正擬議中。生活情形，容待續告。總之，假使你能早日來渝的話，當然會知道得更清楚了。思信先生現任總務科會計股股長，業務相當繁重，但他身體還是精強而勇於負責任的。瑞祺姊依然胖胖的，二甥一女皆好，新自建房屋二間，頗足自用矣。來信早已轉給，想必回信了，否則，實在是翁先生太忙了的原因，特代問好。

　　這是我西南視察時在桂林買的「青年日記」，讓它記錄著時代青年的史實吧，願你能同樣給我共鳴！天氣太熱了，還想說的話留待下次告你吧。即祝

康樂

　　　　　　　　　　　　　　兄貽蓀於渝新

　　　　　　　　　　　　33、7、30，午後一時

　　15日信的回信廿四日收到，但17日和20日發信，迄今尚未接覆，不知何日寄出？工作太忙的話，我也同意減少書信為每週一次，同意嗎？

致杜潤枰函（1944 年 8 月 1 日）

潤妹：

　　你廿六日發信是卅日收到了，因為那天清晨剛發你一信，近日月終也特別忙，等著要編工作報告和訓練通訊，也就沒有立刻覆。現在又接 29 日發信，雖說重慶特別的悶熱，當然也得抽暇作覆了。你來信的真誠坦白而懇摯的熱情流露，的確使我太感動了，我從沒有接受過這樣純潔的情誼，在我聖潔的園地尚未開拓的現在，今後能得到你的潤澤、灌溉和愛護，相信必能創造成我們理想的樂園，它就是你所希望的，一方面是莊嚴美麗，另一方面是平靜溫和。我們所希望的理想與事實，也真似天體的運轉——自然演變的法則——週而復始，它必能從事實的不斷奮鬥中達到理想，再從已達到的理想事實去前進追求，另達到一個完善的理想。你相信嗎？人類不是循著天演而淘汰劣種，文明也始終不斷地在「和平」與「戰爭」中進化，所以，我們要讚美「和平」——平靜溫和地——也要崇拜「戰爭」——莊嚴的、暴風雨的，並且我相信人類今後是能夠從適應自然而改造自然的——美國的西部人工改造不是給國人一個教訓嗎——同時，也是仍要在和平和戰爭中求進步的。我們面對現實，要支配現實，應該來支配環境的一切。綜合的說，我們是時代的英雄，就要把握時代給予我們的難得良機，從痛苦中創造理想的境界。

　　關於董先生看過我的信後，「說是做黨務工作的人」，怎樣知道的問題，依據我坦白的解釋，第一：他早知道了我的身份，或許你無意中告訴了他，或過去提

起黨務視察的事，他也知道了。第二：你給他看的信中，巧是有黨務辭令寫在裡面，或許他是素來接近黨務工作人員的。第三：也許他研究我的身份，在不易判斷之前，料想較近黨政工作人員，也就隨便說中了。總之，在民主政治遍及全世界的今天，政黨政治是近世紀的特徵，每個健全的世界公民或國民，應該參加合理的政黨活動，但它是人類中優秀份子的義務，換句話說，它是一種英雄偉人的事業，而非他的職業。我近年的參加黨團工作，不過是適應過渡時期，終非職業可比——郵政工作那就是職業了——我們不是討論過改革地方教育和衛生嗎？地方自治或縣政，那才是我職業的理想。潤！你對我的答覆作如何看？我希望能給我修正或指教。願意嗎？

　你七月十七日來信在背後告訴我「月姊和我說的話知道了，要回到水口寺找了再告」，所以，回信就問你成績如何？潤！小相片的確太小了，難道你除給我看一看外，不願給我看個更清楚嗎？你不是希望今後能像和月芳姊每天見面的一樣嗎？我們的情誼是建立在坦誠相見上，所以我寫信時並沒有注意措辭和段落，來信提及「原諒我不能將禮物『及』給信你一樣的寄給月芳姊」一句話，那裡面的「及」字，恐怕原信是「和」字，否則是筆誤的了，「一樣的」改用「一般的」或許較妥。還有，送禮是我的事，意外的麻煩你，當然要請原諒。另外，我們互相間的禮物，應該是精神結晶的「信」吧！？但我要送月姊的是「實物」的禮物了，它不容易從重慶寄到貴陽，也沒有比你代辦來得妙！！

　　董先生能厚愛你，更在你艱困的環境下保護你，從出發點說，的確是值得欽佩了，天下的父母子女和友誼，最難的是共患難，何況是以你們的關係。我們要不失期望，我們的人的熱望，同時也要自誓我不負人，那麼「我不負人，人不負我」，當然就可相得益彰了。對嗎？

　　徐作霖（雨蒼）先生是我中學時代的老師，也是令兄的老師哩。他是一個慈善的長者，吾鄉教育界的先進，曾任縣督學有年，家父和他特別知己，早年家父辦理小學在初創時期，他是最贊助的一個，在革命初期，他們是吾鄉青年中的先進份子，在家時還記得父親追述他們奔走組織農會等的故事。後來，他的妹妹出嫁給我表兄，（的親）成了親戚哩。他的孩子新民（逝）、容民都是我的同學，數月前曾在重慶專訪了容民兄，早知老先生在筑，因為沒有事也就疏候了，下次拜訪，可以代候並轉告表兄嫂都好。劃款是緝熙姻伯允劃的，此款在渝說明先由家父付伊妹菊芳（未來家叔軼卿，或許祝三兄的內助），以便即來後方之用，此乃爭取時效之措置，然後由府上交我家即可。如今照你所說是變為雨蒼姻伯互劃了，究竟如何，我當即轉詢緝熙姻伯，你也不妨再詢徐先生究竟華緝熙先生怎樣轉囑他劃款的，總之，親戚間互助是弄不錯的。

　　你希望能來到重慶，祇要我們能努力，相信是容易實現的，我曾告訴你郵務員可以請調的，所以在你能努力工作相當時期，而成績優良的條件下，那時，一方面請調，一方面請本部有關同仁協助，也許是可能成功

了。否則，我們現正準備接收重慶市教育局的新橋遷建區新橋小學，假使能順利的話，稍待該校整理完善後，明年能到此校來擔任五、六年級教職也很好的。我們的理想是接辦後改為子弟小學，作全國卅餘個業勤小學的模範小學，校長很可能就是我的科長兼任了。相信祗要我們努力耕耘，總能得到美滿的一天。客來了，下次再談。即祝

康樂

貽蓀手上

33、8、1，午後

最近幾個月沒有進城，所以近照還沒有攝，或許短期中赴渝後，要攝一次。我希望能於近期中互換近影，代替我們第一次的見面，同意嗎？

致杜潤枰函（1944 年 8 月 7 日）

潤妹：

29 日來信已於二日覆你，諒早能快讀了吧。約計你覆我卅日的來信，也可就到，但剛巧緝熙先生來信說，同時接我和雨蒼先生的信，知三千元劃款因為徐先生府上要用，所以決讓徐先生劃用了，該款如家父已代付緝熙先生令妹時，當即會送還的，所以，我也就不再通知令兄此事了，吾妹仍可通知府上逕交徐府可也。

交通部每月贈送我們「交通建設」，此次剛巧是「郵電專號」，我素缺乏此類常識，現在，為了你……我當然更感興趣與必要了，我們需要的是相互認識，並且透徹而深入到各人的未來理想發展中去，才更能互相

暸解和共同奮鬥，你覺得是嗎？我為了這，每一口氣讀完了其中的每篇文章。

重慶現在是最熱的時候，照例講午後要休息，但我們部中還是照例辦公呀。午睡時輾轉不能入睡，也許是太熱，但不是還惦念著在更熱中（室外當然更熱了）奔走的人嗎？索性起來就塗了這簡短的一頁。即此順祝康樂

貽蓀手上

8、7，午後

2 日信的回帖收到了。

致杜潤枰函（1944 年 8 月 12 日）

潤妹：

先後三信均一一收讀，敬以最高的誠意，接受你的一切至意。稍待數日後，當在分別覆你吧！！

在九日收到四日來信時，曾寄你「交通建設」，收到了嗎？九日到十一日是本部之慶，所以特別忙，整日在活動著，也就沒有提筆給你寫信。十一日下午到今日十二時是進城應克誠兄夫婦的餐敘，也同她們看電影，感觸也許和你相同。返部後，因為我負責籌備戰團同學北碚旅行團，又在外面跑了半天。明天清晨五時，團體就要出發北溫泉之遊了，我們對雙雙的同學特別優待，祇收壹份旅行費，你贊成我的主張嗎？明天不知幾多暢快和感觸！！

連日沒有好好休息，我需要提早安睡以便全力辦理此遊事宜及暢遊，請恕我寫的太少吧！以後當詳盡的報

告你一切來補償！潤！能原諒吧！！我相信建築在赤誠
的、純潔的心靈上的我倆，一定是能在最艱難的情況下
更認識的！

　　詳情此遊返後再告。即頌
康樂

貽蓀手上

33、8、12

致杜潤枰函（1944 年 8 月 14 日）

潤妹：

　　在十二日下午潦草地給你寫了一封信，十三日清早
到北碚去旅行了。把信交勤務兵寄出，想必已經收到，
這信是太短少了，你會責怪我塞職嗎？但和平的你——
與世無爭——我想是決不會的，是嗎？我答應你返新
後，詳細答覆你連來三信的許多問題和事情，現在，我
因為還有許多事情待辦，僅先答覆你的事情，至於許多
問題，留待以後我們共同檢討與研究，你認為滿意嗎？

　　我首先要向你致謝的，是象徵著我倆前途的「心
形」的書籤的贈予，它表示著我倆情誼的熱烈（紅
色），相互間的純潔（白色帶），而出於坦白赤誠的內
心的流露與追求，它將永遠在我的日記中保存著，每日
在將睡前賜我精神上無限的愉慰——它鼓勵我努力，它
將督促和鞭策我們走上理想與幸福之途！！

　　我希望我倆能相互贈予近照以代替第一次的正式見
面，你能在短期中就寄我，我是十分的佩服你勇敢而慷
慨，這，打破了我素來對女性「小氣」的錯誤心理。此

次進城，我已添印近照數幀，即可在最近期中寄你，你滿意我們這種相互間的「坦白真誠」的給與嗎？

徐作霖先生處已經給他了一封信，老人家晚年的遭遇不十分如意，新民兒的早折，是他最傷心的。容民兄仍在渝上，此次時間太匆促，在渝未及晤訪為恨。華緝熙先生已經再晤，我也分別告知父親和令兄關於劃款一事，一切沒有問題，待以後家中大家來信後再說吧。你在筑也不妨時常過晤徐先生候好，他的確是最愛護後進的。

託你代辦的事，件件能理想地照辦，我除感謝你的盛意外，我是再沒有旁的意見了。對於小孩子和我們間的一切，祗有你們最瞭解，也能辦的最切實。你願意做我以後的「顧問」嗎？你願「我一定會給你做到的」這樣再答覆我嗎？──這就是我僅有的意見呀！！

我兩次給月姊的信，你都已看到了，裡面究竟寫了些什麼，我已是弄不清楚，你對於我和月姊率直的寫法覺得同意嗎？她是我唯一的姊姊，在大家庭中長大，我認為是同胞姊弟──她也如此──所以，一切是赤誠的、手足的說法，沒有半絲兒虛偽假借，你能同意我倆今後亦應建立在這種坦誠的立場上嗎？你更能諒解我那裡面的許多觀點嗎？月姊和董先生對於我們的忠誠懇摯的情愛，當然要銘記，你願意我倆以事實答謝她們嗎？

最近在8-9日是本部放映「亂世風光」電影，10日是部慶，11日是特黨部慶，11日應黃克誠兄夫婦約赴城。克誠兄對你印象比我深，你們在祝就認識，並告在湘時曾和你通幾回信。他現和川籍李俊彬女士結婚，五

月十六日我因為科中蘇同鄉也結婚，故未得進城慶賀。
這次，第一回拜訪，特別客氣，盤桓了整日，也因為我
和克誠簡直如手足呀。她的母親和妹妹都在渝，當日大
家也看電影「桃花湖」，快樂的情形，也許同你和月姊
看電影時一樣。李先生現服務重慶市工務局會計，他們
是祝塘人在渝最理想的一對，好比月姊在貴陽。近期中
他的岳母和姨即返成都，或擬邀來新一敘。

　　桐哥近期曾以小恙留醫兼旬，至為懸念，現已返廠
辦公為慰。他也認識你（長沙時），並告在十四中時曾
囑楊燕廷先生照拂過你，以後則久未知你近況。現在，
楊先生在中大工作，桐哥介紹後早已認識，我們還通
信，你仍記得他嗎？桐哥對我交朋友的指示是品第一，
貌第二，共甘苦是最重要，潤妹！你的意見如何？

　　關於黨團問題和處世態度問題，我們留待以後再討
論。你能原諒我就此擱筆嗎？即此順詢
近好

　　　　　　　　　　　　　　　貽蓀手上

　　　　　　　　　　　　　卅三、八、十四，午後

1. 此遊情形，容待續告。

2. 金剛坡是新橋赴蓉道上的第二站，青木關第四站。

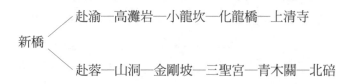

```
                赴渝―高灘岩―小龍坎―化龍橋―上清寺
        新橋
                赴蓉―山洞―金剛坡―三聖宮―青木關―北碚
```

致杜潤枰函（1944 年 8 月 18 日）

潤妹：

八月十四日北碚旅行返部時給你的信，諒已收讀為慰吧。那時，因為連日的東跑西走，公事不免稍有積壓，也就「先公後私」的集中辦公去了，你和我要研討的許多問題，和我要向你報告的許多事情，也就擱著沒有談，僅答覆了你提及的許多事，你能不責怪我懶嗎？你更能原諒我沒有給你滿意的答覆嗎？潤妹！我們能在這許多情形下更體認嗎？進而瞭解與諒解一切。

我先得和你討論八月八日夜靜時來信的三個比較有意義的問題，這也許是你渴望的吧！（一）你告訴了我說「你給月姊的兩次信，我都看到了，要我怎樣的答覆呢？……以深默的精神自認」，接著你又述及了一件最相關的事，你說：「讓我以後口述給你聽，使你有明瞭的一天，也可以代我剖白是非真善」，潤妹！對於這個問題，你不是在上面已給月姊和我了現階段最滿意的答覆嗎！？你說我猜的謎中了頭獎沒有？關於月姐給兩地播下了情誼，當然是事實，值得我們感謝；同時，董先生和思信先生夫婦，也給予我們了許多愛護和鼓勵，值得我們欽佩。但是，潤妹！我們又怎樣自己愛慕呢？你再能給我更透澈的瞭解嗎？至於我的坦白真誠，給月姊和你的許多信中，諒必可以算是給你答覆了吧。我知道你渴望和我口述一切，我也是這樣想著很久。所以，在不久的將來，我將有筑行，一方面我倆可以傾心而談，從現實中更瞭解，更行向光明之途。一方面，月姊也已七年沒有見面，我早想一敘，以償前次在筑失之交臂的

悵恨。車輛是可以不成問題的，但現在天氣仍太熱，並且希望有較好的車輛——小車——以免中途老是拋錨。

（二）關係黨團問題的意見，我以黨員兼團員的身份和你討論，更以今日身辦黨務，當然身歷其境，詳知底蘊，我對你批評團務的三點，既中肯而更精闢，洵屬至論。這是不可諱言的事實，老實說，如果每一位團員能對團務有此種沉痛的認識和警覺，那麼，以自命新中國的新青年結合起來的「團」，那裡還會到此田地。「黨」因為要新生，所以建設「團」，「上一代青年」腐敗、頹唐、自私、不爭氣，所以需要「這一代青年」奮發、有為、上進、多爭氣，但國家和民族正當鼎革的動亂時代，由專制到民主，由割據到統一，由自私到大公，在這大轉變的浪潮裡，渣穢和混濁，不經過掀天的激揚，那裡能夠澄清。潤妹！你能對「黨」、「團」的現實與「國家」、「社會」動亂的現實，同時透澈研究嗎？你不是理想過改造社會和創造故鄉的教育、衛生嗎？但家鄉的一切，就已足夠黑暗而腐敗了，那麼，志大的「民族」和積弱的「國家」新生，要怎樣經過清血和相當時期的改造，必然是不可否認了，何況「黨」、「團」的產生，它是基於革命的需要性的——不敢它是緩進或急進的——因為政治、經濟⋯⋯一切需要革除腐敗、惡濁、惡化，才有它產生的必要，才有它奮鬥和工作的對象，那麼！我們有什麼理由面對現實悲傷、嘆息、呻吟！無病呻吟是無補於事，有病而甘心坐以待斃，那國家與民族祇有等待滅亡！我屢次告訴你，我不願以「黨」或「團」的工作為終身職業——何況黨團

工作就根本沒有職業性——但我卻願以「黨」「團」性的工作——服務社會的——教育、訓練、衛生、自治等——做我奮鬥事業的理想。我為了職業的轉變，的確很徘徊，你能給我理想的指示嗎？我曾夢想得一位理想的人物，鼓勵我，督導我走上應該走的奮鬥之途——由高考轉入行政是我可能的——我更切望能共同站在甘苦的崗位上協力邁進，排除一切虛榮、欺騙，經濟上的障礙，創造我們理想的光明，收穫我們結實的花果。

（三）「你儘想著重慶的夢」。重慶是戰時的陪都，一切政治、經濟、文化的中樞，它值得時代青年崇仰，那是當然的，何況重慶還有你渴望著的人們，一切的一切，我深深地感覺——也似我的想到筑一次——但重慶也是最汙濁的，它最暴露了社會中的一切黑暗，所以我希望一個純潔而英進的青年，少受它的襲擊——職業問題，和社會的麻木、奢侈、虛偽——留下寶貴的力量，自己使用，有一天，你的力量可以到重慶，它就會歡迎你，那才再不會變成夢境，必然可以創造樂園。潤妹！我希望你先做到重慶的準備，請調工作當然最理想，否則，你可否作職業上轉移的打算嗎——會計或教育——你能接受我修正嗎？「我儘做著這到重慶的事」。

其次，我得略略告訴你北碚之遊的經過。在十三日的清晨五點左右，我們一行同學和眷屬卅餘人，坐了本部最漂亮的旅行車向北溫泉出發了。同學中有會自己駕駛的，特別覺得舒適和保險。經過山洞——九龍坡——青木關——三個大站，就到了北碚管理區，這個實驗區

的碚市街整齊、清潔、歐化，象徵了新型的建設。我們
用午餐後，即在北碚市街逛了二小時，中山公園裡陳列
著許多動物，老虎、熊、鹿、狐⋯⋯都有，老虎的威風
沒有了，隨便遊人戲弄，「英雄無用武之地」，是值得
嘆息，獸王的老虎，何嘗不是忍受欺凌！？午後二時車
逶迤山道曲折入溫泉池，聞名的北溫泉目地到達了。
我雖是一個不會游泳的游泳家，也得到外池（露天）觀
光和欣賞溫泉呀，浴票僅15元壹張，池深僅及胸乳，
最適男女同浴，所以，池畔也好，池心也好，都是情侶
對對，相倚為娛。這裡是最富人生自然的真實，任何人
也都是會願意醉心在斯，你也希望能欣賞和參與這人生
自然最真實的一幕嗎？浴後是大家狂啖西瓜，接著在溫
泉公園中遍游了「乳花洞」、「博物館」⋯⋯等，我們
以陸佰元代價觀了「漢洗」的表演，它完全是物理的作
用，但足證千七百年前漢代文化的昌盛了。今日科學落
後如斯，吾人誠愧。傍晚六時車返新橋，稍以油料中
斷，稽遲到十時許返部。但北遊是暢意的，我們在最經
濟的條件下達到了目的——謹寄旅行通知壹份給你，也
許可以神遊吧！

　　最近正想調入中央訓練團受訓，報告已經轉上，上
峰是否能允准，礙於我目前的資格尚淺，恐怕尚有問
題，我的本意在姑請，如蒙姑准，那就好了。桐哥在昆
明滇越鐵路鳳鳴村車站雲南省經委會利滇化工廠服務，
最近因為工作太繁重的關係，致引神經衰弱症，七月中
曾休養短時期，現已痊癒，也許會給你來信。此間以桐
哥有七、八年沒見面，很想有機會到昆一行，現正靜待

機會中。去年七、八月中，偉月姊都獲姪、甥，我都沒表示祝賀之意，此次月姊處請你代辦了，昆明也就寄去貳仟元囑偉姊自己代購姪兒的什物，你認為對嗎？此信寫時心潮澎湃，越寫越多了，同仁有公事接洽，再不能寫了，就此擱筆，下次再談吧！即祝

快樂

貽蓀手上

33、8、18

渝、新，辦公室

致杜潤枰函（1944 年 8 月 23 日）

潤妹：

　　十八日晨及晚來信均敬讀，你的見解都很中肯而切實，我早有和你同樣的感覺。這，在十四和十八給你的信中，也許你會覺到的，我確認如此才是合理的發展，相互間會更率直地接近和互勵。我相信你和你相信我一樣，自八日接來信後直到十八日再來信，我深知你為生活不安定而煩惱，以後接月姊十三日來信和你的來信，完全證明是判斷正確的，因為你急於解決「住」的問題。前次在月初少給你們信，因而累月姊和你關懷，我是很抱歉的，說我工作忙，也是自己騙自己，以後還是經常連絡，免得互相多記掛！

　　你能提出許多問題來啟示我討論，在雙方思想與個性上尋求吻合或瞭解，這是最理想和今天我倆最需要的，我們開始初起即從「痛苦的奮鬥中認識和欽慕」，你能承認嗎？我很願本此真誠，儘量接近我們的見解到

融合一體，像過去的修正稱呼問題，討論家鄉教育、衛生問題，直到最近的黨團問題，我們完全本乎自由自發的立場，平等的見地，毫沒有任何假借，你認為對嗎？

　　關於處世的態度問題，你似乎提起了好幾次，這問題在初入社會的人，當然認為相當嚴重，其實也很平凡的事，我素來不注意它的重要性，所以，社會上風行的處世哲學一類，從沒有放上書桌子。語云：「天下本無事，庸人自擾之」，歸根講，社會道德與人事的混沌，實主因於庸人的自擾，杯弓蛇影，以小人之心測君子之腹，因而利用、攻擊、誹謗、勾心鬥角，無所不用其極。老實說，個個人能從利害上放得寬，如來信說「與世無爭」，那麼，就絕對沒有甚麼問題了。但話要說回來，現實的確不是青年人所理想的純潔，所以，處世的態度也就分開成「寧人負我，我不負人」、「我不負人，人不負我」、「寧我負天下人，毋天下人負我」三種說法。以平常的常例說，中國人注意標榜的以第一說較多，但事實上朝向第三說做的最多，可以說自私的人，就都服膺第三種作風，而戴上第一說的幌子。平心而論，我倒主張第二說「我不負人，人不負我」，這樣我們自己先立定腳跟做不負人的打算，那麼，人非木石，當然可以赤誠相感，假使萬一遇到壞人，我們也要取防禦的攻勢，做到使對方不能來「負我」，此時也就不再取用「寧我負天下人」的下策了。古語說，「己所不欲，不施於人」，我認為實在是青年時代的處世原則，我們應該疾惡如仇，所以凡是我們認為不該的事，就不應再做，或報復於人，更或流毒於下一代青年。連

帶提起了青年人應該戒除一切不良嗜好和惡習，所以我立志戒除了煙、酒、賭、嫖等一切腐化習慣，就是虛偽、吹、拍、捧……等，我也退避三舍，總認為不該再叫次一代青年學壞。你認為對嗎？還有，我以做人的時期說，總認為初入社會的人，最好抱著「寧人負我，我不負人」的態度，能開始吃虧、實幹，不斤斤利害得失，方能養成恢弘的抱負，然後到了事業開始踏上成功之途，再照「我不負人，人不負我」去努力，那麼，朝向好的方向為大多數人謀福利，總是能得共諒與成功的。最後，關於你抑止了自己豐富熱烈的感情而遷就現實，增加自己的煩惱與痛苦，日趨沉默而汩沒你那讀書的時代為「不合理」現狀奮鬥的個性，我是不能同意的，青年人應該富於「活力」，任何可以遷就，但自己的「活力」應該滋長，隨時保持活潑了的！！

　　囑轉克誠兄的信，立即給你附去了，沒有增一字也沒有減一字，我應該完全尊重你的意思才對。克誠兄和我如異姓兄弟，在渝上是同鄉中最親熱的一個，一切大家知道，更不必太認真了，但李先生俊彬寫的一手好字，程度確實不差，這是要告訴你的。上次我進城拍的照，頃得通知重拍，已請月姐通知你，以後再寄你，你也盡可日後拍了寄此，我們相信都不是注重形式主義的呀！潤妹！你第一次親熱地稱我「貽哥」，我該慚愧呢？還是十二萬分的興奮？我倆聽其自然的循著此順序發展，也許就是你所說的「慢慢談」吧！潤妹！究竟對不對！？

　　第三頁以後是參加書記長老母親七十高壽返部寫

的，前後也許欠通順，請原諒吧！此祝

晚安

貽蓀於渝新樵莊

8、23，晚9時

致杜潤枰函（1944 年 8 月 27 日）

潤妹：

八月廿三日深夜的賜書敬讀了，在這樣辛勤的環境下，你能慨予我莫大的安慰，培植共同幸福的基礎，我怎能不更惦念你呢？尤其是使你最辛苦的「住」的問題，總是連帶的想到如何解決，月姊告訴我就可找到房子，也就鬆了一口氣。今天執筆的時候你已能毅然先搬到月姊處住，我非常為你高興。潤妹！他們是竭誠的歡迎你，你是忠誠的接受，這樣，我至誠希望你能更充實他們家庭的快樂，同時，你也得領受人生家庭幸福的一切，因而，鼓勵你創造理想幸福的力量，你願意這樣想嗎？

十八日清早和晚上的來信，我也在廿三日給你覆了，裡面許多觀點，你同意嗎？希望能賜予修正和討論，我相信這樣能提高我們互相認識的熱情，充實我們精神的熱力，你同意嗎？你對於事業的看法，無論在何種職業的立場說，都是正確的，常人說「三百六十行，行行出狀元」，總理說「有志竟成」，更何況今天時代的進步，分工與互助，已構成人類生活的二大方法，任何事業與職業之關係不可分，嚴格的說，分不出重要與次要，老實說，祇有各人在崗位上努力的程度之分，大

總統不盡職的誤國，遠較農民勞瘁的工作，非但貢獻少而且為害社會，這是民主世界的公論。至於談到我職業的轉變，自己的打算是戰後實施憲政，有形的黨治是會結束了，那時，優秀的黨員，勢必深入各階層埋頭工作，以工作上的效忠而謀實現主義了。以我的個性之所近，教育則已荒廢太久，也太嫌其單條呆板，軍事則以蘇人太少，不能得志士戮力共謀，家庭也許不贊成，故入部隊亦不可能，一般性的軍事行政與一般性的普通行政，則和今天的黨務機關相同，因為都是以高級機關作書面的指導與考核而已，隨時可以轉進，無所謂轉變，故理想中則以將來能轉趨地方行政，或縣政為較有興趣，也得獨力主持一方面的公共事務，造福一塊地方或一縣，其他教育、衛生、建設……等，也可在能力範圍內兼辦，以達個人發展的抱負。但為此準備起見，對於這方面的理論與實際，就得好好研究和注意了，能從事高等考試普通行政的應試，以求入中政校受訓後，正式分發地方或縣政工作，當然最為理想而可靠的。同時，向這一方面去努力，總不失時代青年的正當途徑，正像總裁說的做「鄉社自治員」，也不失為一個能進修的公務員，不為時代所落伍，這也許是我的理想，但能奮鬥和努力，誠如你說「有恆的去幹，……無有不成功的」，你同意這種職業的轉變嗎？更能督促和鼓勵我努力嗎？至於你能目前從事郵政工作，以現代文化有藉郵政的重要與郵政工作的科學化與有軌道，這是比較理想的工作，何況目前社會上有一個沉重的暗影，就是排斥女青年的工作，要衝破現實的桎梏，祇有健全的女青年

先佔領有利的環境，然後再去奮鬥。你認為對嗎？談到你工作可能的轉變——不過是一種進修的理想——因為顧慮到女子職業，會計也不失為較普通的一門，就是主持家政也要懂會計，以學習專技說，也以會計最通行，所以，希望你不妨學而備用。談到教育，它是女子事業的較崇高的理想，將來有一天我們有辦法時，我希望能在故鄉和工作的地方，特別舉辦教育事業，教育！我始終認為最真實的服務工作呀！沒有接受完全教育的人，痛心國家社會混亂的人，都會知道「教育」的至上性。潤！你能否認國家的到這地步，不是吃「教育」的虧嗎？談到你要進補習學校，或再讀書，我都贊同，祗要你能考慮的週到，對你有利的時候都可以。

楊先生是桐蓀哥的同學，也曾一度介紹月姊為友，他的為人做事，他倆比較清楚，做了你的老師，學生當然對老師也認識得清楚，我和他僅見面一次，這是桐哥的囑望。事情在去年，現在是否仍在中大擔任訓育員，已囑同鄉查詢中。你天真任性地告訴我學校一切，當然愉快萬分，但在今天——八月廿七日——應該尊師重道的一天，我除慨嘆國家教育的病態外，對於不良學風——屬於學生的——滋長，也寄於下一代青年憂慮，學校是自由的園地，這是任何人贊同的，但吾人不可否認，「不合理的自由會毀滅一切」。隨便提到學校教育，你能原諒我的率直評判嗎？

徐雨蒼老先生已來教諭，他介紹我許多同鄉先進，囑託可以拜謁請教，老人家對後進的提攜，的確太感動人了，他說要看月姊，你不妨有暇和月姊連袂晉謁候

好。克誠兄來信說，他已直接覆你信，收到了嗎？他的太太李先生要看看樹德先生照片，此間翁先生家有，我已決定最近期中送他一看。有關祝塘的照片有五十幀，凡是祝地風物、人情，各方面值得紀念的都有，我將全部帶進城，給同鄉演出「祝塘神遊」片哩！涉及你府上的有一角——玉文學姊——你也願欣賞嗎？家鄉已很久沒有信來，甚以為念，府上有信嗎？近況以後希望互相告知，藉慰旅中之深念。

拉雜的寫來，你也認為太嚕囌了嗎？請你二口氣讀完好不好！即此順詢

近好

貽蓀手上

33、8、27

渝新橋莊宣訓科

月敏哥均此代候，並告近況。

致杜潤枰函（1944年9月2日）

潤妹：

八月廿六日的來信快讀了，你們歡迎我筑遊，我也作此希望，相信在一、二月內是可以實現的，否則，大家放在心上終究不得安，不是望穿了眼嗎？小問題是在車輛的什麼時候最方便和工作上的先事安排妥當，免得請假麻煩。這許多你是會原諒而知道的，是不是！！

最近因為要介紹一位同學來工作，前天到了復興關一趟，復興關是每一位中國青年仰慕的地方，宏偉壯麗聳立在大江之旁，的確可以象徵中國新青年的氣概，現在已是三民主義青年團的青年幹部學校的大本營，希望它能替中國青年脫胎換骨，也希望每位中國青年到此地來瞻仰雄關！！

因為黃克誠兄要看祝塘的照片，也就趕進城了，一夜的暢敘，伍拾幀故鄉的照片——有克誠的父親和叔叔等——我們似乎入了神遊故鄉的境界！他告訴我已直接給你說，並讚美你各方面飛速的進步。這裡有祝小許多女同學的照片，也做了我倆談論的中心，可惜能前進的太少了些！

上次進城拍的照片，已得通知被風暴損毀，但此次去看的結果，卻已洗好了，原因是小部份沒壞，所以仍可加洗呀！來渝後，因為社會環境沒有前方般單純，生活也較不安定，年華太易催老，一年的照片，比起來是更大了，附上壹張，你就得認識了。今後，炎夏過去，心靈上也得安慰，你能相信我會變年青嗎？

你能搬到月姐那裡住，暫時是很好的，月姊那般

忙，那般能工作，你承認她能做你的模範嗎？以後距郵局近，精力當然可以少浪費些，家政你能稍稍幫助月姐嗎？

聽說長涇人宋蕙琴（女）夫婦皆在貴陽郵局工作，並住毓秀路56號郵務公會，你能調查後告我她倆的工作嗎？以後，或許可以介紹你做朋友。

同鄉黃祖榮原在新橋軍醫署擔任繕寫工作，我鼓勵他上進，現在筑進高護班，老實而刻苦的小朋友，月姐和敏哥曾給他許多幫助，他也許會看你，或報告些我新橋的生活，如見面，可鼓勵他努力！

你的信是快來了，餘下來的話，覆信時再談。即祝
康樂

貽蓀手上

九、二

敏月哥均此代候！

致杜潤枰函（1944 年 9 月 5 日）

潤妹：

八月卅一日的來信，我也一口氣讀完了，怎樣！？

我在今年沒有重遊貴陽之前，心裡總是不安的，你的渴望和我的熱望早已起了交流作用，那麼，不是終有一天要碰到嗎？你說對不對？適宜的時候一天一天地接近，中秋前後大約可以實現吧！車行順利祇要三天就可到筑，再玩三、四天，回來又要三天，前後十天的時間，我想是比較理想，你的估計如何？必要時，當然還會縮短或延長！！你可告訴月芳姊，看看她的意思如

何？以前曾告要在同學處帶東西，有什麼嗎？現在，你要什麼必要的什物，依你知道在渝市是便宜的，或是方便購買的，不妨和你代購，能坦直的告我嗎？我相信你是可以的！

　　以今天世界人類求生存新的法則說，「互助」是至上的原則，能本此和朋友相處，當然是可以雙方互利的；受人之助，在自己忠誠接受或施報於後，或轉施於人，這是內心應有的赤誠。但施助於人，就要企求報酬，那就失卻了「助人」的至高意義，不脫為小人之林。假使你能以此尺度去測量你和董先生的互助的友誼，當然能求到相當的答案了，你說是嗎？假使說，更要遷就地完成形式化的友愛，折損了自己的意志和感情，追求空虛的表面，那樣的做法，那是不一定會對的，天下惟有至真才能破至偽，也祇有建築在真而善的基礎上的事物，才能達到完滿的美的境界！你的看法如何！？

　　我們都是富於感情的，因為我們尚保持著一切可珍貴的天真和活潑，但人類的思想，誰都會知道最複雜的，所以一定要有理智去控制它，因此，理智與感情的熟重熟輕，會在我們腦中不斷地鬥爭，自己完全拿不定主意，那一定會偏倚於每一方面而失調和，那時，煩惱和痛苦，也就陣陣地向我們襲擊了，是不是！假使說，我們面對現實努力，感情和理智都踏實的運用，那麼，事實與理想的距離原就很近，當然容易達到目的了。你同意我的說法嗎？這能充實你空虛的意向嗎？自信心是一切成敗的關鍵，我們自信心堅強的信任自己，那麼？

天下難道還有更難的事，像人家來知道我們的心嗎？

　　徐雨蒼先生說的話，都是金玉良言，做事能照此做去，當然無往而非利了，他論一個人的成功和失敗，也是從閱歷中得來的說法，毫無差池的，我們在社會上混了幾年，看到比較有前途的青年或朋友，沒有一個不是勤於工作和努力進修的，此點實足為吾人深自警覺。個人雖也早以奮勵自勉，然努力的程度委實不夠，今天，仍是毫無成就，深引為恥，你要問我還有第四種人嗎？那我的看法，第四種人就是被人家認為第一種的人，或自己認為第一種的人，結果是仍無前途的人了，你以為出乎意外嗎？我們恐怕就在第四種人的陷阱之旁呢？

　　克誠兄夫婦的照片是有，原想以後帶筑時給你看的，現在你急著看，也就先寄你吧！你怎樣想到了他們的結婚照片，能告訴我嗎？李先生身體健康，胖胖的，稍矮了些，這是要補充告你的，其他照片會告訴你了，克誠兄因近年的埋頭工作，頗見清瘦，但精神很好！

　　許多話留著下次傾談吧。匆祝

快樂

　　　　　　　　　貽蓀於重慶新橋樵莊

　　　　　　　　　33、9、5，午後二時

致杜潤枰函（1944 年 9 月 8 日）

潤妹：

　　九月三日的來信在七日就收到了，你賜我無限的愉慰，真感謝不盡；讓我到筑後向你面謝吧！那時，互訴衷腸，有它傾吐的情景，人生自然的真實，也可呈現在

善與美的境界中，再不需要這枝禿筆，或「不寧靜」的相思，潤！是嗎？你能同我一樣的熱情流露，而醉心在即將到來的場合嗎？

假使沒有特別的阻礙，我是決心要在中秋節前到貴陽暢敘，那時，久別的月姊和久念的你，在瞬間晤敘，我真不知將從何說起？千言萬語，相信剎那間沉默於無言之中，該是最美吧！否則，你能告訴我，你將說什麼話嗎？月姊要購羊毛線，來時可帶筑，那時，經濟可能的話，或可購些其他什物，前信問你的如何？可以告我嗎？

你能給我滿意的答覆，以後就要看你我努力的程度與互助相洽的效率如何了，潤！是嗎？我深信在最坦誠的交換情誼後，我倆是可以更滿意地向理想共同奮鬥，正像你欽慕的一樣，對嗎？你願這樣的禱告嗎？

長學甥的活潑可愛，我相信不久就可看到了，我更想起鎮平、鎮南、黎明諸姪的可愛！我總想能早日也得和桐偉哥暢敘，他倆還是戰前分離，同在抗戰的後方，七、八年來未得見面，我是如何的悵然呀！！

雨蒼老先生處已給覆信了，他介紹我許多同鄉先進，並囑連繫請教，關懷之切實在感佩萬分，到筑後當然要拜謁了。黃祖榮鄉弟很能上進努力，從沒有辦法中求發展，所以，我也就全力鼓勵他和幫助他奮鬥，我願協助一切，肯奮鬥而刻苦自勵的青年朋友，你同意嗎？這是我過去精神唯一的寄慰！！

今將玉文的照片和祝塘有價值的照片，也許可以借到攜筑快覽，請待著吧！家鄉久無音信，至以為念，願

能早日通郵，以寬遠念。匆此不盡，順祝

快樂

貽蓀於陪都

33、9、8，晚9時

敏月哥均此代候。

致杜潤枰函（1944 年 9 月 13 日）

潤妹：

　　九月八日午後的來信快讀了，你們至誠的渴望我早日到筑暢遊，考慮又如此周到，我真有說不出的快感，當我理想著到貴陽後的情景，我是如何的快慰。潤！我現在正積極打算到貴陽的準備，那一天到來，我是會用特快通知你們的，那時，因此毛線是必能帶上的，請勿念。

　　你要送我禮物嗎？那麼，你認為最合意的什物，也就是我所喜愛的，你曾想代我做襯衣，它可說是一種最適用而合意的了，它每天能緊貼著我而賜予溫暖，不是保持著最密切的連繫與情誼嗎？每當深夜醒後，惟一的體佔也是她，那時的合意，你能同意嗎？否則的話，過去偉青姊代做的枕套已壞，早就想買一個，但總不如意，假使能改贈它，當然合意是相等的，而甜蜜的夢，也許會更多哩！！

　　你能讚同我而鼓勵我向事業之途邁進，除感謝你的誠意，與永久接受你的指導外，今後我將安心於這一方面事業發展的進修，我打算在筑遊返新後，開始計劃的奮鬥，此後的讀書或參加社會活動，預備著剖記和記錄

給你事實的報告，也請你指正。這樣，也好使你能成為我所理想中勉勵我努力奮鬥的她，我相信祇有這樣，才能做到你前信所說的「要看我倆相互合作相洽的效率如何」。潤！我倆的合作建立在堅強奮鬥的意志上，你能承認嗎？我們應該更奮鬥來完成理想！！

父母養育之恩情，是最深的，國家培育之愛情，是最切的，所以古人勉勵我們要「俯仰無愧」，「俯」就是要對得起父母和一切關切我們的人；「仰」就是要對得起國家和一切維護我們的社會；否則的話，誠如你說「良心何安」。但中國的政治哲學是以修身的發展而到治國平天下的，修身為本，健全自己才能有總的出發點可靠，所以，今日能「健全自己，充實自己」，才能求他日的「俯仰無愧」。

九龍坡有暇當前赴一晤胡先生，否則的話，我可給信胡連文一詢近況的，黃祖榮信可不覆。家信久不通暢，實屬念念。匆此，順問

近好

> 貽蓀手上
>
> 9、13，晨7時

敏月哥不另，均候。

「最早可能於本月廿六日動身赴筑」。

致徐敏生、王月芳函（1944 年 9 月 16 日）

敏月哥如晤：

你們至誠的愛助我竭誠的希望，我除內心萬分的感戴外，我祇有自己更奮勉，以求無負殷望和愛我者的赤

誠。原來有許多話想留在久別重逢時傾訴，但終於要在
今天先告訴你們，也可說先請教你們，同時我對月姊講
話素來最坦白，以手足之情，根本用不著再有虛假，敏
哥雖僅見面一次，但必能以瞭解月姊同樣認識我的，
所以要講的話在下面毫無保留的陳述了，你們能諒解
弟弟嗎？

我首先得說明對於家庭問題的看法，它的基礎應該
建立在共甘同苦、刻苦奮鬥的意志上，然後方能創造幸
福發展事業，正如你們和桐偉哥的現狀，否則違背了這
個最高原則，必會再蹈贊叔的家庭痛苦，甚或連累了
整個大家庭。因此我始終冷靜的面對現實去考慮，不願
為此而燥急，更或因此而苦悶。過去七年中雖說為了自
己的前進，不允許分散力量去旁及其他，然那一個青年
不鍾情，但畢竟為了我的家庭教訓和啟示，使我按下了
一切的慾念不談了。去年我的生活和各方面比較進步，
也就引起了關切我的人愛護，自己也希望能得一、二良
友互勵，結果是偉哥介紹表妹章仕為友，她曾同時代徵
了雙方家長同意，可是僅通一信後，即以郵政關係不能
保持必要的聯絡，我已索性靜待戰後發展了。新橋是寂
寞的郊區，本部是禁用女同志的，重慶的女子是拜金的
多，四川女子是不適生活條件的，我又開始了不聞。此
時雖開始知道潤妹在筑，但我根本不曾想她。到了今年
正月，王鶴亭兄赴新疆工作，志英姊曾堅邀同去，鶴亭
兄並強調介紹一崑山女同鄉同赴新工作，但終以我許多
考慮和奉派西南視察黨務，參加衡會隨行而作罷了。以
後唯一的由戚誼而轉入友愛的，祇有潤妹，你們當然知

道很詳，所以現在也就將此提出來和你們作坦白的商量，作我參考。

我和潤妹是在五月轉入友愛時期的，因為雙方過去基礎的比較穩固，再加你們的特別愛助我和她，所以感情的進步和認識的加深，思想的接近是與日俱增的。現在的情形是你們希望我們能見面一敘，我們也相互期望晤敘，其他當然都包括在這個相敘的殷望之中了。事實的發展是如斯，我當然要針對現實著想，所以也就坦白的將此事和翁思信兄、瑞祺姊暨科長夫婦舉行商談，因為他們都能愛護我，就也不需要對他們再瞞。思信夫婦的意見歸納起來是：（一）早主張你們能做朋友，現在既然很好，就可到貴陽後先行訂婚，然後再慢慢談。（二）為了方便起見，可先請你們問問潤枰意見如何。（三）假使同意的話，或不絕對拒絕的話，就可準備了到貴陽去，時間不妨稍候，十月十日到筑最好。（四）方式以簡便為主，登報和拍照即可，否則大家做些必需什物也可以。（五）接來信後：我可逕信志春伯詳告此事，決無問題。（六）今後你倆就可安心工作和準備，不必為此增加許多煩惱了。科長夫婦的意見歸納起來是：（一）雙方基礎已堅固不拔，時機亦到可以訂婚的時候，並相信對方決不會拒絕的。（二）程度甚好，來信輕描淡寫而情意甚濃，見面時可保證雙方更好。（三）貴陽來去非易，以時間說要半個月，以精神說此路最苦，同時經濟上所費亦巨，那麼遲早要舉行的手續，何不利用此時辦理，以免日後再勞往返之損失。（四）可即去信請你們徵求同意，同時稍遲到十月初前

赴一面，無論如何決心前赴可也。（五）此後對方即可避免無為的煩擾，大家安心努力一切，即是日後戰局演變，也可毫無顧慮，同時，更可設法到重慶來工作（我曾告訴他們我倆的經過和潤妹九月八日的來信）。經過和他們商量後，一直為此事考慮了二、三天，直到今晚勇敢的再和你們坦白陳述，同時，我也自己覺到幾點：（一）我的意志和思想上已沒問題，其他方面我能完全信任你們，她也能完全信任你們，你們也能相信我們，那麼，見面後必無問題發生。（二）時間上似乎訂婚太早，起碼潤妹會這樣說，但到貴陽的確機會不易，為了減去以後的困難，和雙方心理上的不安及環境上的煩惱，也未嘗不可提早舉辦，何況此事雙方本人並無任何影響，祇有更增進友愛而已。（三）我的家庭絕對賦予我自主，就是她相信也不會反對吧。但假使要等待家中同意的信，則五、六個月後方有希望來信，不免雙方屆時傷神。（四）最後一切的決定，當然要以潤妹是否同意，和我決心來筑後的晤敘如何以斷，否則的話，再從自然發展中去求進步，以待來年看天亦可耶。（五）假使要介紹人，那麼敏哥、徐作霖、翁思信、華緝熙等皆可。關於桐偉哥已航快徵求意見。以上的看法，你們能再根據現實賜我所見嗎？我將靜待你們的報告和意見以取決斷。餘容面敘，專此敬頌

儷安

　　　　　　　　　　　　　　貽蓀拜上

　　　　　　　　　　　　九、十六，晚十時

潤妹曾告長學甥微感不適，痊了嗎？決定了日期動

身，當即快告，總以時機及車輛、請假三事為斷。原擬中秋節前到筑，恐已不成，大約十月十日前到筑是我理想的。

此信盼能保留，或到筑後交我。

致杜潤枰函（1944年9月18日）

親愛的潤妹：

我這樣親切的稱呼你，在此信是可以嗎？

九月十三日發的信，我在興奮的陶醉中快讀了。這種境界，是有不可思議的愉悅，祇有「識己者」才能同感，是嗎？不，我相信你早我陶醉了，你不是告訴我說「來信使我一口氣讀下去，忘去了一切，我是迷惘了」，這種境界，不是「迷惘」更比陶醉快活嗎？親愛的！猜的不錯吧！

我們深信祇有真切的感情流露，真誠的情意相洽，才能產生真實的心聲共鳴！同時，建立於善意的基礎，趨向於善意的發展，才能產生至善的理想境界，而結果必然是美的了！親愛的潤！！你的答覆是很對的，能予我再寫一遍嗎？「出於『真』切的『善』意，結果必然是『美』的」。恕我將「也」字改寫成了「必然」二字，同意嗎？！

謝謝你祝福我的康樂，和摯誠的關切健康！此地，願以至誠來接受你的禱告和囑付。謹以十二萬分的敬意也祝福你的康樂和健康！！我確乎比較瘦些，炎夏的生活反常和營養欠佳是主因，照例的夏季清瘦也是我的必然性。但是，我的精神始終是充溢的！目前，已恢復

了正常的生活方式——早起，清晨運動；早睡，睡前運動；工作與休息，讀書與娛樂也相當的適度——營養上也每天補充雞蛋。相信不久是精神會更充溢，和豐潤的！我們堅信身體是幸福的泉源，事業的保障書，為了未來共同美滿的人生，我得隨時隨地重視身體的健康。潤妹！我有特別研究衛生的人照應，難道身體還怕不健康嗎？是不！請放心！！

　　貴陽！它在我的心海中陣陣湧起了澎湃的波濤，別有一般滋味在心頭，你也能體念嗎？好似你的終究要到重慶來一樣！但目前因為軍運的特別緊張，票車是根本不容易有，我決定要坐本部的便車了；旅程的計算，來回程照例說是各三天，但也得作五天的打算，再加小憩暢敘，時間會到半個月了，機關平時的半月假困難，你們是知道的；渝筑的旅程雖祇三天，但艱辛是著名的，我早在今春嚐了滋味，敏哥也許會記得我到筑的困疲！——曾有二晚在荒山中凍著、餓著過夜的——我也不是告訴過你筑渝途中的困難嗎？當然有時也很好的！但，親愛的！我們不是以克服一切艱難相互期許嗎？你說：「願我們都是從苦痛中得到快樂，由奮鬥中尋求幸福」，那麼，今天該是多麼難得的時機，我們當然要英勇地邁進理想的樂園！為了建立我們永友的友愛！創造永恆的幸福！潤！你能完全同意我的觀念嗎？你就這樣爽直的答覆我好嗎？願上帝賜福我倆！！

　　你已拍照了嗎？好不好是值不得過慮的，「照相」難道還會比我倆即將每天見面二次更清楚嗎？不然的話，我相信合攝一張，一定會好，相信嗎？願意嗎？當

你最快活的時候，當然是最美的時候了！是不！！

　　克誠鄉兄伉儷的婚影，請你暫留吧！當你來渝的時候，重新帶回到我的影集裡，那不是更富你欣賞的價值嗎？他們是戰火中的伴侶，值得欽佩的！到了凱旋的那天，我們將攜手而東歸！！

　　所有囑託的事情，我在可能的狀況下，皆能照辦的。胡先生的工作，現在是比較困難協助了，因為此間的小學，開學皆已二週，老師早已滿額了！重慶在提高行政效率和提高公務員待遇的呼聲中，屬行機構的裁併和裁員，新進人員當然更困難呀！但，我總可以留意著！

　　熱切的期望能在中秋節暢敘，但目前的情勢，時機和車輛等都已來不及了，我將接受你們的意見，稍遲些了！現在的計劃是趕到貴陽參加你們熱烈的慶祝雙十節——國慶！還有，你會知道的！親愛的！潤妹！十月是一年中最富革命性的——革命的高潮——個月，十月十日是三百六十天中最富創造性的——國家的新生——一天，你能完全同意我選擇這個崇高偉大的聖節嗎？為了寫下我倆幸福史中最聖潔的第一頁！！

　　我已陶醉在理想的幸福之中，我是迷惘了！！

　　恕我擱筆吧！祝福你的

康樂！！

貽蓀手上

卅三年九月十八日清晨

渝新樵莊

致杜潤枰函（1944 年 9 月 21 日）

潤妹：

九月十七日賜書敬讀。要傾訴什麼呢？！

提起了筆老是發呆，我也傻了不成！我將信吧，然而我畢竟寫了下去！九一八給你的信，你也同時得快讀吧！兩地相思，同樣的心境，同樣的靈誠，是誰主宰了我倆的理智與感情！使它能得江海般地奔流，而趨歸於偉大的情海！潤！什麼將使我們永結同心呢？！靜待吧，有一天我倆可以任性地流露人的自然與天真，可以在鄙棄一切虛偽與欺詐的黑暗時，創造我們的「真與善」，那時，人生也是沉醉在「美」之世界了！！

你能欣賞「幻想曲」的「美」，它使你陶醉在自然之中，這是你精神上何等偉大的收穫！潤！！你還記得我北碚之遊的「美」麼？這一切，無論是音樂或旅行遊覽，它們是可以陶養我們富富的感情，向上的氣概，樂觀的情緒，蓬勃的精神呀！潤！以我們沒有不良嗜好的青年，以一部份時間欣賞音樂或旅行遊覽，是需要的。這也是使我們思想純潔化，精神積極化，生活藝術化的一種教育！對嗎？！

今天下午同時接到徐作霖老師的教示，貴陽變成了我精神上最大的快慰，不斷的勉勵，我將怎樣自處？老先生介我進謁鄉先進祝兆覺先生，他是現任地政署署長，吾蘇青年的領導者，目前在渝的江蘇青年協會就由他領導著！我將擇假晉謁，並請指示今後努力的方向！此次到筑後，當赴徐老師處候安，你現在也時常到那裡去嗎？

　　現在，部方是改組與裁員兼施，也許要有吃飯不做事的人走一批！特黨方面，也許沒有問題，但改組時較忙，是否屆時影響請假，我還擔心！一切順利的話，我是決心要在十月五日左右動身了！那時，我會提早幾天就告訴你的，請勿念！！

　　近期中先後來的同學、朋友、同鄉真是多！精神上是愉快，但時間上就吃苦了，今天華光熙先生的兒子澤民弟來晤（他取了交大），抽暇潦草的給你寫了此信，潤！能原諒嗎？

　　說不盡的話，我們留待一起玩的時候暢談，好嗎？

　　月敏哥均盼代候。即祝

康樂

貽蓀上

33、9、21，晚9時

致杜潤枰函（1944 年 9 月 23 日）

潤妹：

　　九月廿二日清晨我剛發了信給你回部，又接到了十九日的賜書，我是何等的愉快呀！謝謝你這樣的關切著我，和準備著為我服務的熱忱！！我決心要等待到十月初在能動身了，使你和月敏哥望穿了眼，我將受罪呢？潤！見面時由你痛快地述說久候的苦，好嗎？月姊的計算我相信也沒有你我的可靠，因為，假使我在五日動身的話，那麼三天，就到是七日，聰敏的可以知道嗎？八日、十日、十五日，不是都可合乎你的希望嗎？是不是「那是太好了」！！

　　你想像的一個理想的他，能否為你所希望的，我更將如何的慚愧！我深深知道非但能力不夠，還有其他更不夠，要是你一旦失望的時候，潤妹！你將如何呢？但是我可以爽直說一句話嗎？「關鍵在部份的虛榮」，這是一般青年的觀點，一方面希望姿色超人，另一方面希望名利雙全，是嗎？假使我們不能突破流俗青年的惡流，而甘願放棄我們「從痛苦中求奮鬥創造的理想」，那嗎！我們是可以恢復到先前的感誼的！你同意嗎？「真誠導源於爽直的坦白」！！

　　你所最需用的什物，我該早想到了！那時，我經濟許可的時候，必得代選呢大衣料壹件，潤妹！猜的不錯吧！你更能原諒我這樣講的乾脆嗎？月敏哥處的禮物或代購的物品，我得比較便宜和貨真才買，那時，我會考慮和毅然選擇的！！

　　黃祖榮弟尚能刻苦自勵，所以我鼓勵他找路子上進。過去是最聽我的話的，此次在衛訓所，早想跑回的，再三的囑他安心，才能有今天，我總認為問題在基礎太壞，所以多讀一年（留級）是應該的！否則，到安順讀軍醫學校似可。昨天因到小龍坎看電影「洪荒時代」，原擬看他父親一談，結果剛巧他走了，我現在正想寫信他，告訴他祇有一條路「繼續的受訓，那裡都好」，你看怎樣？

　　徐先生處在不妨精神和時間的較大損失時，可以去看看他，接近年老德高的長者，是可以得益的！！

　　為了使你瞭解我的一切，茲寄上在六戰政時一篇論文，他是我努力奮鬥的作風，大約是始終這樣生活著，

直到了現在和將來！開部務會議了，相信還能接此信的
愛音。餘待面敘，即祝
快樂

貽蓀上
9、23，晨9時

致杜潤枰函（1944 年 9 月 24 日）

潤妹：

　　九月廿一日的信收讀了，你的意見我可以考慮採
納，但總以戰局的如何演變而論。照目前形勢說，桂局
似乎緊張，但敵人目的在打通大陸通路，直往越南去，
所以貴陽是絕對無問題的。我們這裡軍事消息相當快，
果真形勢惡化，當然會通知你們的。我的推斷是交通特
別混亂所致，所以人心也顯得浮動了，你可安心工作，
更可告訴月姊放心，我已直接有信她。至於到筑暢遊，
當然以最適宜而快樂的時候為宜，所以我隨時會考慮著
順延或暫緩的，先後使你苦著挨等，更為我焦急，內心
十萬分抱歉，你能原諒一切嗎？有一天，讓你傾訴吧！
我決沒有半點兒猶豫，我將全部接受你的陳說一切！
潤！生活應該是有節奏，才能顯得特別有意義，假使江
海沒有驚濤駭浪，還有什麼偉大呢？音樂沒有最緊張的
情景，還有能感動人的功效嗎？我們固然一切希望，自
然發展而十分順利，但拂逆之來，我們也該有雄赳赳的
氣概來擔當，不怕危險與難困，才能戰勝一切，生活也
才有意義，否則，不是太平凡了嗎？潤！你說是不是！
有你我過去的流落，也才能有今天的現在，我們不相信

再會流落，但我們有勇氣接受造物加予吾人更大的艱難！請你不要認我詼諧，那麼！譬喻說：「母親生育孩子前的陣痛，該是最快樂前的痛苦」，但這種最崇高的愛情結晶，必得從最痛苦中產生！你能原諒我這個最確切的譬喻的提出嗎？我天性喜歡崇「實」，一切皆從老實處說話，你能不責怪嗎！

假使此次不能到筑暢遊，那嗎，可能待到明年春光明媚的時候再說，潤！你覺得時間太久吧！老實的想法，我能信任敏月哥，你也能信任敏月哥，也不就相等於我你共信而互信嗎？何況，精神上的結合，才能超越一切，祇要我倆能澈底的認識，能建立共同的理想，共同的意志，那麼，目前不能見面，有何關係呢？我最近開始檢討我的生活，的確因為有了你而更趨於安定和規律化，非但保持我固有的一切良好習慣，並且能為了創造我倆更理想的將來，更努力於身心的攝養和現實的奮鬥，潤！你的感覺如何？也能坦白的告訴我嗎？是不是有同樣的感應！！

假使有最適宜的時機的話，我仍可能隨時動身到筑，囑購的物品，我會考慮後決斷的，一切的事，你和月姊不必擔心，更不必望眼欲穿地想！潤！你就這樣等著和我傾談一切，可以嗎？

你的工作，我認為郵政是比較穩妥性高，可以免去為人事等影響的煩惱，目前待遇雖低，但不久的將來是會調整的，今後公務員的待遇平等，也許會完全實現，你能相信嗎？我們個性固然應該擇業專一才對，但株守總非善計，故可能的流動性應該較大，何況我的職業

和事業，尚未能配合，以後可能的流動性很大，因為在轉變期是必需的呀！那時，也許需要你的協助呀！至於你能學習會計，我是盼望的，因為許多有地位的同鄉，皆是需用會計人才的，那麼，不是多條可靠的工作門徑嗎？潤！你的意思如何！！

貴陽給我不斷帶來愉慰，人家都說我心廣而體漸胖呢！我將怎樣答謝你呢？！

即祝

快樂

貽蓀上

9、24，午後二時

致杜潤枰函（1944 年 9 月 27 日）

潤妹：

九月十八日、二十一日、廿三日的信，諒均快讀，許多觀點，許多變化，都循著自然不斷地演變，你都能同意嗎？相信苦悶與快樂不時侵襲著你，能忍耐的接受嗎？能堅強的奮鬥嗎？潤妹！此次筑遊或許會成擱置的，雖說是你的建議，但畢竟也是我的遲疑，你能不責備我嗎？或許認我是沒有勇氣！但我倆見面的機會實在很多，儘可等待最愉快而美滿的時候，你這種敏快的見解，爽直而天真，也卻是十二分同意的！

重慶最近幾天特別的亢熱，高到了九十五度左右，辦公室簡直迫著我不想辦公了！筑地如何？月亮是到了黃金時代，一天一天的團圓了，山樓憑欄眺月，「同玩明月人何家」，你有同樣感覺嗎？但近日月光皎潔之

夜，敵機都是空襲的有利時期，所以，時常放著警報，我在郊外，當然可以請你放心，但筑地情形，我過去不是關照你一次嗎？希望你和月姊等特別注意！！可以嗎？

相信明天可以接到來音了，恕我寫的簡單！祝好！！

貽蔗手上
33、9、27，晚8時

致杜潤枰函（1944 年 9 月 28 日）

潤妹：

親切的愛音帶來了最親切的親愛，親愛的！我倆該以「親愛精誠」的合作而祝福，期待慶祝聖節而鼓舞！以後，我倆該以「精誠團結」的互助而默禱，期待勝利成功而稱慶！潤！這是人性必然的趨勢，同時，事實也愛助到了這地步，何況，交織著的互慕的相思！是呀！老人家見了會安心的，朋友也會替我們祝福，上帝也必能垂愛聖潔的青年！你說是不？！清早曾提筆給你短簡，因為知道今天的現在，是還會給你親愛的！不錯吧？人逢喜事精神爽，「爽」就是興奮的現象，這是內心快樂必然的表現，外發時，──她──會默默的微笑，──他──也會莞爾！你認為解釋得對嗎？其他方面，祇要我們能超脫舊社會或舊氣氛去判斷，必得會走向新的「真善美」的境界，潤！你認為對嗎？

玉容能預計四日前到就寄，否則，也等待每日見面三次時親授好了，因為如果時局沒有劇變，我是決心仍

在五日動身來貴陽的呀！二十年前你拋棄了母愛的撫育，伶仃的奮鬥到現在，慈親有知，有繼志的像你永遠懷念著她，也應該引慰了！我也在八年前失掉了母親的愛撫，慈祥的母親縈迴著我的心，我曾發誓為了報答母愛而鞭策自己苦鬥，並願為萬千的母親而效忠，天下難道還有比無母的子女更能瞭解母愛的偉大嗎？潤！我們要對得起在天的母親！我們要苦鬥！我們要為紀念母親而造福於千萬母親！！好吧！讓勝利的微笑指引我們前進！我開始默默的微笑，祝福你的更樂與美！親愛的！再會！！

敬祝

健樂

貽蓀手上

33、9、28，晚

致杜潤枰函（1944 年 10 月 1 日）

潤妹：

九月廿六日月姊的信和九月廿七日愛音都收到了，你們這樣熱切的盼望著我，預計著日程，等待一個最愉快的聖節，我將怎樣的答謝你們，早日飛入你的懷抱，讓你訴一訴衷腸！但是！潤！雖然到筑應該是能沒有什麼大困難，可是，似你所說的「麻煩重重」確也是實在，我在今日同時覆信月姊時坦陳了，想她也能告訴你的，總之，貴陽是遲早要來的，我已作積極的準備，那一天，水到渠成，我必能馬上動身，屆時，當特快告訴的。目前，五日是否動身，還無把握，假使雙十節趕不上時，也許會「重九」。潤！我們應該承認「感情是無條件的」，但另一面「現實是有條件的」呀？你能諒解我一切嗎？老是使你挨著想，念念在心！我是何等抱歉，但我也是在「兩地誰夢誰」的境界中呀！

「每逢佳節倍思親」，八年來的流浪，實在飽經酸苦，嚐得夠了，今年此地有思信夫婦及諸甥同渡佳節，並得執筆和你相「親」，傾訴衷腸；上書慈「親」，亦得以此事相告，和慶遠勝昔年情景，潤！你也同感嗎？但願明年此月夜，形影相隨共一樽！！

你要問月姊怎說的，她說「此事大概你倆早已商妥了，所以我問潤妹，她一口答應了，好吧！希望從早動身，十月十日在筑訂婚」……（餘略）潤！你勇敢！你真誠！你同誰商妥了，是不是我的精神呢？潤！誰要感謝誰？誰將獻身誰呢？願基於真誠的合作互助，創造吾倆永恆的幸福！儀式嗎？靜待最暢快的時候好了！！

　　家裡好久沒信來，我到筑的事，曾提起要看你，也表示著它的決定性，在家父當然能完全同意的；也曾給你令兄提及看你，透露著我倆的親切，你也不妨直告令尊一二，祇說是翁先生和月姊主張，待我們見面同意就是了！

　　想說的話真多，此後再談吧！

　　祝　佳節

愉樂

貽蓀手上
甲申年中秋節午前
樵莊

潤！

　　剛待發信，你廿八日的「感情奔放」映入我的眼廉了，我也在「感情奔放」呀！

　　為了祖榮，我昨天步行到小龍坎去找他父親商量，老人家全權授我要他繼續讀，一定要讀，留級算不了什麼事，你可告訴他，否則，待我到筑後再說亦可。

　　我和你一樣最講「崇實」，但我們果真在筑訂婚，那麼，應該要一點禮物的，是不？所以，準備帶段呢料，你和長學甥就可皆在筑訂做呀？同意嗎？

　　我是想在雙十節前到筑的，一切總以沒有問題時，才能盡如人意，好吧，我要趕上郵政今天發出。祝

好！

貽蓀手上，又及

致杜潤枰函（1944 年 10 月 2 日）

潤妹：

　　我已決定明天請假，辦理一切手續，大約四日可到渝候車，五日是預計的出發日期，祗要車輛方便，準可在七日晚到筑了。諒此信到時，你就可和我暢敘了，快樂嗎？使你的希望立刻實現了！

　　要寫的話儘多著呢，從何說起呢？好吧！親愛的！到筑後願在雅靜而幽美的散步時，互相舒暢的快談！！八年中的生活，讓它得到一個可以訴述的場合，真是人生最快樂的事。

　　所有你囑的話，我必儘可能辦到，你的好習慣，我絕對尊敬，並願你永恆的保持它，但我的見地，你也得接受，好像過去討論什麼問題一樣的！我愛你的真誠篤實，也因為我是和你差不多的性格，潤！見面時，你當然可以知道得清楚了，你能瞭解我的內心嗎？

　　今天部長的訓詞和九月份的工作月報，等待著趕工辦出，恕我寫的太簡單，可以嗎？

　　親愛的潤！一切的話留待面敘！！

祝你　快樂！

貽蓀上

33、10、2，晚9時

致杜潤枰函（1944 年 10 月 3 日）

潤妹：

　　九月三十日的愛札敬讀了，說不出的心境，交織著兩地的相思，誰都在念念不忘，誰也不知被誰主宰了！

親愛的！讓我們接受自然賦予我們享受的自由吧——愛——它超越任何一切而一往無前的邁進，直到勝利！

我已決定請假十二天，五日開始到十六日止，必要時當然也可以稍延長的，但敏、月、我、你，都是公務員，都有崗位，我們當然要儘可能節約時間的浪費，潤！你同意嗎？一切的手續和要準備的，都能順利而完滿達成，明日就到重慶，再和克誠兄見面後，即可到海棠溪候車來筑，相信最遲六日動身，雙十節前無論如何可以暢敘歡樂！等待著吧！人生第一次的快樂！！是嗎？

儘多的話要講，不知從何說起，好！等待見面時慢慢談吧！喂！別忘告訴敏月哥，但千萬不要為我而準備什麼的！好！再會！

　　祝
健樂

　　　　　　　　　　　　貽蓀手上
　　　　　　　　　　　　10、3，晚8時

致杜潤枰函（1944 年 10 月 6 日）

潤妹：

我已於五日到渝，因近日天雨連綿，至以為苦。今日抵海棠溪候車，近期因軍車甚少，且天雨較危險，已擬改乘特約交通車。如能購票，則七日晨八時可自海站開出，預計於十日午前必可順利抵筑暢敘。

前告五日動身，則你必等候七日到筑，今稽遲三日，可見戰時交通之困，一切決非吾人理想之便易也，

有勞想望之切，心實無時或釋，並盼速告敏月哥，以免
懸念。

　　餘容面傾，匆此順問

健樂

　　　　　　　　　　　　　　　　　貽蓀手上

　　　　　　　　　　　　　　10、6，午後一時

　　購票手續業已辦妥，明晨准可八時出發。

　　　　　　　　　　　　　　　又及，午後三時

致楊育興等人函（1944 年 10 月 15 日）

育興、家寶、文祺、純青、駿、宇衡暨科中諸兄勛鑒：

　　弟於十日晚抵筑，因連日天雨，伊等皆須上班，故
稽遲於十五日舉行訂婚。杜樣係學生氣重，地瓜兼冰
桶，但品學尚佳，伊甚鍾情，以弟重在能來日共甘同
苦，故決接受伊之愛情也。筑市街頭，南明河畔，得稍
領受人生至樂，是足告慰耳。車輛困難，或須廿一日方
能返渝，已電告科長續假五日，尚乞代為陳明也。餘詳
面敘。專此

　　即頌

勛安

　　　　　　　　　　　　　　　　　弟貽蓀上

　　　　　　　　　　　　　　十、十五，晨

　　杜樣囑筆問好！

　　科長暨樂李夫婦前代候。

　　科中同仁不另。

連日天日是否感覺寂寞？

「伊等皆須上班」，你心裡怎感想？

十五日舉行婚禮，你認是遲還是早？

學生氣重是好是壞？

何謂「冰桶」？

品學尚佳的品，你能保險否？

杜樣「鍾情」之高潮何在？

詳實報告花溪之遊經過情形及收穫。

請報告「人生至樂」何味？較之「坐飛機」何如？

杜樣真大方，連不認識的人都問起好來！

「如何請客」諒早已胸有成竹矣。

請將杜樣照片公開。

曾否「問津」（？）對科中光桿們的問題，曾否與杜樣提及，伊有「慷慨」表示否？爾後計劃為何？

致杜潤枰函（1944 年 10 月 18 日）

潤妹：

一週的歡敘，由相思到初見，初見到密談，散步到遨遊，電影到擁抱，時而商討，時而相戲，您將一切獻給了我，賜予人生最大的快慰，也滿足了你自己的要求，聰敏的！你揭開了我倆幸福的「光明之幕」，為共同的理想，奠立基石，一切是靜待我倆更努力了！這裡，您一週的辛勤慇待，溫實而天真，體貼而活潑，更見誠篤而儉約，「一切為我的崇高精神，實在感佩萬分。」

清早您沒有送我很遠，也許您會抱歉，然那時您真

切的情感流露，已使我直到執筆時似乎看見您的情景，說不的滋味，是在我心頭起伏，潤妹！就像您讀此信的滋味一樣，是不？

車行順利，按預定抵烏江宿營，烏江公園散步仍似你同我一塊，潤妹！精神是最偉大的，相信嗎？餘後告，即轉敏月哥釋念。

此祝

近好

貽蓀手上

33、10、18

烏江

致杜潤枰函（1944 年 10 月 24 日）

潤妹：

在烏江和重慶先後發信述告途中一二，諒收到為慰。全程是四天順利地到渝了，筑行全是一帆風順，我倆該是如何的興奮和滿意，感謝上帝的賜福我倆！回到新橋第一面就是見到你，聰敏的潤！你立刻浮現在我眼前，鑽到我心坎，我有說不出的溫暖呀！

在筑一星期誠然過得慢，我們領略了人生精神上的至樂，甜蜜和溫暖的記憶裡，將是我倆最寶貴而崇高的史頁：你一切獻給了我，我佔領了你的精神，親愛的！是嗎？我將怎樣感激你至上的賜予！

是的，我帶來了你的精神，也送給了你我的精神，潤！我倆在精神上是交流了呀，我們的精神將永遠結合在一起，直到產生我倆永續的生命，對不？

我們已同時增加了為人的力量，我們開始堅信共同的生活，必將從合作奮鬥中邁進，以達於真善美的境界，從今日開始，我倆將以勝利的微笑迎接工作，創造新的生活，生活上要互勵，工作上要互勉，而更希望給我無限的溫暖與鼓勵。潤！這是你最勝任的！

返渝後曾在錢德昇（玉瑾家）先生家，邀緝熙先生與克誠夫婦（克誠要吃紅蛋了）小敘，祝地同鄉歡敘，戰後當屬盛舉。我路上曾帶各色禮物約三千元許，渝上知己，皆分別代你餽贈，部中同仁吃掉五、六百元糖，也相當豐富了！一切我得滿意地安排，請勿為念，在筑請你做了許多事，都能做得最好，我實在無限的感激和慰快。

渝上同鄉和親友等都關切你和祝福我們幸福，你快活嗎？希望現在能安心工作，以預備早日的來渝。親愛的！話越寫越多，但很多朋友要看，恕我下次再寫吧！
祝福你
快樂

　　　　　　　　　　　　　　貽蓀手上
　　　　　　　　　　　　　　十、廿四，晨

許小姐暨諸同學均候。

致杜潤枰函（1944 年 10 月 26 日）

潤妹：

輕鬆的報告我輕快地欣賞了，這是多麼美麗的一個夢呀！熱戀、甜密、親愛，一直到二而一的緊倚，我倆的精神和熱力是融合在一起了，誰多感覺特別溫暖，是

嗎？我倆將永遠溫暖在一起！

　　我們都是勝利了，原因是你能真切的認識我，摯誠的熱愛我，我喜歡你的誠樸節儉，正像自信我也是如此的，天下事原沒有十全的，沒有缺陷就沒有進步了。我早就和你說過「名利姿色」是現社會虛偽的惡魔，我們能打破，才有我們真摯的愛，才能有我們至高的樂。如此，也方能互相砥礪和策勉。你的觀點都是對的，因為你已真切的認識我。潤！我老實嗎？今後我倆要精誠合作，像在筑時的更坦白而赤誠，我們要「女為識己者容，士為知己者死」，互相做異性中的最知己者，直到我們的精神凝結在一起！

　　近日要整理日記，詩是打油的，不成東西，以後可寄你。工作也要整理，我得先述幾件事。（一）工作的心安下了嗎？夜校那一天開始去的？（二）照片拿了嗎？你歡喜時就添印，不必再寄渝後決定。（三）徐先生處的廣告費付了嗎？老先生歡喜京戲，以後不妨請他看看。（四）呢料如可賣去，另揀入時的（但必得購新的）做好新大衣亦可（因為自製工貴），但餘款必得請月姐購短外套或長學短大衣。（五）你這次化了好多錢，能告我嗎？希望你力保經濟的穩定。最後，盼你告訴我怎樣作來渝的計劃，以便共同商討後，逐步進行。潤！我們過去能「勇愛」，今後必能「勇護」，願我們共同努力邁進。即祝

快樂

　　　　　　　　　　　　　　　貽蓀手上

　　　　　　　　　　　　　　　十、廿六，晨

致杜潤枰函（1944 年 10 月 26 日）

潤妹：

返部第一面就見到十八日來愛音，接著廿一日的兩封信都到了，我是多麼愉快，從內心陣陣發出自笑，潤！勝利屬於我們的，我不是早說假使你和我兩個人合攝，那麼當你最快樂的時候，必能拍的頂好，推斷的不錯吧。潤！這次我可輸你了，你拍的笑容可掬，特別美麗，你該承認是你平生最得意的一次吧，我因為旅途的困頓，的確遠沒有你的豐潤，可是借你的光，更借了敏月哥的榜樣，我們是可以自滿了。潤！你也十分滿意嗎？我們放大一個八寸（或六寸），好不好？此外，乾脆添印壹打（數目還是你可以決定的），我的也可加印美術三張、普通三張，可以打個八折否？不妨與月姊一同去交涉。來片修的工夫尚欠佳，似可囑其注意。喂！你的單身照呢？盼也寄此壹張，八寸可留你處，添印的皆可寄此半數備用，共需多少錢，也可告我，有錢時可寄你，沒有時我決不和你客氣，但我決心自十月份起開始日記帳了，你也能同時實行嗎？依此來作我們合理生活檢討的資料，不是最好的資料嗎？潤！怎樣？

回渝的途中，曾在烏江發一信，並以車行悶雨，喜作打油詩自慰，潤！你能恕宥我的打油嗎？到渝是廿一日，你算的真對呀！廿二日和同鄉盤桓了壹天，那天在克誠兄處發短簡，收到了嗎？返部迭接十八日及廿一日來信，均已發出覆信，諒此信到時，必先後得讀為快了。告訴你喜訊，克誠的李先生要吃紅蛋啦，假使你來的早，或許能趕的上哩！潤妹！你佔有了我的精神，你

　　充實了我的精神，今後，因為你的潤澤，我是會頂豐滿的！但月姊曾告我，你也比過去瘦些，你也會因我的潤澤而更豐美嗎？

　　枕頭是你精神的代表，它蘊藏著你的心靈，願良宵美夢的時候，就是你擁抱甜吻在我的胸口，潤！做同樣的兩個好嗎？當你美夢的時候，不也是我在你的身旁嗎？好不好！

　　午後剛發信你，接著寫是不完的，祇得耐心擱住筆，下次再談。祝福你

勝利的笑

貽蓀手上

十、廿六日

樵莊

　　敏月哥均此敬候不另！

　　合攝的照片，我預計是最少要八張，我家、你家、月姊、桐哥、玉文姊、克誠兄、你、我、思信兄、密斯許（已有二張）。我的美術三張，一張贈你，一張寄此，一張贈敏哥，普通三張皆寄此，你的必得寄此一張呀！

致杜潤枰函（1944 年 10 月 29 日）

潤妹：

　　筑別快到半月了，但內心中總時刻想念著你，我倆有著相同的賦性，摯誠、仁厚、儉約，一顆赤裸裸向上邁進的心，本於此而發源的思想，表現的行為，我倆有共同的趨向，崇高的目標，這許多都是堅固不拔。上

帝賜予我倆合作奮鬥的基礎，能在這基礎上加上建築，還有什麼理想的樂園，不能成功嗎？我們需要的是精神上互相鼓勵和安慰，事業上互相策勉和奮鬥。這才是真誠的互助合作，裡面沒有任何渣滓存留。所以，名利和姿色，他們都是虛偽和萬惡的淵藪，對我倆聖潔的愛，摯誠的情，絕對不容許侵入，我們要遺棄它，今後祇有為了我們合理的生活與創造合作的事業而前進。親愛的潤，你完全同意我的觀點嗎？我所以能夠拿最摯誠的愛來溫慰你，就是因為接受了你的精神和愛，覺得我是更偉大而充實了，為了人生的幸福與事業，我已絕對離不了你呀。潤！你也有同樣的感覺嗎？「情投意合」和「志同道合」該是古人為我倆留下的寫照，那麼我們還有什麼要求呢？你要我說老實話，難道我過去不對你說老實話嗎？潤！你不是來信佩服我的勇敢批評嗎？這就是老實話，我是反對一般青年男女的欺騙和虛榮。潤！祇要我向你提供的，我擔保沒有一厘的不實在，關於你的矮小和你自己說的不滿意的樣子，在敏月哥的面前，在朋友的面前，我得承認，但在我倆之間，一星期的恩愛，你能發覺我的態度嗎？潤！真正的愛是精神的事業的合作結晶，我倆得永遠記住！

我正是想看著十八日的烏江發信，起碼要收到了，接著的信也該都收到呀，果然，就在寫到這裡的時候，廿五日的愛音到了，你的精神代表也敬收了，我將怎樣感謝你？潤！當我今晚美夢的時候，就和你在一起，好嗎？從今以後！你將佔有我的精神，每晚在你賜予的溫愛中甜密入夢，精神永遠將寄託在你的心中，安靜的理

想的生活，將使我更豐潤的，這，都是你的偉績呀！

蔡傑兄那副誠實的青年氣，我很欽佩，但初見的印象，我似乎也發現他少了些英雄氣概，人生應該積極進取，艱苦與拂逆是給我們最好的奮鬥機會，潤！我們不是以吃苦奮鬥為樂嗎？你可請胡小姐鼓勵他奮鬥，誠實的青年如能有誠篤的女友鼓勵，這是最能收效的，多看報，多讀名人傳記也能得益，信以後可再寫。

你們記掛著我返渝錢不夠，這樣的懷切，我得感激之至，但返渝時，我還存伍千伍百元呀，車票是免費，主要是買了叁仟元禮物送人，到渝後零用等等，返部是用了還剩六、七百元，糖果在冠生園買了壹千元，當然毫無問題的夠吃了。此次筑行共用叁萬伍千元，連意外的支付達五萬許，擬向家中劃用萬元，另外就是來渝後的成績了。目前經濟比較拮据，但我是原來沒有嗜好的開支，所以，對我毫沒有影響的，可以勿念。你的愛護我和諒解我，我是衷心感慰的，也因為你的能對事和人認識得真切，特別表現了你的偉大和可愛，潤妹！你說是不是！

我根本是不懂詩，更不會作詩的，但因為自己個性太呆板，既不會音樂，也得找東西娛樂，所以喜選詩吟讀，以調和性情，十八日的打油詩，實在車行悶雨，相思為苦，聊以解悶的。親愛的！當能以誠篤的態度精神諒我。本來已被你發現的打油詩不擬再給你看，可是，來信要我整理送閱，祇得直抄給你發發笑，當它日記看是可以的，從這裡也許可以見到我的性格另一面，和我們的遠景：但裡面的任何一首，切不可讓人家看（除你

以外任何人），否則是要鬧笑話的，因為詩裡面的聲、調、韻，完全沒有注意的。

　　小冊子不是十全十美的，男孩子更不應太仔細，是嗎？鏡子留待每天看自己勝利的笑，和你最美麗的酒窩！刷子留待每天洗刷你工作後的塵灰！末了，加印後的合攝照，盼能從速寄來後寄家中呀！專此即祝

快樂

　　　　　　　　　　　　　　　　貽蓀手上

　　　　　　　　　　　　卅三、十、廿九，午

　　　　　　　　　　　　　　　　新橋樵莊

致杜潤枰函（1944 年 10 月 31 日）

潤妹如晤：

　　你時刻佔有了我的心靈，使我充溢著愉慰的神情，更增加一切青春的活力，從事工作，從事奮鬥，為了共同理想的生活與幸福，我將特別感謝你偉大的力量！在白天寢室裡，因為我鋪上新的枕頭，內心是如何的驕傲呀！在晚上自修的時候，翻開你的愛音，溫愛和溫暖立刻起了感應，我真有說不出的自慰，當你勝利的笑倚著我的時候，酒窩是公認的最美呀！潤！你一切都使我滿意，一星期的慰貼，更有說不出的欽佩。潤妹！你最偉大處就在使我倆起心聲的共鳴！你能一切為了我，今後我也決將一切獻給你，好不！桐哥對我倆特別的關切，當知道訂婚時，將為我們祝福的！原擬待明日來信再給寫信的，但我興奮呀！桐哥的信寄給你，你看了要講什麼話，可以爽直告我，我們的事誠如你說，可以雙方相

商同意後進行的，在筑時你最能諒解我，希望今後祇有
你能瞭解我、愛護我，直到我倆幸福生活到永遠永遠。
好吧！祝福你
幸福！潤妹！

貽蓀上
卅三、十、卅一，晚

致杜潤枰函（1944 年 11 月 1 日）

潤妹：

你比我做太陽，那誰是月亮呢？太陽是離不開月亮的，我願有一個美麗的月亮，潤！南明河畔，我不是曾告訴你月亮在我的身邊嗎？願我倆的精神，接受日月的感召，自強不息為人類造福，為創造新的世界而共同努力，我倆要潤澤中華，要發揮日月一樣的光芒。

你的名字，原來很好，但為紀念我們的合作，我想都增加一個新的名字，我除「貽蓀」外別無他名，今擬增新名王澄（江陰簡稱澄），字「澄中」（意取澄清中原也），你增新名「杜潤」，字「潤華」（意取潤澤中華也），合則含意以我們之力量，求「中華」之復興也。亦誠如你理想的我為太陽，你為月亮，普照中華也。是否可行，理當簽呈裁奪，潤！你也有新的發現更好嗎？

照片添印後，可不必再我簽送，由你判別就是了，好不好？雨蒼伯篤愛我倆，可以贈一張給他快慰些，其他方面，我意儘量節省，留待結婚照片的分贈可也。祝地二張，月姊、桐哥、克誠各一張，大約半打即可，如已添印壹打，可留待必需時再分贈的，你意下如何？

十月七日的信收到的，我對你的赤誠，敬致無上的敬禮！潤！我那得不從照顧而進而為勇護呢？

當我將入睡的時候，你的一切艱苦，立刻隱現在眼簾，滋味是在心頭。潤！暫時的委屈，一切為了我，可以嗎？到那天我會給你最大的安慰，讓你呼吸寧靜的空氣，好不？我已將你的現況轉告桐哥，你的意見可以明

白告我後，以便徵求家長意見。關於郵政法規調職的規定和你自己的打算，可以注意和告我。二、目前，一方面可以頂安心的工作，一方面共同努力。燕廷先生也知道了，他祝賀我們並囑代候月姊。關於董，我尊重你的意志，可以方便行事。鑑哥寫信時，不妨代候。餘俟續敘，即祝

快樂

> 貽蓀上
>
> 卅三、十一、一

致杜潤枰函（1944 年 11 月 3 日）

潤妹如晤：

連日該快讀我的信吧！你心緒更加起伏不平，我是深深感應的，猜的不錯吧！關懷您是我的權利，也是義務，正像你愛慰我一樣，是不！天氣是開始逼人的冷，戰局是嚴重逼人的急，想念著您，我是想作進一步的努力呀！但千頭萬緒，不知從何著手，你該不會笑我無用吧！許多話想忠誠坦白的和你掛酌，慎重的考慮，因為這是關於我倆幸福的保障。潤！你當然能明白和諒解的，我的自信對嗎？在目前你的許多環境要求中，確實是早一天來渝是愉快的，可以解決您許多痛苦的境遇，免掉一切不必要的精神損失，潤！你能原諒我太直率的說嗎？但是，來渝後如果不能有較理想的環境，那我怎能安心呢？重慶的房子是太困難了，更甚是難民集中的今天，房荒已太嚴重了；除了房子外，我們一切的東西都沒有；同時您的工作是否能在新橋呢；否則，在市內

工作的話，到新橋的車費就是四百元，何況星期日我是要做紀念週呢！而決定以上大部分的要素都是「錢」和「人」。但我們是清高而純厚的國民，更是窮公務員和無名小卒，雖說我們有同甘共苦的最高精神，但最低的生活如果不舒適，那總是痛苦的。尤其是您，要在困苦中還來安慰我，不是更苦嗎？親愛的！這許多問題的提出，會使您失望嗎？還是增加您針對現實奮鬥的勇氣？潤！提早來渝後你的意見如何？能提出來坦誠商討好不好！

關於郵局請調的規定，可詳細探明後告我，郵局的人能否調儲匯局工作，也可調查清楚。因為新橋是郵與儲分開的，郵局沒有女職員，而匯局是有女職員的。書記長曾表示可代你調新橋（指郵局）工作，但我們沒有把握時，我是不想煩他的。錢先生德昇也表示可以請徐局長繼莊設法調渝，但我的意思，也是在我們許多條件夠了嗎？最大的是合乎請調的條件否？其他，我也打算您必要時能入四川省銀行工作，因為曹荃兄（桐哥至友）在擔任科長，或許可以幫忙，也就是請你學會計的本意。

最近思信兄想在新橋購房子，我們併購些如何？同意的話，我想集中力量解決房子問題，一時如果沒有錢，我是想向家劃用，和桐哥家籌一部份。總之，不浪費的用錢，我們是得安心自慰的，您的見解如何？潤！我們過去皆有錢，但也皆受過錢的逼迫，所以我們今後的經濟上，一定要立於充裕的「自給自足」上，在開始先奠定強固的基礎，正像我們的愛一樣，具有堅固不拔

的強度，你說對嗎？

　　前次帶您的大衣料，假使自己做，那就早做，以免日後工價日昂，否則將料賣去後，選購入時的呢大衣也可以，但年內一定要做好的；聽你告我的皮衣等，和思信夫婦談後，他們說久年不穿，會壞掉的，還是你賣掉它，自己選製應用的衣服，就算父母替你做的，既合用，也免得以後攜帶不便，你的意見如何？不妨和敏哥或月姊商量。我原來有呢大衣，但此次給友人拿去了，還想今年購置。潤！你對我一切直陳滿意嗎？我倆遲早精神的肉體的都要合作了，所以，我願早日將純愛的心獻給你，怎樣？即此敬祝

快樂和幸福

　　　　　　　　　　　　　　　　　　貽蓀上

　　　　　　　　　　　　　　　　十一、三，晚

　　潤：一切事我倆可以赤裸裸的討論，不斷的赤誠檢討！互勵！奮鬥！這是我倆幸福的保障。但一切事要放得開，要以我倆七年來苦幹的精神邁進！所以，我們的生活要更寧靜，心地要時常活潑潑的。親愛的！記得嗎？「七海雄風」給我倆的一切啟示！

　　思信兄近日小恙，所以常看他和談天了，他們想在新橋市上購房子，成功的話，那裡是離郵局和我都是最近的，將來能合購後住一起，一切不是最方便嗎？他想兼做商業，我們以後有節餘，當然也可以合作的，因為，沒有正當的開源，像他們的家庭，是不容易維持呀！

附件──情詞

憶杜樣　調寄木蘭花慢（樣──日語先生或小姐之意）

　　兩地夢悠悠，更添了一番愁，記得南明河畔，雙雙倩影，皓魄當頭，時短情長難訴，但願年光能倒流，攜手依依話別，滿山黃菊深秋。

　　一帆風順駕扁舟，筑城人倚樓，期來年相見，高燒銀燭，錦帳情鷗，花好月圓人壽，喜朝朝暮暮弄輕柔，畫眉笑看深淺，天台樂未能休。

　　此詞係科中同仁喜時合作，情意纏綿，甚合吾倆情趣，故喜抄吾愛快覽也。貽謹註，十一、三。

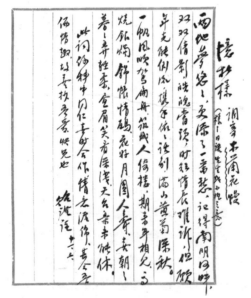

圖1 情詞（家屬提供）

致杜潤枰函（1944 年 11 月 5 日）

潤妹：

並蒂花掀開了我初戀的美夢！純潔而寧靜的世界中，我們能享受人生最真切的快樂，我該感激誰呢？又誰使秋天變成了春天？使春暖花開的美景常在內心蕩漾！當暖流飛越關山抵達的時候，在身旁我會立刻感應的熱。潤！是你嗎？又緊倚在胸裡！！在工作倍忙和不安靜（長學好了嗎？）氣氛中給我至上的慰藉，使我忠誠的仰佩你偉大。潤！從認識你而我益信愛情的至高性！讓我歌頌吧！祝福你

快樂！

貽上

十一、五、午

致杜潤枰函（1944 年 11 月 9 日）

潤妹：

筑發三日信快讀，你安排我三小時不能合眼，你勝利了！我得說什麼呢？但精神稍困，得偷懶少寫些，可以原諒嗎？許多事情能順調的做到恰好，實有無限快慰。昨天思信先生發信你父親，我附致令兄信，他說我倆是門當戶對新舊合璧的，你想想是嗎？事業第一，身體第一，是理想的目標，欲求其實現，必取的最高原則，但急著看信，眼睛更近視，我可不負責呀！潤妹！我至誠希望特別保養你精神的代表——眼睛——並預防因此而引起的其他習慣，最普通的是就近閱讀而起的胸部不發達，致不能養成挺胸直視的應有氣概。愛我的！

能原諒我的赤誠嗎？同時，短短的情愛期中，相信我的真誠率直，必有許多值得改正的習慣留在你眼裡，你也能坦誠的告我嗎？你說「我們造作為一」，是的，天下事完全皆是「一以貫之」的，我們有今日同一的賦性和專一的愛，不久當能有統一的合作，成為唯一的伴侶，以後合一的努力，也就有「造作為一」的出現了，摯愛的！對嗎？你有這種自信的創造精神嗎？我們精神的交流要往真誠裡產生，所以，我希望朋友們要同樣出乎自然而順調的精誠相愛！小的挫折是加深認識程途中必要的，胡、蔡二位的事，我作如是觀，你同意嗎？

「時間不我留」五個字是加強我倆奮鬥的信號，但目前畢竟有了最大的安慰。否則，屬於我的責任，我是絕對諒解你的。潤！我始終堅信吾人能主宰一切，時、空，我們當然要善於支配和利用，你為了建立堅強的基礎，絕對保障幸福的永恆，能合理使用目前的時間，無論如何也是最好的、甜密的，你說對不？

加洗的照片拿到了嗎？我急轉寄到祝塘去，你寄祝時不妨提到請令兄送我父親一看，因為你可先寄，並且說不定都可收到呀！附告你的是克誠兄的俊彬姊，因為大腹便便暫在家中休息了，最近為了微感不適，並添用了女傭，她的工作——工務局會計——也擬長假辭去，以後再作計議。長學甥好了嗎？徐先生面謁時代候好了！敬祝你的

快樂和幸福

貽蓀於樵莊

卅三、十一、九，午

致杜潤枰函（1944 年 11 月 11 日）

潤妹：

真切的玉容呈獻在面前，倍增真誠的愛慕，你那使神往的一段熱情流露，頃刻間舒暢了精神，一切的遠景，浮現在心頭，我愉快！

原來想報告你近感的，但剛巧偉青姊來了一封長信，真誠摯切的話，可以使你得以認識她的一切。潤！你該不否認她是你今後需要合作和互助的姊姊吧！介紹一個人最困難，我想到了月姐介紹我給你的成功（她竟將我給她的信，轉給你看），所以接著以此最自然的方法來介紹桐哥和偉嫂，你說坦承否？

她是第三者客觀的話，當然是供我倆參考的，但你的觀點對她如何呢？為了加強你倆的認識和溝通我兄弟的精神，希望能給她一封信並附寄合攝的照片。今後能保持連絡，這是我最盼望的了。潤！一切為了我，該願意接受的吧！她富有自好、積極、苦幹的精神，月姐也許會告訴你的。

關於來渝工作，你的事讓你主動，提早合作，「自給自足的經濟基礎」是最低原則，但我的一份，也是勇於負責的。潤！訂婚可算是我主動，那麼留一個給你，不是平分秋色，完全平等嗎？星期再給你寫，即頌

快樂

貽蓀上

十一、十一

致杜潤枰函（1944 年 11 月 12 日）

潤妹：

今天是禮拜日，他們都說有了安慰的人，就可在家裡寫信，不必到街上逛了，我開始總覺得理由勉強，難道不可到外面吸收新鮮空氣嗎？但事實會證明其必然性確是不錯，因為，新橋太熟，實不值得老是逛來逛去，化錢呢，一個人沒意思，請客呢，大家窮光蛋，根本用不到客氣的，所以，結果仍是在家最好，讀書固可消遣，而研讀來音，推想著你寫信時的神情，更是其味無窮，覺得十分的爽意，隨手翻開影集，親愛的家人，一一見面，也似恍然夢遊了一番一樣，看到了我倆合作的成績，充滿勝利情緒的啟示，使我立刻憧憬未來的美滿和歡樂，益使我加強了一切努力必勝必成的信心，一直連想起抗戰的必勝，建國的必成，將來國人生活水準的提高，人民衣食住行育樂的完全享受，必能達到吾人理想的一天，凱旋東歸，該是如何值得自己安慰，引起一切關懷著我倆的人們的欣羨，親愛的！那時的我倆，也許早有「造作為一」的結晶，不是於公於私，於國於家，博得了一個完全的勝利嗎？潤！就在這種愉快的情緒中，又來了你的代表，她開始和我笑顏的談話，好像進行熱切的緊倚著漫步，我的右臂開始發熱，它正像偎在你的胸上一樣！我的心靈開始盪漾在南明河畔，我們的手愈是握得緊，愛情的蓓蕾在內心越發開的快，我們已陶醉在愛的自然中，除去了南明河的激湍水聲外，整個宇宙是我倆的了。

寫到此地，我曾擱筆到新橋去了，飛也似的跑到街

上。我熱血在沸騰，祖國呈現在我的面前，我和夾道的民眾同樣狂歡，揮手的揮手，拍掌的拍掌，爆竹在空中飛舞，遠征的健兒電馳般過市，「滿江紅」頂亮的歌聲響徹天際，我不能再和你描述。一句話，中國是有辦法的，隊伍裡有本部的同志周結超、陳正暘、楊元運三位，他們在車上跳，我們在地上舞，副部長的公子端木全也在行列中，證明了中國青年，無分階級高下，大家願為祖國效忠。他們將從成都飛印度，經緬甸返昆明，這該是多麼偉大的場面呀！潤！我在戰時效忠軍事工作，一直到現在，自問沒有殺過一個鬼子，也沒有盡最大的努力，貢獻國家，這是自忖不安的。以後，我願繼續軍事工作，直到戰爭勝利，稍稍損失我們的享受，今後是應該的，你說對嗎？假使有一天國家需要我們的時候，你也能像早年獻身救護般的攜手上戰場嗎？親愛的！我們為了不負國家的培育，起碼得盡忠於工作的崗位，方能自己稍稍安慰。河山的破碎，早使我們別離了慈親和溫愛的家鄉。我們的一代，應該打回老家去，為子孫開拓幸福和自由。我們新增名字的發源，就是滿腔愛國心的凝結，我們這一代要澄清中原，要潤澤華族，否則這一代青年，將永遠是中華民族萬古的罪人！你能決心為了我倆的合作奮鬥鑄下永遠的紀念，好吧！願我們理想實踐的時候，面對著新中國狂歡！！

　　詩，我根本和你一樣不懂，但我確認為它能發憤人的志氣，舒暢人的心意，也能陶養人的心緒，所以，最近曾選了些吟誦起來。老實說，十月十五日以前吟的詩，是我精神惟一的寄慰者，國仇家讎未報，我早置婚

姻於腦後，七年來獨個兒的東跑西走，誠如你慧眼猜的對，剛開始初戀的熱潮，我得坦白承認呀！近年生活雖稍安定，也是偉姊提及了介紹仕妹開始，以後，承你的多賜佳音，燃起了我青春之火，但畢竟也是你奮鬥的一頁，特別感動我，啟示了我女青年的偉大，尤其你具有超越我的偉大奮鬥精神，使我相信能有一個奮鬥的伴侶，必能如日月的相隨，更能發揚光明普照大地，必能加速成功的過程。另一方面，我也深深知道自己的不夠，無論學問也好，資歷也好，經濟也好，事業也好，沒有一樣能有基礎的。今日的我，完全靠著個人不斷的努力支持住，以後的發展，我不能向自己保證，當然更不能向一位時代的新女性保證，所以，我愛的人也好，愛我的人也好，過去祇是一見而已。此次，你的一切，使我恢復人生的愛！揭開青春的幕，偉大的精神感召我，使我破天荒為了愛貢獻一切，從重慶到貴陽，我自己竟找不到注解——除了為著你——在我工作的歷史中，也第一次請了二十多天的假，而且是為了自己的。潤！你能為我而甘願委屈，進而寬慰解脫！親愛的！更能進而積極奮勵嗎？相信當你努力工作，精神集中寄託的時候，世界上的一切，你是能視若無睹的，祇有心靈，承受上帝的愛，能寧靜的，快樂的！關於桐哥和偉姊的意見，和你的意見的一部份，我都能明白地參考和研究。潤！你不是在筑時曾面告我嗎？「她們說的，我們不到三月就會結婚」，你能告訴我，當然你得在內心中默許其希望，祇少，你得盼望提早將一切獻給我的，是嗎？你最喜歡我的「恰似美夢醒中睡」，這種優美情

態，當然夠神往呀！「花開可折直須折，莫待無花空自躇」也是現實說，你愛欣賞，當然總以不及親為一試的妙，親愛的！我確已看到了你心頭開放著鮮美的花，正殷待我賞愛！但我總覺得你多年自己要辛勤培植的花，我得在加意愛護之下去賞愛，我不僅是園主，也應該是園丁，那麼，好花能常開，花也不失得到一個知己，親愛的！你說對嗎？我曾向父親提起此事，我說「我不能使七年來飽受磨折的潤枰，因我而再受痛苦的侵襲，應該使她有一個比較寧靜的幸福生活，我才得安心，所以，我要慎重的考慮。」潤！你能瞭解我一切嗎？你問我最得意的在那裡？那麼，當然最得意的時候寫的最得意了，我問你，那首打油詩是你給我最得意的時候寫的？你自己先猜掉了來問我，要我再飛貴陽不成，是嗎？請你今晚美夢醒中睡的時候，我再告你吧！好了，人家等待著要回去吃喜酒，也許酒醉後會再讀。敬祝
快樂和幸福

　　　　　　　　　　　貽蓀手上
　　　　　卅三、十一、十二，國父誕辰
　　　　國民黨五十週年紀念於樵莊勤黨
　　此信是二口氣寫完的，隨意寫來沒有校，也許有看不清楚的地方，或不一貫的地方。附註。
　　　照片此間祇要寄家裡的一張，桐哥家盼你逕寄，克誠兄要寄的話，也可你逕寄，思信先生，可你寄他一張普通的，其餘就不要了，你要寄送的，可自己分配。緝熙伯可隨便。貽註。

致杜潤枰函（1944 年 11 月 14 日）

潤妹：

　　賜書暨照片敬讀。放大可緩，合攝照退寄貳幀，希分贈友好可也。桂局轉緊，筑地較惶，一切盼更能沉著處之。我等以堅苦為平常，當能合力以渡艱難，經濟能積儲以應急需，似屬最佳。從軍壹節，余亦喜聞之，何所感悉同耶，但似可稍俟再談，責之吾愛如何？讀書與助人為人生快事，余苦讀書少，今恆晨起讀書不輟，成功與否可不計較，但努力為吾人之義務也。書中自有至樂，願妹亦以尋樂。余素性寬厚，一切均能從容處之，此乃稟賦耶，然久已為習性也。盼勿以我為念。致妹各信，均出真誠自然之流露，是屬情實，但亦不免一時之喜語也。吾澄素以樸實著稱，即我生平亦未常用雪花膏壹瓶，服裝貴在整齊合用，能有合時而溫暖之衣數襲即可。近況盼多告，精神安慰與互勵，實吾倆之最要者。敏月哥不另，盼敬代候好。專復即頌

快樂

貽蓀手上

十一月十四日

一、濟民弟已抵渝，戒如已鑄，可暫存你身。

二、家中暨桐哥處各寄壹幀，餘壹幀，留待酌贈耳。

致杜潤枰函（1944 年 11 月 17 日）

潤妹：

　　昨天到重慶參觀本黨革命史蹟展覽會，對於總理暨先烈締造民國之艱辛實無限慨嘆，迄今國勢如此阢危，

能不痛心疾首耶。昨宿克誠兄處，傳聞筑地被炸，至以為懸。更以月姊闔家為念，今晨曾發快函敏哥（即汝轉）詳述一切矣，並囑給你一閱，或早此信讀矣。小龍坎離新橋甚近，僅六公里耳，為新橋最近之市郊，有公路暨馬車可達，敏哥行李能擇要轉渝，當能前赴提取來新妥存思信兄家也。目前筑地情形時在念中，留筑與否抑或來渝另謀工作，皆可由吾愛自決。渝市有否祝戚或至友（女同學）可寄居，亦盼告我。我與克誠兄之看法，則大局筑城必守，否則渝亦動搖矣。然一旦筑市告緊，以你之環境，深以不獲交通工具離筑為慮耳（但你遲早總要來渝，所希望者僅時局果能穩定，當可設法請調耳）。如決來渝，則乘紅會車可也。餘容後敘，即頌近好

貽蓀手上
十一月十七日午

敏、月哥代候。

照片退寄或換，另壹幀已送克誠矣。李先生係「俊彬」，你誤彬俊也。

一、筑地情形，可時晤雨蒼伯商談，並能以後多來信釋念。

二、空襲盼能特別注意，務必赴郊外避之。

三、應急之經濟，應略準備，一切物品可勿購置也。

致杜潤枰函（1944 年 11 月 18 日）

潤妹：

十三日愛音接讀，已於十七日快覆，諒已接讀為

慰。前以戰局日趨惡化，敵人大陸戰略之兇鋒，或有繼
續進犯獨山可能，即為防守其大陸通絡計，勢亦有奪取
獨山為外圍據點之企圖，則今後筑市已屬軍事區域，且
屬我軍主要之戰略要地，逮屬必然。則以吾愛單身在筑
服務，且寄宿尤艱，今後交通更困，空襲頻繁，諸事皆
不相宜；今復接桐哥十四日來函，亦囑盼速吾愛來渝謀
職為妥，商徇思信兄亦復贊同。經再三之考慮，既來渝
為遲早之問題，何不從早來渝為佳，故我意至盼吾愛接
此信後，速與敏月哥暨雨蒼伯等一商，郵局可調則調
（指一星期內），否則如能取得正式離職證件（似屬必
要，以備日後來渝可能時用之）（一般新機關用人皆需
離職證件）即可長假辭職，速即來渝另謀工作。紅會車
能乘最好，但既決心來渝，務希多方設法，愈早愈妙，
早日妥覓工作也。小龍坎離新橋最近，能逕到此地則最
好（到小龍坎可先到小龍坎正街一三四號特八號，訪侯
孜興老先生處，寄放東西）。否則可抵渝後，先訪克誠
兄（南紀門馬蹄街七號軍政部第一被服廠辦公。南紀門
下石板坡六十七號住家。）或緝熙伯（林森路88號華
僑銀行），或許玉瑾姊（林森路軍委會旁米街子九十八
號）皆可，抵渝後一切必可絕無問題也。接此信後，並
盼早告佳音為禱。餘容後敘，即祝
快樂與幸福

貽蓀手上
十一、十八，午
一、旅費應稍充分，沿途應特別注意安全與身體，能得
　　女伴，似屬最為理想。

二、旅費不足時，希能商雨蒼伯或友人暫轉伍千元，接信後當可逕匯奉還。

三、汝前告皮衣擬贈雨蒼伯，果攜帶不便，似可贈之。

四、余素重簡樸，來渝可不必在此方面考慮。以後事則待相機發展，目前可不談也。

五、沿途候車宜早，以免脫班，到渝後海棠溪過江較難，如有行李，而海棠溪無宿店時，可由輪渡過江（十一時止），行李加購輪票若干即可。過江後（行李可雇力夫逕擔過江，約五百元一擔）即可逕抵玉瑾姊處（到克誠兄處經過）借住，或逕抵克誠兄家皆可。

　　敏、月哥均此一閱可也。

貽又及

致杜潤枰函（1944 年 11 月 20 日）

潤妹：

　　十六日午前愛音接讀，萬分愉快。我就在這天在渝參觀本黨史蹟展覽，並在克誠兄家聞筑市被炸的消息，至以為念。就在十七日晨發了快信問安，那知根本謠言，真是庸人自擾，國人之無知難矣哉。連日為了時局的逆轉，我曾每日有信你和敏月哥，諒你們皆一一接讀了，究竟如何？盼即由吾愛速決見示。

　　至於來渝後的工作等問題，我決可分頭負責處理，以我倆的奮鬥精神，相信沒有不能克服的困難，自信嗎？你的許多好朋友也不妨和她們商量，我是完全尊從你自由意志，在筑時不是一再向你表示嗎？潤妹！我除

赤誠的愛你外，我是始終願在互愛和互信的誠意中合作呀！我對人也不會苛求的，何況自己老實說沒有值得勝過人的地方，對於吾愛純出於雙方真誠的需求合作，誠如你說的好，誰也不能說誰先，是不是！我自信愈真誠就愈坦白，愈坦白就愈能諒解而精誠無間，我反對在愛人面前獻小技巧和慇勤及獎飾的，也好似你說過，遲早拆穿，何必苦來呢？國事的到今日如此敗壞，就是粉飾太平氣象，自欺欺人。我自己吃虧少讀書，所以總願鼓勵人家上進，不惜苦諫和引起誤會都不顧，老實說，你能早和我寫幾封信，貴醫也就不出來，我們也決不會像今日合作，你能完全相信嗎？潤：我倆的事不是有許多天意嗎？上帝愛助我們，共同的意志和精神需要互勵互助，我們當然更要善自為之。潤：現在隨函寄你「婦女的新生」，許多話就是我要說的。

　　照片知道你都寄來了，我立刻給你寄二幀，此間僅寄家父和桐偉哥各壹幀，餘下的壹幀送了克誠兄，你的可速寄家中和送雨蒼伯（我已快信告了），嗣後，你不必太客氣，怎好連家中都遲寄呢？我十二分明白你愛我真切的緣故，所以忘了一切，親愛的！如此我是會受不了呀！哈哈！

　　我整日在思信家吃飯，因為是他生日呀！一天就拿你做談話資料，親愛的！你的兩耳會發熱嗎？「中周」是改組停頓的原因，諒今已接到而知道了。明天也許再寫，再談吧。即祝

快樂和幸福

貽蓀手上

十一月廿日，晚
樵莊

敏月哥均此問安。

交通所有問題，希函示代謀設法。

來渝時，要帶證明文件，否則在檢查站不能通過呀！行李要檢查，所以皆要能開才對，否則要麻煩的。今後筑渝交通會日難的，要來就決心早來，你有和我同樣的勇氣嗎？沿途特別小心身體和行李，力求舒適和安全為第一。我已告你哥說囑你來渝了，這樣能免他們為敵的宣傳而擔心的。又及。

附件——許亞芬〈婦女的新生〉
剪報（重慶《大公報》1944 年11
月18 日）

　　一四四年初夏，我在美京華府讀到陳衡哲女士在大公報上的婦女節論文。陳女士對於過去三十年我國婦女界的進度是很樂觀的。她以為女子高等教育已經普遍，政治的參與，職業機會的平等，社交的自由，「許多三十年前夢想的境地，現在都已成為事實了。」

　　三十年來我國婦女界的進展，是超過我國任何新事業之上的，陳女士的話不錯的，我自己

圖 2 許亞芬
〈婦女的新生〉剪報
（家屬提供）

就是這個光榮時代的產物。不過，我再仔細的想想，我覺得這三十年的進展，那還是形式上的。不錯，現在教育的門是大開了，在職業上女子也有了平等的機會，男女更可以自由的社交了。但是細細的向深處一看，便會發現到在我們中國，從家庭到社會，男女的生活還是分離的，還是生活在兩個世界裡。三十年來男女平等的聲調，高唱入雲，實則在精神上我們中國的男子還沒有覺悟到女子的力量，而我們中國大多數的女子，也還是在自己桎梏著自己的思想，在能力上還是不夠，在精神上還是很落伍的。

為什麼我要這般講呢？我認為像我們中國這種男女分離的社會，是一個歷史上的病象。三十年來我們提倡各種的男女平等，但是忽略了這個病象。這個病象不除，我們中國的社會便不健全；因為在任何社會由男與女是相依、相扶、相持、相助的，一個不健全的社會，又怎能希望抗戰之後，民族自強，造成現代化的國家呢？

我們且先看看西洋人的社會。在歐美婦女運動，也是到了十九世紀末年才發生的，比起我們中國也只早三四十年。那一些婦女教育職業參政的種種婦女運動，我們中國也早已經迎頭趕上了。可是我們仔細看看西洋人的社會，分析一下他們的生活便會覺得他們男女在精神及形式上是真正的平等，他們是男女共同生活的社會。自中古以來，上帝（信仰）及情人（戀愛）是西洋人生不可少的兩種勢力。等到近代國家形成之後，上帝的地位，漸漸由國家取而代之。自古以來，西洋男子，

在事業上最高的理想是為「信仰」及「愛國精神」而奮鬥。情人的愛便是這種奮鬥的力量。他們的一生必須活過（工作）也必須愛過，兩者缺一便是人生憾事，便是虛度此生。一旦有情人成為眷屬之後，夫妻的生活便打成一片，畢生度著共同努力，共同生活的歲月。西洋男子若是想在天邊海外創造新的事業，為著理想或是為著生活而奮鬥，他們是不願單身遠行，必須有妻子同行，共同冒險。舉一個例子，十六十七世紀的英國人到美洲殖民，有的是為著要求宗教的自由，有的是為著謀生。婦女們也是不辭勞苦，不避風險，遠渡洋海到蠻荒的美洲。慢慢的他們成家立業了，養兒育女了，新的生活開始了，造成今日美洲的新世界。相同的事實在十八十九世紀美國向西部發展，那些墾殖隊中婦女們也是第一批的先鋒。坐著牛車，披荊斬棘的爬山越水，紅色印第安人的殺人打劫，都不是可怕的。而可怕的反是夫妻分離，不能共同的努力新的事業。

我常想假如中國的女子也能這般勇敢，假如我們中國的男子，也覺悟到妻子的助力，也不願意單身的遠行，則我們中國的海外華僑事業，不會像現在這般失敗。別國的僑民，遠適異國，有妻子相依，便死心塌地的為子孫在海外造基業。我們華僑隻身在外，只想積下錢財，老年回鄉，結果便失去了為子孫立下基業的機會。

這便是中西人生觀的不同，也可以說中西文化不同之一點。在我們中國歷史上有一個很明顯的例子，在鴉片戰爭以前，西洋商人多雲集廣州與我國通商，而我們

中國的禁例，是不許西洋商人帶了妻子同來的。我們中國人認為這是正常的舉動，而西洋人看，是野蠻的法律。再看看一件小事如交際生活，是人生極平常的活動。但在這件小事上，又可以看出東西文化的分歧，在西洋社會，男女交際並不成為什麼問題，是很早而且極平凡的事。西洋人的正式宴會決不會沒有女子參加的，他們是很少有「單身漢」的宴會。因此他們在社交的場合中，未婚的男女，可以互相建築起真正的友誼，互相得到自己理想中的情人。已婚的夫婦也得到共同交誼的樂趣。在我們中國呢！一般說來，男女社交，還是很淺薄的，男女的友誼還是沒有真正建築在平等的精神上。在一些交際的場合中，男與女都是不自然而勉強。我們甚至有許多宴會，沒有太太參加，只由先生去「應酬」。因此在我們中國的社會，失去了許多男女交誼的樂趣與幸福。

為什麼我們中國的女子沒有這種精神與勇氣同男子們一致行動呢？為什麼我們中國的男子沒有覺悟到女子們的力量呢？這是很值得注意的問題。在這抗戰建國的時候，我所希望的是我們女同胞能努力求新生，努力達到精神與形式上的真正男女平等。

鐳的發明人居里夫人是近代科學史上的一顆慧星，她同她的丈夫居里先生真是一對志同道合的同志者。他們在家庭中是一對相親相愛的伴侶，在實驗室中是一對努力工作的發明家。當居里先生死後，巴黎大學決聘請居里夫人作理科教授，繼續她丈夫的演講，這是任何女子未曾得過的榮譽。這是真正的男女平等。

　　以前德國有一個著名的宰相俾士麥，當他年老太太死後，他在太太的墓碑上刻下說：「是她，造成了我的一切。」俾士麥的太太，一生沒有參加任何職業；但在這幾個字中，我們可以推測到，那位鐵血宰相的一生政治事業，多少成功的光榮與失敗的懊喪，都是與他太太共有的。這也是真正的男女平等。

　　新時代到臨了！過去三十年是我們中國婦女界形式上的解放，形式上的平等。第一個階段已經完成了，我們現在要努力第二個階段的解放──精神上的平等。抗戰已經快八年了。我聽說在這一次抗戰中，許多女同胞表現出驚人的力量，引起社會上無數的同情與敬愛。我也聽說，也有許多女同胞，在精神上還是很落伍，在能力上還是不足。這一次抗戰的砲火，不知毀去了多少幾千年來社會上的病象，在斷牆殘瓦之下，有許多新芽生出來。這便是新生！是建國自強的新力量。在許多新生之中，我最希望的是婦女的新生！

　　什麼是婦女新生基本的條件呢？

　　我以為是求知。知識並不限於書本上的，知識是隨時隨地都可以學到。我們一生都要時時學習，細心的學習，準備畢生生活上的應用。我以為知識是智慧的泉源。智識可以使人任重致遠，擔任起建國大任。智識可以使人有美麗的人格，增加許多人生的幸福。無論男女，世界上最無知識的人是最愚笨的人。

　　謹以無限的誠意與希望，敬祝我們婦女新生。

致杜潤枰函（1944 年 11 月 23 日）

潤枰妹：

　　十七日午時來音快讀，我的愉快而安慰，當然祇有你才能領略了。現在告訴你三件好消息，第一是中樞人事改組，以國內外景從的陳誠將軍出任軍政部，黨的中堅人物陳立夫先生擔任組織部，王世杰先生擔任宣傳部，和財長的更迭、內長的調整，實在象徵了今後大局的可以絕對刷新了。第二是遠征軍打勝仗，眼看中印公路和中印油管可以敷設了，桂黔邊局可穩定，也是中樞的信心。第三是關於你的請調工作，我決盡最大努力協助你，現已請我們書記長寫信本部軍郵督察處葛處長（原處長即徐局長繼莊兼）在總局設法調用到渝區服務，儘可能調離新橋近的地方。目前可不聲張，特別努力工作好了。昨天我們發了代金，八斗米是兩千九百六十元。此次部中發給平價布料，我分到甲種安安藍布九尺，可留你為袍料了，還有藍布一丈六尺，可以做襯衣布用，共價僅九百四十元，倒算便宜。我考慮到你調差時急用，盼最近停止添置衣物，此間存有二千元，先寄你處匯存，好不好？現已托部中主管交通同仁代寫介紹信，以後車輛能有郵車固好，否則購票也許亦快的。敏哥的話很對，我前幾封信似乎太沈不住氣了。關於軍事工作，是指陳誠將軍出任軍政部後，可能到那裡工作的說法。因為他是我們戰幹團副團長，我曾也在六戰區跟他下面做事二年。他的秘書長就是我的主任，在渝時常進謁的。但此間主管書記長對我很好，思信兄也在一起，科長和科中同事完全是同學，恐怕不能離開

的。餘後敘，耑此

　　即祝

快樂和幸福

　　　　　　　　　　　　貽蓀上

　　　　　　　　　十一月廿三日，午前

　　敏月哥均此。

　　書記長和同鄉繆參議等都主暫緩辭職來渝，第一是郵務可貴，第二是郵務員更不易考取，第三是辭職後不易進去的，第四是郵局有交通工具，絕對無交通困難的可怕，何況我們的自己人都有交通工具呢。又及。

致杜潤枰函（1944 年 11 月 24 日）

潤妹：

　　昨天給你報告了三個好消息，諒皆得讀為快了。散步後回到辦公室，重複細讀來音，我神往，我佩服，我從此更信任了現時代女性的偉大！

　　國內外的大局皆趨好轉，我們得以努力來迎接光明。在工作崗位上效忠是最低的要求，在精神上求寄託和發揚是相輔的需要。愛的潤！是嗎？

　　為了便利你來渝時的車輛，特附上介函壹封（此信應妥存，不用時可留月姊處，以備應用），屆時能郵車最好，否則購班車或特約交通車皆可。程兄夫婦都是同學和老同事。此間葛處長有佳音後當即快信告你，代為請求的理由是家屬由筑遷渝，為便於照應，擬商請調渝區工作，大約可有希望。

　　家中半年沒有來信，實在懸念異常。鑑枰兄來信諒

述及祝地甚佳，盼告我一二。近曾致信伊處，附告提你即來重慶，此恐敵偽宣傳而引起彼等為你而深慮也，你囑代詢的事，也曾提及，我說，我們總以家中大人的意志為是也。你說如何？

近來渝上發現奸黨及漢奸散佈謠言及荒謬不實之號外，前信誤聞筑市被炸，即屬其一，盼你們切勿輕信，現已查出奸兇，正由當局澈底查辦中。

親愛的！待美夢中再會吧！即祝

快樂！

貽蓀手上

卅三、十一、廿四

敏月哥均此。

致杜潤枰函（1944 年 11 月 27 日）

潤妹：

廿一日的愛札收讀，你給我精神上的安慰，正像你投入我溫暖的懷裡，陣陣的愛潮在心頭起伏，全身會立刻變得緊張。潤！這滋味大約和我倆看「七海雄風」時一樣，你能領會吧！你同樣現在全身變得緊張嗎？貴陽！他在我倆生命史中有光榮的一頁，相信在抗戰的過程中，它也能發揮偉大的力量，保障西南，保衛新中國！你們能悠然恬靜的安心工作，膽力和識力是超人一等的，新中國的再造，就寄望於全國有膽力有識力的時代青年身上，是嗎？勤部最近在貴陽成立（三橋），相等於站區總監部的運輸處，許多同事攜眷赴任，假使我是業務人員的話，那末這次一定要請調貴陽了。但我不

能辦到，所以，為了加強我倆的密切合作和精神需要，更為了可達成我「勇護」你的任務，得設法請你早到渝區來工作呀！原先，考慮到你的請調不可能，我的請人講話也不便，而局勢那時相當惡化，就請你辭職來渝後再說，工作則不妨再覓，極如小學校可能的安插很有希望。但經面告書記長後他不贊成，以為辭職太可惜，復任太困難，還是設法請調的好，他答應寫信請軍郵處（本部單位）葛處長設法，既已發生，明天，再擬請科長去信該處潘科員（郵務員）探詢，及從旁協助，待確悉知道後當即快告。我相信如無大困難的話（事實不可能許可），當可如願以償，調到渝區服務的。昨天，我主持了一個同學聯誼晚會，到勤部同學三、四十人，極一時之盛，因為副團長出任軍政部長，情緒更見熱烈。託福你的安慰，身體和精神是頂好，餘後敘。專此
　　即祝
快樂

　　　　　　　　　　　　　　貽蓀手上
　　　　　　　　　　　　　　卅三、十一、廿七
　　　　　　　　　　　　　　新橋樵莊
敏、月哥均此不另。
雨蒼伯前便中致候。
「中周」諒早讀了？偉嫂的信也讀了？家中有信嗎？

致杜潤枰函（1944 年 11 月 29 日）

潤妹：
　　廿三和廿五日的愛札都拜讀了，但附寄偉姊的信沒

收到，不知何日發的？你充實了我的生命，豐富了我的感情，在兩地相思的交流中，滋潤了各自的精神，祇有崇敬上帝的偉大，造化使我倆如此情投意合。潤！我崇敬你，祇有你的聖潔的愛，才是我最高的自傲。

在筑時我曾喜你說，最高度的一元化要到明年秋後，但你是微笑說，她們推論三個月，你能記得嗎？「女孩子的心是放出去收不回的」，我就怕你收不回呀！這次要你重慶來，你說得好，「是戰局」，現在已進行請調，假使成功的話，我的理由你已代說出，將來的變卦，當然你負責，對嗎？「人生難得幾回醉」，「花開可折直須折」，早到重慶，我雖不會喝酒，也希望給你陶醉，至於「折」的問題，我是留給你玉裁了。友人常說，花最美麗的時候，就是「折」的時候，人生的至樂和幸福集中在那一剎間，我們當然要發揚，得寫下光輝的一頁。

我擬不出計劃來，為了良心和國家，我們是祇有血與汗的代價——薪津。祇能憑藉自己的耕耘補充，直到你希望的清苦的必備條件。但我相信明年秋後勝利會有曉光了，那時，以精神彌補短期的清苦，待來年勝利後的幸福享受。你看怎樣？餘後談。

祝快樂！

貽蓀上

卅三、十一、廿九

樵莊

偉姊有信來，很為你和月姊著急哩！

離此六公里的小龍坎陪都戲院，出演轟動「郊外」

的名片「會真記」，他們個個稱好，我也去觀光了。的
確是生平看的第一部國產片，紅娘最妙，歌也頂好，今
寄你十大插曲，也可想見一二了。「歌」我是不會唱，
也不懂，但有時喜欣賞，愛我的，能將來給我欣賞嗎？
何況，「那一天」，會非唱不可呀！又及。

致杜潤枰函（1944 年 11 月 30 日）

潤枰妹如晤：

頃得書記長面交本部軍郵處葛處長覆函，關於吾愛
請調壹事，業已函請貴局長相機玉成，諒此信到筑之
時，或已面召吾愛垂詢，否則盼速商得敏月哥之同意，
並請雨蒼伯協助，可即辦一請調之報告，俾得達到調渝
之目的。茲將原函及代擬之報告壹件附寄，即可與敏哥
速決辦法也。此間思信兄家（距我最近）鄰旁有草屋壹
間，約價二萬元左右可購得，如願價購，盼即告並寄萬
元來新（月姊已可馬虎用矣），以便速購，可即告敏月
哥也。戰局轉緊，至為念念。餘後敘，即祝

快樂

貽蓀手上
卅三、十一、卅日
新橋

致王月芳、杜潤枰函（1944 年 12 月 3 日）

月姊、潤妹如晤：

　　廿七日潤妹信接讀，筑局日緊，至以為念。處變以鎮靜為第一，謹慎為首要，國家如斯，吾人竭盡最大努力可耳。能速來渝固佳，如不可靠時，仍恃機關撤退似較佳也。調渝時間如何，或恐失之遲矣。但逆轉之速，誠非意料，然此後進入山地，大軍已趕調雲集，諒可無妨也。能每日來信釋念，至盼。即此，祝

近好

弟貽蓀手上

十二月三日，晚

　　三十日敏哥、雨蒼伯暨你快信均讀，介紹信諒已收到（廿五日寄）。非局勢不穩，仍以隨郵局為佳，必要時可請川桂線區彭科長轉告本部調度室程幹兄在筑情形（該部與本部調度室每日晨九時通話，你情形可容告，以便請程兄轉詢也。）

致杜潤枰函（1944 年 12 月 6 日）

潤枰妹：

　　一、二兩日愛札都讀了，你能沉著的工作，處危鎮定，實在使我萬分的欽佩。國家的存亡，已在此一戰，據云最高統帥部已決心拱衛筑市，目前軍事負責高級將領已雲集貴市，本部部長也乘機到筑，主持部隊補給與難民救濟之二大任務。你的行動，因為你目前郵務的艱難，除了你的請調可獲准外，我已不贊成你的獨自先行離職了。潤妹！請調的事，假使時局不料變這麼快，那

末是決無問題的。廿九日書記長當面囑葛處長照辦，最近，也囑德昇先生請徐局長照辦，但時局如斯，公事如麻，私事諒進行較難了（自費請調當然可以）。我看一切仍以環境而定最好，萬一緊張，隨局疏散可以的。假使隨難民疏散的話，必需逕抵渝市，最低也要乘到綦江的車子。否則，先到遵義等，以後到渝再難沒有了。先後寄你請禹門路川桂線區司令部運輸彭科長介紹車輛的信（彭科長能介紹便車的話，似可先行自費請調，或辭職）和此間葛處長的覆函等，諒皆收到。彭函可妥存，以待必要時隨時覓車之用（目前車輛是後勤部統制的，難民也是後勤部統籌運送，拿了此信，再請後勤部的機關人員幫忙，總要好些）。在筑盼能特別注意轟炸，因為濫轟時全無目標投彈的，能每日發一函告近況，是為最好。渝市也冷極，難民真太痛苦了。餘後敘，即祝

快樂

貽蓀手上

十二月六日，午

敏月哥均此。

致杜潤枰函（1944 年 12 月 8 日）

潤枰妹：

因為企待你三日的來信，所以遲了二天沒給你信問好，相信明天是準可得你來信了。你為了工作，為了竭盡你的力量貢獻給偉大而嚴重的戰局，所以能安心地更努力工作，潤！這是中華兒女應有的精神，也是我們八年來獻身祖國一貫的精神。你愛國家，今後就能更愛

你的貽，是嗎？前次我倆偶然提起從軍的事，你就決心表示和我同甘苦，潤！這次你雖沒有真的執干戈，但也可算參加了女青年報國，在戰區的最有意義的通信工作了。我愧不能今日和你同甘苦，立刻跑到貴陽來為戰區服務。潤！我默禱戰局的更好轉。剛在報載（晚報）獨山克復了，我相信士氣會更振奮，說不定此信到你眼中的時候，敵人已驅逐出了黔境。那麼，你是始終能和月姊在一起快樂的安心的工作，不必一個人顯得寂寞，同時也使我格外的掛念著你。我願猜的一點不錯，恰似我過去默禱你的工作問題，和我倆的合作問題一樣。潤！你也如此想著嗎？等此艱難的時期過去，那時，你再堂堂正正請調的來渝，享受你應有的精神慰勞，潤！那時我將一切依你，給你最愉快而甜蜜的安慰，要以我的心來換你的心，使你在戰區裡高度疲勞的心稍得休息，潤！好嗎？我所希望你的就是在這樣艱苦而偉大的緊張局面下相敘，你也這樣想嗎？深夜（昨夜）的飛機隆隆聲，表明是我西北國軍的空中運輸到前線增援，和準備出擊的大捷。我腦中深沈著無數的思慮，我看到你更勤快的在工作，雙手不定地揮動著，成群的人在你服務時露出對你的崇敬───一個勇敢的女青年在戰區服務。潤！我愛祖國，所以我更愛我為祖國奮鬥的愛！同時，深信祖國必能賜福我愛祖國的愛！好了，反攻的勝利已開始，敬向你致祖國新生的最高敬禮！！

貽蓀手上

卅三年、十二、八、晚九時於新橋石壁山四十六號

敏月哥均此！

致杜潤枰函（1944 年 12 月 9 日）

潤妹：

你三日和五日的信同時收到，看到了來信就好似看到了貴陽的一切，你的處境艱苦，我是早料到的，我為你不安，也祇有自己知道。原先，我主張你無考慮的來渝，以後商討的結果是趕快請調，但形勢的急變，究竟太出乎意外了，所以請調的努力已不及見效。另一方面，你有大任務要幹，局裡也有車可應急，何況敏哥和雨蒼伯等都有車輛的，那麼應急可無問題，也就大膽你的暫時工作了。再說，貴陽可以馬馬虎虎送人，還抗什麼戰？重慶還有什麼可保之處？我雖三番四次念念著你，但想起國家的大勢如此，我們假使不幸生當今日，那有何話呢？否則，統帥部決定會保守貴州的，那麼，筑市也不致會跟桂柳一般的丟吧！潤！你早說我們是奮鬥中生存著的，依賴不是我們所盼望的，自力更生才是幸福的基石。同時，你也相信上帝會幫助你，我也相信祖國會賜福愛護祖國的人。潤！我們的默禱隨著冷雪的殘酷而溫暖了，就是你寫信的那時起，五日克八寨，六日克三合，七日克石板寨，八日竟克獨山了！我相信戰局不但是穩定，還會急劇的反攻，把敵人趕出貴州，說不定還會攻到柳州的。我們的領袖曾到貴陽坐鎮，當它最危險的時候，有國家的救星在庇護你們。所以我雖擔憂你，畢竟還是寬懷的。現在，政府和軍事上已一切為前線，不斷的刷新，新中國已有生機了，願我們在祖國

的憂患中長成、壯大，得到來日的光明幸福。最後，敬
向你致欽佩的敬禮！祝你快樂！！

貽蓀上

卅三、十二、九，午三時

新橋

　　月芳姊處另去信了，雨蒼伯來信未覆，便中代候。
偉姊信收到了。濟民要清寒證明書，已代辦理中了。近
況盼晤去釋念。

致杜潤枰函（1944 年 12 月 11 日）

潤妹：

　　六日和七日的信都快讀了，你能在如此緊張混亂的
局面下鎮定工作，我深深的欽敬你外，沒有更好的話慰
勉你。潤！經得起煎熬的才是時代青年，更算得上巾幗
英雄。對國家講，你的鎮定工作，與局共進退，是應該
而必然的，也算盡我們盡忠職守和效忠於國家的良心。
對個人講，你的勇敢和鎮定，我十二分佩服，而自愧沒
有能給你最大的協助，內心至深引疚。潤！你能願意接
受我上面的說法嗎？至於月姊的先到黔西暫住，她有孩
子是需要的，敏哥與局同進退，也是應該而必然，諒你
都得贊同。在敏月哥去黔西後，你的孤單是必然的。過
去，我也曾考慮到緊急時會有此種必然發生，但總不料
到時局變得如此快，所以同意你的請調。現在，時機與
形勢不可能，請調發生問題，那我當然主張你隨局進退
了。雖說郵局高級職員的家屬會先走，但同事總是必定
一塊兒走的，所以，為你急的時候，總認為無妨事的。

現在，大局好轉了，敵人已將全部逐出黔境，此信到時，可能收復六寨、南州了吧！雨蒼伯老年持重，對我們確實愛護的，他和我父親在小時，也許正像我和令兄的情形，年邁了，當然對後進特別關懷了。東西寄放是很好的，但大局轉好後，不妨改寄眭小姐家中（總以郵局為好），對於請調事，索性大局寧靜些時再說。老實說，緊急的時候，除了皇親國戚外，講交情的事兒已難生效，平靜些時候，再想辦法，也許可以有效些，你看如何？假使敏哥已返筑，就不必到眭小姐家，否則，到她那裡是比較較理想的。你在這樣緊張的生活中，還隨時為我而掛懷，我將怎樣向你安慰呢？潤！你一切為我而貢獻的精神，我除以至誠接受外，我太慚愧沒有能在今日給你同樣的貢獻。親愛的潤！我再說一遍上次信上說的話，好嗎？「我愛祖國，我更愛我愛祖國的愛，同時深信祖國會賜福於我的愛！！」潤！暴風雨已隨天時殘酷的雨雪過去，這也許是我們黎明前的歷程，願你早日接受黎明陽光的溫暖，讓你舒適而愉快的訴一訴衷腸，那時，我的一切，是會呈獻給你的！潤！天已亮了！！

　　昨天出席國父紀念週擔任記錄。因為部長到筑，由副部長主席，他報告此次戰鬥的經過情形。桂柳守軍是不戰而棄，野戰軍是望風而潰，由柳而黔，如入無人之境，敵人遠離卅公里以上，就潰退了，何曾抵抗。唉！軍隊也實在太苦了，精神也太差了，但負責的人，為什麼那麼沒用？民眾、士兵爭逃難，成何體統？政治也太糟，平時粉飾太平，戰時一蹋糊塗，土匪是滿地是，敵

人也就是他們領著來！我們中樞要負責，但地方何曾拿良心做事！國事如麻，誠堪痛心！好著湯恩伯差強人意，能鎮定大局（領袖是到了）。據說，一連人就克復八寨，一營人就克復獨山，現在，一個師就能進到六寨，誠想！實在是打的什麼仗，過去根本是拱手讓人。目前大軍雲集，貴陽是決可無問題的了吧！中樞也人事調整，換了新進有為的「幹」員，今後中樞再整飭地方和部隊，全國風氣丕變，中國的希望也許就是到了天明了，我現在這樣希望著，此信到時，敏月哥已遷回貴陽辦公了，雨蒼伯處尚未致候，有空就寫了，還有家中可暫勿告，以前，曾告你哥說要你來渝了，他們會得安心的。即祝

快樂和前途幸福

貽蓀手上

卅三年十二月十一日午後

　　月姐家已去信，你去信了吧！

　　眭小姐代候！蔡傑先生好嗎？

致杜潤枰函（1944 年 12 月 14 日）

潤妹：

　　九日愛音和給偉青姊的信都快讀，我沒有更好的話安慰你，我祗覺得我輕鬆了許多，潤！一字一句使我從緊張到歡樂到幸福。痛苦中的快樂才是真實的，奮鬥的歷程必有痛苦，惟有從事痛苦的奮鬥，才能克服一切，苦盡甘來。我倆是自力更生，從流浪中自己耕耘，相信從長期的奮鬥中、痛苦中，必能更堅實了我倆的力量和

信心。抗戰也許能從這次慘痛的教訓中飛速進步，相信我倆的希望，也必能日益接近於實現。你的請調報告可以稍緩些，因為時局必會穩定了，待人心稍定，然後再調，也許容易獲准，我可再致總局設法疏通，然後立刻告你，好不？許多同學分發重慶了，以後你來了，大家還在一塊，不是很好嗎？我相信明年春暖花開的時候，我們一家可以在嘉陵江畔再訴衷腸，一似南明河畔，愛的潤！你神往嗎？有了遠景的光明和幸福，我們是會心廣神怡的，我相信祗要我倆合作奮鬥，總有創造我們的小天地的一天！此信到時，希望月姊已經回筑，你能歡敘著準備過年。偉姊信即寄，寫的好，她會更贊揚你的，友人問炳圮弟情形，可告一二。事稍忙，待再告吧。即祝

快樂！！

貽蓀上

卅三、十二、十四，午

致杜潤枰函（1944 年 12 月 14 日）

潤妹：

我相信你會怪我在這短期中沒有給你多寫信，給你多安慰的，我心裡很明白，我要向你忠實的認錯，這樣，我自己覺得心中舒適得很。潤！你老實告訴我，是不！我在午後覆了你六、七、九三日的信，而且是僅僅短短的一頁，我想你在緊張而沉重的壓迫空氣中，還念念為我寫信，每日一封，我是再三思量，你是都忠誠呀！而我太對不住你了，反不能每日給你最需要的安

慰，我得勇於懺悔才對，我實在不該太自私了呀。所以，在我反覆地讀了你給偉姊信時，我太快樂了，把牠抄錄在今天的日記裡，你寫的真好，這許多話就是我理想中你要說的，但現在我就看到你說著寫出來，我內心說不出的自慰，和上面對你的自愧，也就同時浮現在心中打起架來了，我不能再像過去一句埋頭閱「鬱雷」、「西廂記」、「清宮二年記」、「憩園」等來自娛了，我得和你暢談才對呀，潤！我就在這種情緒下寫著了，不停地寫，要寫給我唯一的知己知道，好讓我們異地起會心的微笑，好讓我們吐出一句來壓在胸中的重壓濁氣，吸進新鮮而有活力的清氣！！

「鬱雷」你也許讀過的吧，牠是以紅樓夢為剪裁的一本「瓶舊裝新酒」的劇本，他深刻的告訴我們還處在鬱雷的時代，到處密雲黑佈，陰森森的可怖，誰都可以再重演這個惡劇，祇要一失足，就成千古恨了。他警覺中華的青年男女們要衝破這黑暗，從鬱雷中真的被雷震醒了才對，潤！我們已揭開重重的黑雲而自由了，閃雷也震得我們震耳欲聾，何況一度在獨山附近的槍砲聲比鬱雷還利害的侵襲你，我們要勇敢善戰，衝破時代一切的黑暗，我們要在雷雨後靜觀青的天，白的日，我們要在一望無際的和平世界中自由！幸福！！

「西廂記」你許一定看過，是嗎？否則，也可以從我寄你「會真 和平 記」的十大插曲中知道一些了，我因為看了「會真記」，所以就一定想看「西廂記」，何況，這一句中有特別看他的價值呢？「西廂」是文言寫的，不通俗，所以價值是低落了，但他是喜劇的，「願

天下有情人都成眷屬」是他最末一句話，他該給中華兒
女都少鼓勵和安慰呀，舊時代的兒女們是如何受著殘酷
的待遇，舊禮教實在是吃人的老虎，時代的青年們應該
為自己慶幸，為自己好好耕耘，建立下代青年男女合理
的榜樣，潤！我想起來家鄉許多婚姻悲喜劇，我倆該何
等責任重大！！

　　「清宮二年記」是德菱公主寫的，她後來入美國籍
了，此書在美發刊，頂倒翻譯還老家！她述說了清宮慈
禧太后的性格、生活，和莫名的偉大處，她那裡是一般
人想像的淫亂而專權的太后呢？可惜她義和拳一事處
理錯了，身敗名裂，以後，阻撓新政，也天該清朝嗚呼
呀。她的述說，我們活生生的好似進了清宮，那卑鄙的
宮女，妒疑的宮眷，專擅而無惡不作的太監，使我們更
知道了清宮的內幕和人間下人的惡濁！！光緒皇帝的以
英才而困居，英雄而無用武之地，為之嘆息！此時是
一九〇四年，裡面有述說慈禧太后第一次照相的故事，
屈指僅四十年，我們國家進步也可算快，如果，今後大
家更努力，團結奮鬥，一切為前線，一切為國家，大家
努力做個好國民，中國是那會不復興呢！！

　　「憩園」是巴金的長篇小說，他深深的使我追憶起
往事，遙望將來，我估計今日的努力和一切，實在太對
不起人了，我無以慰九泉的母親，無以對困居淪區的老
父，我更怕不配接受你的愛，潤！我願更充實我的一
切，以接受它給我的啟示！！

　　這是我一旬中至暇無聊時瞎讀的四本書，僅僅馬馬
虎虎看了而已，但我為此即對你存很多抱愧呀！現在一

口氣亂寫些告訴你，我好像我舒適得多呀！你也覺得在一旬中苦悶的局面下得到溫暖嗎？潤！電燈打照暉要熄了，明天要清早寄你，就此擱筆吧！祝你

快樂和幸福

> 貽蓀手上
> 卅三、十二、十四，晚九時
> 渝，新橋，樵莊

致杜潤枰函（1944年12月16日）

潤華妹：

你八日的信是比九日的遲到，剛於昨天午時收到，看到你那時的情景，歷歷在目，我怎能不為你著急呢？但是，總在你失望的時候，同學來了，敏哥回來了，一切又使你歡樂，我跟著也自慰起來。使我這樣想著：「祇要能堅忍到光明來的時候，勝利總是屬於我們的。」抗戰以來國家遭受的危險，幾次是十二分可怕的，但總憑我們政府最後堅忍的自信克服了一切困難，我們不也遭受到憂患嗎？但柳暗花明又一村，到了艱難克服以後，反而是踏上了接近勝利與光明的一步，潤！八年中我們親歷的事實，能使你更自信嗎？！

關於你的請調工作，我們可以依然進行準備的，到了「水到渠成」的一天，我不相信不會成功的，你也這樣自信嗎？那麼，在事實還沒有揭曉的那一天，一定仍然要安心工作，否則，焦思苦慮是最傷神的，在一件事沒有成功以前，最好不要給同事們知道，因為一方面掀風作浪，一方面感情作用，對於進行總是害多利少的，

在煩雜而急迫的環境下能處之泰然，再能忠於職守，這是最容易使人欽佩你的胸襟的，同樣，也是最能爭取人家同情的！你們二位女同事請調報告是否由貴州管理局轉呈總局的，還是可以直接向總局請調的，關於請調要經過那些手續，那些難關，不妨告我，總局裡那一部門主管，知道的話，也可轉告，這樣，我可以直接找捷徑疏通，假使有結果，就可通知你呈報告了。

昨天晚上原想給你寫此信的，但整理你賜我的愛札，把那本「文通書局」的稿札裝訂了，興趣濃也就多看看，你使我入迷了，越看越好，越好就越看，結果也就時間溜走，來不及給你寫了，你說「你的個性，極如放得出去，就收不回來」，所以，我也就索性不收回來了，看個舒服，待明晨給你再寫吧！

重慶的氣候，照往例說，應該是沒有冬天的，他們總以雪是奇怪的，不容易看到雪呀！但近年他們認為風水變了，更因為腳下人（即是下江人）的來到此地，認為帶著空氣來吧，所以在近年變得特別有冷天的時候，總說天老爺是變了呀！的確，重慶是遠較過去變得冷了，記得卅年在綦江時受訓，赤腳穿草鞋並沒有十分冷，雪確乎沒有瞧過飛呀！但去年重慶就下過雪，並且相當大，今年呢，上次貴陽下雪，重慶有名的黃山據說就下瑞雪了，連著的一旬，空氣特別緊張，天時也就特別冷著了，直到昨晚，微雨中就混著雪珠飛了，一夜，雪是忽大忽小地下著，剛在起床，四周的山上，已白的一片一片的，雪花還依然飄著呢！冷！已向每個人侵襲，想起前線將士的浴雪奮戰，難民的饑寒交迫，為富

不仁的驕奢淫軼，人類是多麼的不平呀！我們受著國家的殊遇，每人發了一套新棉草綠棉制服，溫而且暖，舒適而便利，實在忘卻了什麼是冷呀！我又想起穿著狐皮貂裘的人們，裡面說不定還穿短褲哩，那實在何必呢？潤！我希望做一個能溫飽而自由的人已滿足，你也是這樣嗎？！我現在是最希望的月姐和學甥已返貴陽，是嗎？我渴望著午前郵差來時，你就告訴我月姐回來了。家中有信嗎？半年沒有得到家書，我懸念得很！上班了，即祝

快樂與幸福！！

澄中手上

卅三、十二、十六

新橋樵莊

「澄中和潤華是我們的專用名字」。

致杜潤枰函（1944年12月16日）

潤妹：

十二日的愛音接讀了，同時接到了桐哥的來信，裡面附來了許多信，芸芳妹的兩封，含章弟的一封，偉姊的一封，一連六封信一口氣讀完，你想我是該都麼愉快呀！我不能太自私吧，是不？所以我揀芸妹的一封信寄你，藉此使你也知道了我家庭的大概情形，這是你需要的吧！裡面附帶提及了三叔情形，你可將此信給月姊一讀的！信裡許多事恐怕弄不清楚，你可請月姊告訴你的，我的家和你差不多，爸爸有二個叔叔，也有了繼母和小弟妹，但目前為止，我相信家庭是親愛和睦的，以

後當然更不成問題的，何況，今後祇有我們對家庭的義務，而沒有家庭給我們的權利了呢？是不！你同意嗎？

含章弟是芸芬妹的哥哥，現在黃土塘懷仁高中三年級讀書，他們今春元月結婚的，感情很好，來信曾詳述祝地情形甚詳，最可告慰的是方驥齡出長祝塘小學，重建校舍，籌開中學部，現已開設中學補習班，穎蓀弟就是補習之一。芸芳妹原來是要隨偉姊到後方的，後終未果為悵！她在家擔負著我們兄弟的責任，環境是艱苦的，我最同情她，也最愛她，因為她好學也能勤快做事，也許有和你相同的稟賦。月姐和芸妹是我在家庭最愛相處的二個。

含章弟對芸妹特別恭維，那當然是客氣的，但很有意思，我倒想恭維你呢！他說「在我真不啻是再生的母親」，潤！你願意將來做我「再生的母親」嗎？我堅信必定可以的！！下次再談，即祝快樂與幸福！！

澄中手上

卅三、十二、十六，晚八時

致杜潤枰函（1944 年 12 月 19 日）

潤妹：

昨日較忙，沒有給你寫信，這是因為明天青年團幹訓班要經過新橋，準備接待他們的緣故呀！

前天給你芸芳妹的雙十節來信，是從昆明轉寄來新的，那麼，依此推算，我倆新婚的事，當然也可在雙十節後的幾封信裡知道了，說不定我們的儷影也已置他們的案頭，引為莫大的愉快！

　　報載貴州的大中小學一律不遷，你許多同學也許仍
要返筑了，暫時做你的朋友，你必引慰吧！呈調的事，
明年元月份進行吧，此間無時不在穩妥設洽中，一俟稍
有把握，即請你遞呈，那是較好的！

　　月姊是回筑了嗎？你近來很忙，所以我也不多寫
了。即祝

快樂！

貽蓀上

卅三、十二、十九，晨

致杜潤枰函（1944年12月21日）

潤妹：

　　14日和15日的來信都快讀了，我同樣是工作繁忙
中得了最高的安慰，在緊張的工作中得到來信——二封
——我該加倍的興奮，感到無窮的甜密和愉快！潤！性
愛的力量，它將創造「人」的一切奇蹟，也所以使我們
變成了萬物之靈，我直到今日才發現而進一步承認「性
愛」為人類「事業的泉淵」，它啟示我們「精神甚於物
質」，它告訴我們「親愛互助」的價值，它更指示了我
們「人」的幸福的所在，愛的！你將是我永遠不能須臾
離去的燈塔，給予我了光明的遠景，你將是我永遠不能
分離的伴侶，給予我了溫暖的愛力！！

　　你工作忙，這是你工作有了實在性，有了貢獻，我
生平總以不做事吃閒飯為自恥，你也以忙於工作為自
慰。潤！這種態度和思想，才是新中國青年應有的，老
實說，國家也才能從這般青年手中復興。我們盼望國家

的再生而復興，我們不流血於疆場，難道還有理由不流汗嗎？工作忙是精神最大的安慰，「問心無愧」的時候，心境是最寧靜的，最寬暢的，我們有了這種活潑而恬靜的心境，當然能養成我們寬弘、和平、博愛、真誠的修養和德性，這！皆是我們將來理想生活的精神條件，潤！我們今日多鍛練，多經歷，來日的幸福更美滿！！

　　你告訴我說葛處長來筑了，此事我也知道了，但想不到就在你們那裡辦公，真是巧極了。昨天是本部駐渝單位擴大會報，軍郵處鄧科長已告我此事，現在，今日因公事向書記長請示時，也提到此事，要他以後待你告我葛處長正式到二支局辦公後，再請他寫信葛處長，由你面謁他請他設法，同時遞呈，諒必較能有把握了。同時，今日克誠兄來信說，玉瑾學姊（許蔚文的女，我的同學）已請德昇先生（伊之丈夫，即九中時曹先生的老師）代你向徐局長說項，但他剛巧因公未能接見，僅由秘書晤談。據說，由另一郵區調他郵區，比較困難的，但錢先生這種為你和我的出力，我很感激，他因為沒有十分把握，本人沒有給我信，也許會第二次謁徐局長設法的，你處盼能抽暇給信克誠兄夫婦（俊彬先生）候候，她已快生產了呀，同時，可提到錢先生夫婦，請他便中代候。潤！我素來沒有向老鄉講情面幫忙，此次，事前玉瑾姊曾慨允協助，同時，蔚文先生和家父知己，他們有許多事，恐怕家父幫忙過，所以，我在貴陽將危時，請緝熙伯轉請了他們設法的（德昇先生與徐局長是老同事呀），他們能真誠出力，使我深信同鄉的重要和

必須連絡，使我對你過去的連絡同鄉也發生興趣。

官僚、政客、土劣、國難商人、貪污份子、混食的蛀蟲，他們都是國家的腐敗份子，都是抗戰陣容裡的障礙物，也是我們革命的對象。跟著中樞庶政的革新，風氣的丕變，他們是會被清血針消滅的。否則，「物極必反」、「報應昭彰」，衡陽、桂林、柳州一帶的暴發戶的今日淪為乞丐，歷歷在目，天也會給予懲處的。我們為他們自悲外，祇要看他們能橫行幾時？

月姊十三日來信同時收到，相當苦，想不到八年後的今日，還有做一次準難民的遭遇。我願她早日返筑，所以不再去信黔西了。祇希望此信到時，你們歡敘著過新年了！以後，敏哥到渝的計劃實現，你也調准了，那時，該都痛快！我將請你們像貴陽大戲院一樣的闔家看戲呀！潤！待著吧！我深信春暖花開的時候，揚子江畔，嘉陵江岸，柳暗花明的景物下，會有我們的天下！！

年終是比較的繁而忙，何況科中調去一位中校幹事，調用到海員訓練班一位少校幹事，另一位青年同志要從軍，所以，更忙了呀！我是擔任訓練方面的股長，一科也可說一部吧！它的工作計劃推動、考核，都是繫在一身的努力與怠忽去判別。科長返家了，變成了代理科長，要照應大家辦公，相處的生活輔導，何況年終是要準備結束，檢視駐渝單位，編擬本年度總報告，撰擬明年度工作計劃，一切要算舊賬，開新賬啦！新橋社會服務處由本科主辦，擔任副總幹事（科長總幹事），此次舉辦知識青年志願從軍事宜，馬上要準備歡送入營，

少不了捐募的進行，歡送大會、遊行，都得計劃，還要周到，所以整日握著筆草擬辦法，再去號召發動，雖說內心無限愉慰，總覺相當緊張了。一口氣寫到此地，下次再談吧，即祝

快樂！！

　　　　　　　　　　　　　　貽蓀手上

　　　　　　　　　　　卅三、十二、廿一

　　　　　　　　　　　　　新橋勤黨

致杜潤枰函（1944 年 12 月 23 日）

潤妹：

　　前日給你比較長的一封信快讀了嗎？關於你的請調問題，我現在有一種果敢的意見，希斟酌採行。那就是在葛處長到二支局辦公以後，一方面能要認真工作，但另一方面，就希望你相機疏通支局長後，能得機晤謁葛處長，面陳請調決心，請伊設法協助（此間我將再請書記長函請協助也），同時，逕呈支局長轉呈局長報告，並以快函通知此間，以便再行設法在總局留意，以求能照准調用也。

　　勤部有併入軍政部之說，我或擬請調軍政部方面工作，屆時，皆有在渝區工作之望矣。開會了，即祝

快樂

　　　　　　　　　　　　　　澄於新橋

　　　　　　　　　　　　33、12、23，晨

致杜潤枰函（1944 年 12 月 24 日）

潤：

十二月十八日我在最興奮的場合中接讀了愛音，急促地把它一口氣讀完了。你能盡情的訴說，我能盡情的細讀，這樣，才是真的互訴衷腸，將整個精神寄託在「愛」的聖潔中，使身心愉快，在面前泛現理想的遠景，潤！你說是嗎？

午前部務會報剛完，克誠兄出乎意料之外的二年來首次光臨我處，同時，他的至友同鄉沙選才兄也同來了。事情可以告訴你，這是因為瑞祺的同學姚小姐，也是她的義妹，現在新橋衛生署服務，她要我介紹最可靠的男友。同時，沙先生是克誠夫婦的佳友，也是他們結婚的男賓相，他們要我向你請求幫忙介紹。結果，我就把兩事合併辦理，主張姚小姐就介紹沙先生，他們都贊同，所以克誠兄和沙先生來了，少不了招待，就在我處自己加油打牙祭呀！喂！真巧的事，郵差來了，更是快信，也就犧牲了二塊肥肉的權利，先讀了一遍，你的富於正義感，爽直而篤愛和平的性格，立刻使我內心起了會心的微笑，他們當然也給我一個會意的微笑呀！

「願天下有情人都成眷屬」，這是「西廂記」之所以被青年男女崇拜而流傳迄今。在現代的觀點講，這實在是大自然賦予人類的定律，也是順乎自然的真理，人類之以異於禽獸，就因為人類富於「同情性」，因而演變出──博愛、和平、互助、合作──等的精神信條，否則，人性的泯滅、殘酷、荒淫、無倫、暴虐的社會，當然祇有淪為野蠻之域了。我們要博愛青年的同志！所

以，我默禱他們的能成功、幸福！！「春」是給予我們
都是「新鮮的」、「生氣的」、「勝利的」，殘冬去
了，萬物的昭蘇，大地將呈「新的」世界呀！草木榮榮
向榮，大自然將充滿「生的」活力呀！衝破嚴寒的苦
難，春之神將帶臨「勝利」到人間呀！潤！我們將永遠
充滿「春」的精神，奔赴理想之途──綠色的原野！

雨蒼伯何時由筑動身，現尚未接伊來信，不知是否
到渝，他到渝後會立刻告訴我的，那時，當即趨訪並
代吾愛取物妥存，囑事我會斟酌辦理的，我會決定我
們的需要性而去決擇的，那時，如何的情形，會再告
訴你的呀！

關於你的請調，上信已提出主張，希望商於敏哥
後即可照辦，理由是照顧家庭要調渝區工作（東川郵
區），並可設法訪葛處長請伊協助，強調說沈書記長係
我的同鄉（蘇州人）、親戚、長官，並告我（可稱表
兄）已商得軍郵處鄧科長巖同意再向總局疏通（待呈文
上後，可請伊疏通），然後，決意請調好了。萬一失敗
的話，我們可以第二次再設法，努力沒有不成功的道
理。潤！後勤部即將改組了，俞部長仍歸掌交通部兼長
戰時運輸局，那時，如我到交部的話，當然請調更有把
握的！潤！你商諸敏哥後就辦，好不？

此次後勤部因軍政部的調整而要改組了，並且要全
盤改過的。所以，我的工作會得轉變的。雖說一切尚未
明朗化，但已是遲早問題了。陳誠將軍上台，軍政刷
新，一切向好的方向變。宋院長和陳部長將是我們希望
的軍政新人物，他們會掃除過去一切腐敗的，我深為國

家慶幸，決不因暫時的個人問題而煩惱。至於我的工作
問題，明年可以轉變方向，也可以仍走老路，但在大時
代的動亂中，紛紜的人事決定一切，我仍將不能自己理
想的去找工作，能轉變入新的工作崗位，這是最理想
的。否則，也許要合併到軍政部特別黨部服務，果如
此，仍追隨我們的副團長效勞，當然也理想的！一切的
一切，我是盡最大努力去奮鬥呀！相信國家不會把做事
的人摒棄，永遠讓飯桶充任的！！愛的潤！祇要我們能
「愛」，以愛己、愛人、愛國家的努力去奮鬥，勝利是
終於屬於我們的。過去陳誠將軍主六戰區時，老對我們
說「窮則變，變則通」，時到如今，國家要變，時勢要
變，有了變得通的人，我們已看到勝利之遠景呀！祝你
勝利和愉快！

澄中於樵莊

33 年聖誕前一日

致杜潤枰函（1944 年 12 月 24 日）

潤：

　　剛在國父紀念週時，副部長報告貴陽米荒嚴重，大
部非奉令留筑人員將一律撤出，是則省府眷屬之留筑，
恐將生問題矣。此間機構調整之說不定有陳誠兼長之
說，是則我可決不復動也。請調時如何？盼早告。筑已
劃為四戰區長官部所在地矣。即祝

近好

貽蓀上

三十三、十二、廿四

致杜潤枰函（1944 年 12 月 25 日）

潤：

今天是全世界最歡樂的一天，大地顯現一片光明，勝利象徵著世界的和平快要到了。「博愛」為基礎的新世界，將照耀宇宙的光明與永生！

我幸運的被新橋各界選任為新橋社會服務處副總幹事，我將更正式的直接獻身社會，為人群謀幸福。值此聖誕佳節，我將怎樣為新橋各界服務呢？我愛潤，我更將以此博愛於國家社會，所以，聖誕前夕，我和本科的同志們，以閃擊的精神，在社處布置了「時事新聞照片展覽」。今天，聖誕老人使新橋充滿生氣，社處更以展覽而人山人海。愛的潤！正午是公務員下班了，這裡更熱鬧，更擁擠，我也更興奮。就在此時，愛的也飛臨到我面前，無限的幸福與快樂，已佔有我整個的精神，我開始和愛的握手，我感覺你已入我的懷抱，陣陣的熱情在緊貼的心胸交流，我已陶醉在聖誕的幸福之中了！

雨蒼伯已來信，老人家仍返貴陽，對愛的能獨以沉著而免流奔之苦，字裡行間，他祝福我們的幸運！

月姊是返筑了，長學甥活撥可愛，相信你們今天是特別快樂的！偉姊曾有二次快信月姊探近況，她多收到嗎？你給她的信僅轉去一封，來音是那一次都收到的，因為雙方時間的參差，也許有過時的性質時，我就不再提起了，可勿為慮。

我告訴你的四本書，實在不是我本所欲看的，而偏偏在那時候拼命地看了一遍，還要告訴你內容，愛的！知道了嗎？小說原是供人欣賞的文藝，但它是不能任何

人濫閱的，正如你說「利少費時」，可是，在小說最能
發揮功用的時候，也許它能引你走上鎮定、安心、寬敞
的心境！

　　關於愛的請調渝區工作，我是堅信其必可實現，今
日多化力量求之，他日的滋味也就越好，天下事得之也
易，則必失之速矣。後勤部俞部長已調長交通部（尚未
正式任命），郵局的總局方面，很可能不穩定，請調
恐仍非今日相宜，但果已如前商呈請，則可速告，設法
謀在總局疏通也。至於來信欲總局指調，似屬較困，按
人事常情，能於批辦時協助，則尚合法也。潤！企求抗
戰的勝利已耐心八載，相信調渝稍待八週可以實現的。
潤！親愛的！相信那時一切會像你的希望，正如你今天
希望的一樣！上帝是會賜福我倆！祝
聖誕晚安！

　　　　　　　　　　　　　　　　　　貽上
　　　　　　　　　　　　　　　卅三、十二、廿五
　　你的請調報告，如能由局長轉呈總局，加予適切的
簽註意見，總局是必能照准的。再，如葛處長能請貴州
郵區局長轉呈，那麼，他當然會轉囑總局照准的，如
同時告我，再可設法請總局主管人事人員，予以通融
照准的。

　　敏月哥均此不另！

致杜潤枰函（1944年12月27日）

潤：

　　我倆要為新中國的元旦而祝福！！更要為我合作奮

鬥的第一度元旦而祝福！！新中國將從烽火中永遠新生！我倆也將在新的勝利的國家中永遠幸福！愛的！攜手邁步前進，光明是屬於我們的，讓我倆狂歡吧！！

我幸榮！我自豪！我要狂歡！！我的愛賜予了我溫暖！甜密！幸福！我已處身於廿二日（來信之日）愛的愛潮中，亢奮的情緒，恍然就是在這聖潔之夜，躺上床，我倆細細的密語，引入了美麗的夢境，潤！你是熱烈的吻著我，我也以同樣的熱烈吻著你！我是笑盈盈的抱擁著你，你也以同樣的笑盈盈抱擁著我，我倆陶醉在溫暖的愛潮裡，相視而笑的眸子，顯現出整個「愛」的狂歡！潤！七海雄風是「愛」之前奏，熱烈！緊張！精采！……狂歡！！我倆的創造，將無限快樂與幸福！！

在愛的人快讀愛音時，我祝禱著月姊和長學甥已安返貴陽，你們能歡樂地度歲和迎接新年！相信上帝是能降福於你們的！！

新年將揭開我倆新的生命，新的史頁！我倆要以新的努力與勇氣迎接時代！潤！愛之甜果我倆不僅要維護，還要加緊培植其成熟，新的月日中我們要作勝利的收穫，以我們共同創造的力量，貢獻給祖國！奠定理想樂園的基石！潤！新年給我倆的啟示是現實的快樂，那時，我們將不是異地的安慰，而是如魚得水的自由歡樂！！

我們企求的是自由的享受！我們生長在鄉村，更遭逢這空前的國難，祗要能克服生活的重壓，我們的精神就自由了！潤！我們就遵循這目標去安排好嗎？

關於你的請調工作，我希望你能在新年過後堅決的

呈請（五日之後），事前可商敏哥及雨蒼伯進行辦法，我的主張是你可在五日之前，擇機會趨謁葛處長（不要怕羞），陳明趨謁目的（以同事趨謁亦平常事）並致敬候之意。該時不妨強調沈書記長（後方勤務部特別黨部）係家父至友（沈，蘇州人我贊慶叔於蘇州開廣慎絲廠時，曾屢與翁先生赴沈處玩），我則今在特黨部擔任宣訓科中校股長，務請伊竭力玉成，並告郵局無女職員宿舍，暫住表姊處，以即將遷渝，問題嚴重。至於原先擬在十一月中旬請調，嗣以戰局緊張，工作繁重，實亦未便，故未敢遽請，目前則擬堅決請調也。待他如何答覆，然後即可決心遞呈支局長，轉呈郵區局長，轉呈總局（支局長面前，不妨說明請葛處長協助請調情形，並請葛處長協助玉成），待遞呈後，即可再晤葛處長（一定要看他，提醒他向貴州郵區局長，及向總局方面，疏通辦理）面陳呈調決心，請予玉成，並迫他說出相當負責的保證（如他答允，為守信用，必能竭力玉成無疑）。同時，即告我進行情形，以便再向總局方面相機活動，如此辦理，我相信無大不可能性矣（如葛處長不負責時，可再請沈函迫之）。潤！天下事往往「待之不可勝而勝者」，英勇為之，即已操勝利矣！！

　　敬祝

新年愉快！幸福！勝利！！

　　　　　　　　　　　　　　　　澄中上

　　　　　　　　　　　33、12、27，午後二時

　　渝金價34000元，物價較筑便宜甚多，如能請調順利，皆可到渝後再辦。又及。

雨蒼伯來信矣，容續候可也。

　　囑事容留意代謀，但今值中樞調整機關，人皆惶惶，恐無把握耳。又及。

致杜潤枰函（1944 年 12 月 30 日）

潤：

　　12 月 23 日夜 10 時的愛音收讀了，在夜深幽靜的時候，你做著針線，寫著愛書，愛的神情，立刻在我腦中浮現，愛的！你偉大，你都已為了愛而實行你的諾言──「但願將我所愛的，將一切獻給他」；潤！你能相信我也有這樣的打算嗎？──「但願將我所愛的，將整個獻給她」。愛的潤！你滿意嗎？但成全一件事，非僅要具備有犧牲精神，更要有堅忍奮鬥的努力和慎始善終的意志，否則，孟浪行事，欲速不達，在我們邁進的途上，反容易多挫折的！潤！你說對不？我將以幸福的愛敬贈吾愛！！

　　因為最近中樞機構調整，重慶的人們不免浮動起來，我們的後勤部，是決定改組的了。俞部長除出任戰時運輸局局長外，現傳出任交通部部長，部辦公廳已忙於準備移交了。我們也受工作影響呀，加了沈書記長老太太壽終，辦公情緒一落千丈了！有眷屬的人愁移動後的工作，好好的過年，反都不能痛快了呢！我的工作問題是沒有關係的，說不定改組後仍留部──因為陳誠氏來主持呀──否則，可能活動軍政部或交通部工作的。

　　假使能到交通部的話，那麼，你的請調就可自力辦理，不用要人幫忙和講交情的了，老實說，我怕找人

的，除非自己的江山，長官愛助我而願予協助，此次沈
書記長是他自告長官義務，在竺返時答應我可以設法
的，德昇先生亦是如此，所以，能成功最好，不然我也
不願多說話。潤！新年後待我決定行止，再為你全力設
法請調好嗎？（24 日信收到了）我總有此自信，春天
裡你能和我熱吻和擁抱在重慶！！

皮衣請雨蒼伯穿是最好的，我十分贊同你的措置，
大衣在年內做好，也是使我頂高興的事，你在接此信
時，也許真的穿了大衣過新年呢！我好似看到你穿上新
裝的倩影，我內心是多溫暖呀！照片、底片，和我一篇
稿，都可寄此，需用時，或許要分別運用的！

到了凱旋東歸的時候，我也熱望能接二老娛親，那
時，能由我倆的創造，有一、二位小天使繞膝承歡，該
是一副多美麗的畫面，多幸福的樂園！！愛的潤！你企
望嗎？你有如此的打算嗎？

潤！你每次來信給我無上的幸福，我亢奮的情緒
中，好像有你吻著我每一個細胞，於是，我開始勝利與
會心的笑了！東方的旭日已接近地平面，豔紅的彩霞即
將昇起，我倆為迎接新歲而歡呼吧！！敬祝
新年愉快！

貽蓀上

33、12、30，午

潤：我這次響應中周社十萬訂戶之號召，代徵了
九十戶，裡面我自訂了十戶分贈友人為新年禮物，餘下
十戶，你能代徵嗎？滿了「百戶」就可為該社社友，你
願意我做社友嗎？

你有十位好友嗎？告我後我訂贈「中周」各壹份，
以為我倆新年給他們的贈禮，好不好？（雨蒼伯已贈）

敏、月哥均此不另！

致杜潤枰函（1944 年 12 月 31 日）

親愛的妹妹——潤：

今天是卅三年的大除夕，我是何等的快慰，以最愉
快的心情給你寫信！我也空前的在今天得到你至高的安
慰，打破紀錄，一天中，連接了你三封信，七日發信是
直接寄部收到的，二日發信是今日赴軍政部人事處取
回的，四日發信是新橋轉寄來的，愛的！你給我夠安慰
了，我將和你甜美在夢中！

今日原是要到克誠兄處吃年飯的，因為俊彬身體不
十分健康，我叫克誠勿太累了她，所以改明天新年去，
但許玉瑾是我同班的女同學，蔚文先生和父親也是頂要
好的，錢德昇先生也講得來，所以我決乘機到軍政部取
你的信，跑到她家裡過年了，年禮我早送去的，因為一
直熟，他們竭誠款待，簡直像弟弟跑到哥哥那裡一樣快
樂自由。家鄉味道的菜很合口味。潤！你是以燒菜出名
的——在校中——那時你給我煮最合口味的菜吃呢？八
時許返部，三十分鐘就回了。

你的請調，能成功是最好的，否則，稍遲些也無問
題的，做事的人有他的崗位和苦衷，強人之難是不合理
的。今天我也同樣主辦人事業務，為了國家的名器和金
錢，許多人想升官和請調，我得一律批駁的！你在個人
立場請調是可以的，但在工作立場上不准你，原無厚非

的，此等處我們要設身處地自解，也就自慰的！我們自己設法講交情能成功，當然仍要繼續努力，你仍可請請葛處長幫忙，以待究竟，否則，新春後我得請交部或徐局長逕調的，你可安心待著。何況，盟國勝利在望，今後大家要走上反攻的前線，都準備今年回家了——登陸江蘇是可能的先解放故鄉——那麼，能回家美滿的結婚不是更理想嗎？你也得喘息一下休息，享受八、九年來征人生活應得的幸福！潤！我為你幸福的生活祝福，願勝利早日來臨，能在新婚時期給我倆盡情的享受一切，我真為戰時家庭的貧家抱不平！

關於敏哥能跟彭局長工作，我是十分贊成的，今日做事一定要跟好主官，而後才能共同發展事業。房子的事便中可代探詢，成功的希望很小，實在重慶太生疏了，何況，房荒是著名的！今年政府貫澈裁併機構和裁員政策，據估計渝市將有行政和軍事人員十萬以上失業。所以，工作是十二萬分的難找，重慶人大有外流的強迫趨勢，就此緣故，我不等軍政部發表先到中組部了，否則，事少人多，選擇的基地沒有，何從選擇工作呢？今天到軍政部，劉處長問我去否？我祗有待數月後再說了！附告你是沈書記長發表後勤總司令部參議兼書記長未就而辭職的，他想到兵役部擔任會計長（陳其采介紹）或交部統計處長，皆待成功後發表再定，思信兄是隨他為轉移的，我優先調中央服務，他是待我最好的！

呢料已帶上，他們會找你的，蔡傑兄的襯衣可以送還他，竊後是不容易添的呀！附告你，我的大衣也是竊

去的，別的損失很少，所以沒有完全告你。此次如果能發到遣散費的話，就可以補充起來，否則，將來合我們的力量，隨便兩個月可以做得，是不是？

中組部的工作遠較新橋為繁重，但沒有新橋的用腦重，熟後是比較刻板而容易處理的，我不過是過渡時期而已，得失沒有值得計較的，為了貫澈我追隨辭公的意思，我總想在今年回到軍政部去。

現在是九時了，想你們正是最熱鬧吧！長學甥的可愛是更可引慰的。上午也接桐哥來信，昆明的小家庭，也是最引我想念的，鎮平、鎮南、黎明諸姪，大大小小，該是多麼活潑歡樂的家庭。遠在敵偽陷區的故鄉，老父和弟妹的過年，忙是可以想到的，我巧在許玉瑾那裡看到燒香，禁不起更切念家中的任何人起來！家！是我們基業所在，是我生命之花的淵源，我們一定要打回老家去，旋凱而榮歸。敬祝新年

快樂！幸福！

愛你的哥哥——貽於巴中

卅三年大除夕

致杜潤枰函（1945年1月1日）

勝利在望，敬祝吾愛幸福快樂。

　　　　　　　大中華民國三十四年元旦試筆

貽蓀於中國國民黨中央黨部組織部，渝、巴中

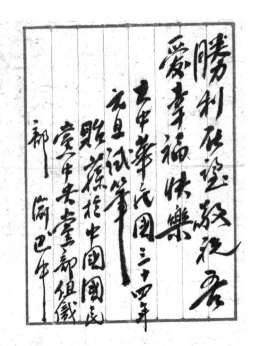

圖 3 元旦試筆（家屬提供）

致杜潤枰函（1945年1月1日）

潤華：

　　迎接勝利的新年，我得首先向你祝福，並為我倆的
幸福而歡歌！潤！你是我幸福與事業之創造者，新歲第
一句祝詞，我得敬獻給我至誠的愛！！

　　上帝賦予人類偉大的愛，它創造了世界之文明與進化，誰破壞今日世界之和平與幸福，誰就是侵害了舉世青年男女愛之自由與幸福。時代的青年，要消滅人類之公敵，要為愛的自由與幸福而努力奮鬥。潤！攜手邁進吧！勝利已不在遠，我們要英勇前進，直到自由的狂歡，緊密的擁吻！！

　　潤！偉大的時代才能產生偉大的愛與偉大的事業，愛！我們要至誠的愛，赤誠的幹，在勝利的年代中，寫下我倆「愛」的最聖潔的一頁，「幹」的最光榮的一頁！！

　　祝福你
勝利年的勝利和幸福！！

澄中於重慶新橋
一九四四年元旦晨
民國三十四年獻首之第一信

　　敏月哥敬祝新年快樂。

致杜潤枰函（1945 年 1 月 2 日）

潤：

　　廿七日的信在二日敬讀了，在途計七日，也許是郵途不十分暢通的原故吧。我愛每次的來信，總是即刻給覆的，你給我無限的愉慰和溫暖，難道我能自私而不分讓你嗎？你愛我的忠誠，我是深感而十二萬分的欽仰的，我因為你而自引深慰也自豪。你並沒有「太痴心」，我是應該被你狂熱的愛，年青人也應該要敢愛所愛的，這真是我們前途幸福與事業的活力，潤！你說是

嗎？潤！你越愛我而在沒有得讀來音時，更會變得焦灼，這是心理必然的反應，但相信你在接讀我十二月份22、23、25、27、30和今年元旦的第一信時，你得會滿足愛的賜予的，你會得到鍾情者給予懷春者的最大安慰，是嗎？我的愛？

我們的願望，最近幾次愛音中，我表明得很多，除了我們合作的努力外，祗要我們能衝破現社會與現時代的黑暗與阻力，那麼，經過了最艱苦的奮鬥，就是我倆最光明與幸福的日子呀！潤！我堅信今年是我倆生命史中最幸福與光榮的一年，一切的甜美，一切的樂趣，一切的秘密，將會使親愛的一對赤裸裸地呈獻於神靈之前，實現了上帝賜予吾人之使命。

祖榮弟有信來，告訴我你借他了棉胎，他返校時即來信，以後離筑也來信，事忙未覆，今日同時給他信，堅囑努力爭氣，並不再紛擾你們，如今後好好受訓，還是可救的。

剛在到小龍坎去玩了返部（八公里──步行）就讀到你來信，因為你盼我信就得快慰，所以就立刻給覆了。潤！你的安慰就是我的安慰，我寫著的時候，心裡總是充滿快意的。小龍坎加洗照片便宜，二寸的普通30元，美術90元，放大六寸1000元，待你寄來底片後，也許要放大一張六寸哩，好不好？月姊返筑了嗎？你未提及，敏生哥可代問好。請調事如何？不妨進行一試。本部改組尚未定案，此以交部問題尚未決定故也。此間變化，即可隨時通知。餘容後敘，即祝

新年快樂！幸福！！

貽蓀手上
卅四年元月二日晚

致杜潤枰函（1945 年 1 月 3 日）

潤：

剛發了信回來，你的愛音和偉姊的信同時收到，我是多麼愉快和快慰呀！

關於你請調的事，我有許多話要同你講，也許可供你和敏哥的參考的。

暫時先請調儲匯局，是較好的，我已立刻請克誠兄轉訪德昇先生一商，這樣，先能解決你的食住問題，我也得安心許多了。

如果俞部長調長交通部立刻實現的話，該部的儲匯總局可能由史處長出任（秘書處），他是武進人，又是沈書記長和同鄉繆參議（已發表戰時運輸局人事室主任）等的老同事，當然再調來渝，相信是容易辦到的。否則，人事司由董參議出任，那時活動請調是郵與儲皆有希望的，所以，我深信總有一日可以請調成功的。有一日我到交部或戰局工作，不是在一起的單位嗎？

關於葛處長的請謁和請調，我想是都可以進行的，大官是職務重要而已，沒有什麼神聖的，我照樣替俞部長紀錄，站在中、少將的一塊兒做紀念週。最近，該處的潘同志已允李科長和我的轉囑，已再請葛處長辦理此事，大膽的遞呈和請謁後，他當然要負責任代謀的，沈書記長原可再寫信，但他老太太仙逝，守制三星期，當然我不能開口了，何況，前信囑事尚未進行，照例說，

應該是有問題才能再寫，否則是不合情理的。此信到時，希望你已看過葛處長，不然的話，可以轉前寄沈書記長函加請謁片即訪，調渝不成，起碼要求他答應代調儲匯局（貴陽的），以便與德昇先生處同時進行。至於交部人事司的同學，也請他們代調查請調辦法，我堅信今年是可以勝利的。

我們改組後的，我的工作方向，尚未決定，可能的方向是仍在改組後的本部或轉任軍政部方面，也許可能到交通部或戰時運輸局，更說不定到貴陽來，一切是待機會與命運去決定。現在是工作比較鬆懈些。

敏哥二個月中到渝工作，究竟是在那一方面呢？又在那一個地區？進行的機關，可以先告名稱。否則，工作地點與居家遠離，勢不可能的，房子也就不可能代謀的。新橋和渝區相隔廿公里，要在重慶城內工作而居新橋，根本是不可能的事情，但全國衛生機關是集中新橋，月姐謀事倒比較方便些的。

桐哥和偉姊同時來信，我是很高興極了。她寄的快信和照片，你們都收到嗎？她的來信，我一併轉上，這是給你的，她很恭維你呢？她很忙，明年四月又要分娩了，一家五、六口，真是相當辛苦呀。敏月哥處不再另寫信，不妨一閱就是，你願意時就給看吧！最近寫信家裡，曾轉你鑑哥一信，略告筑渝近況釋念，你處有家信嗎？餘容後敘，即祝
新年愉快與幸福！

貽蓀手上
卅四年元月三日午

新橋樵莊

進謁葛處長時，可轉我函面陳。前轉上處長函，亦可一併附入。能公費調渝最好，否則自費亦可，最低也要請伊設法調貴陽郵匯局，大官怕煩，一連找他，就得非想法不可了。經此麻煩，你就可幸福呀。

你同學的弟弟，可寄二份簡歷來（要用簡歷表）。現居何地，也要告我，以便留意設法也。

致杜潤枰函（1945 年 1 月 5 日）

潤華：

三十日的愛音快讀，你許多觀點和措置都合乎我的想像，我該是多安慰！多潤適！得到了愛的撫慰！！

關於沙、姚的友誼進行，剛在是到了「好的開始」階段，他倆還沒有通信哩，但雙方印象均佳，以後的順利發展是可以預卜的，願他倆恰如你的祝禱，像我的一樣的美滿與幸福，以後，都能做我倆的好朋友。

請調的意見和方法，我已告訴你，待進行時再告我情形吧。此間新的發展，當隨時告你，大約要到年底或舊新年方能有頭緒可尋，我渴望著到渝區工作，以後，我倆就可在一愧兒工作呀！潤！你說得好，我們是「勤快人」，勤快人會到處被人歡迎，一切的困難，也就可在「勤」字下克服的！

重慶物價比貴陽便宜得多，生活也似好些，但筑市的畸形也許不久會消滅的。潤：吃苦是戰時必然的現象，你看桐偉哥和敏月哥就知道了，我們要苦中求樂呀！餘後敘，即祝

快樂

貽蓀上

元月五日

致杜潤枰函（1945年1月7日）

潤：

　　剛從紀念週返到辦公室，就接到你的愛吻，不！應該說「愛拂」，從你至誠的愛的流露中、關切中、招拂中，能抉發出我的心聲，透視我的前途，潤！我敬愛的愛！你實在已是最能理解我的可人兒了，你將永遠是我精神的寄託者，你將擔負起招拂我永恆的使命。今後，我的成功與事業，將永屬於我倆！潤！你將是我的燈塔，引導我從茫茫的人海中，衝破驚濤駭浪而達到成功的彼岸。潤！你將是我的戰侶，幫助我從黑暗的社會中，戮力披荊斬棘而達到勝利的凱歌！潤！我不是再度向你述說過嗎？我需要精神上的安慰與鼓勵，事業上的同志與伴侶，其他，我得一切不計較的。我真幸福我能從知道你而認識你，從相互的愛慕而相互的愛吻，現在，即能得到你精神上最大的安慰與鼓勵。現在，更由於愛的至誠感召，你將踏入為我事業上的同志與伴侶，值此新歲，我真將無限歡樂，無限引慰，潤！我愛而欽敬的潤！在我沒有接受你全部愛的偉大之前，我終覺母愛最為偉大，而深願以「再生的母愛」贈於吾愛！

　　人生在廿五歲到四十五歲的廿年代，是最可有為的黃金時代，我們必需善為運用，無負於我們的生命意義！這裡面由廿五歲到卅五歲的第一階段，那就恰如你

所說的一切了。你能有這樣透切的認識，也表示你同樣有這樣的抱負，是不是？你的見解正確而遠大，我衷心欽仰外，祇有竭誠的做去。誠然，我遭到過這許多情事，但實在是舊時代蛻變中的必然現象，我能受得起磨練，當然就渡過去了，以後，當然會告訴你一、二件的，但能避免的不必要的阻折，這是應該爭取的。潤！我將牢記著你的囑告，「我們要有穩固、鎮定、沉著、多思、分析的優點，來保護自己，那嗎！得志的趨勢，一定更可以發揚我們的光榮」。潤！就以此互勵吧！

請調能成功是好，否則，也大可不必以此終日念念不忘。潤！我們崇高的愛寄託在精神的「愛情」與共同理想的「事業」，早來重慶與遲來重慶，價值上沒有變化，你以為對嗎？你願以我倆的力量多多貢獻社會國家嗎？潤！我決以最聖潔之身迎接神潔之愛，願意愛的潤特別珍重健康以迎接聖潔之夜，祝你幸福！！

　　　　　　　　　　　貽於新橋樵莊

　　　　　　　　　　　卅四年元月七日

致杜潤枰函（1945 年 1 月 8 日）

潤妹：

你每次深晚十時還給我寫信，我細讀後的發覺，總為你太疲勞而擔心的，你的工作沉重，我是十分明白的，你工作的刻板，也是知道，所以，我得多給你安慰和鼓勵，但我自己確能早心滿意足，能二、三日來一信就可了，何必忙忙之餘，既要自己料理些事，更要協助敏哥，還要每日苦著深夜給我信呢？這樣是對身體有整個妨害的。潤！你能答應我的要求嗎？想著就寫，不論

多少，有二、三十字也可以，更不必深夜還寫著太乏人的！是不？

　　請調的事，能早日成功最好，否則，要不必急了才好，做事要心胸寬大，耐住煩，忍住氣，潤！你說對嗎？身體和事業是我們幸福的保障，我們都留著精神努力工作，打穩基礎，以後的幸福是無限的，所以能早來盡你的願望多給我愛，當然十二萬分歡迎，否則，遲調來渝實在精神上同樣愉快的！我總得為你盡最大努力，已囑鄧科長和明紀兄再度請葛處長幫忙了。能否調筑儲局的事，也提及的，在你晉晤時，當然可以談談的。在非常局面下的筑市，生活艱苦是必然的，和難民比比以後，就可自慰，我曾經過著比你們更苦的生活，以後可告訴你的。

　　後勤部改組為後勤總司令部，由軍政部陳部長誠兼總司令，俞部長調長運輸局和交部。我們要待改組詳情公布後才知道如何行動，總之是在重慶的，我得隨時告訴你呀！林可勝先生發表中研院醫藥研究所所長，敏生哥是否到渝來找他工作，還是到軍政部去。我贈你的中央週刊收到嗎？（今年每份半年一五〇元了）該社發行科長係同學，所以代徵了一百份，他竟將我給他的信發表，真是好笑！那個「壽昌」是炳杞的老同學，也是我們的好同學志同事。以後再談吧，即祝

快樂

　　　　　　　　　　　　　　貽上

　　　　　　　　　　　　卅四年元月八日

　　俞部長出任交長後，我當然熟人多，隨時更可調你

來渝了。目前運輸管理局的人事室主任繆吟辛就是同鄉，將來叫他代謀，也是可以的。

致杜潤枰函（1945 年 1 月 10 日）

潤：

五日快信暨附件均敬收，至以為慰。回憶是甜美的，希能多從其中探求快樂；理想是真善的，希能多從此中追求幸福。理想能真實的控制身心，當然會心地舒快，否則，追逐每一時期的慾望，僅是片斷的欲念，患得患失，快樂與苦悶將間隙的產生。但理想的實現，畢竟從持續的欲望中產生，不過是求其發展較正常與合理耳。潤！你同意我的說法嗎？願你為追求我倆的共同幸福，而摒棄侵襲你的苦悶！

請調的事進行如何（許多辦法已告訴你），可告訴我，萬一無希望時，索性稍待再說。我們決定改組，詳情原則二月可分曉，如果兩人皆不安於工作，這是欠妥的！

告訴你好消息，克誠兄於元月五日得一佳兒，他們是特別快，哈哈！我沒空進城道賀，僅寄叁仟元囑克誠購滋補物品。你囑訂「中周」，即囑該社分寄，算我贈的可好？此信到時，月姊諒已返筑，經過情形可告一二，並轉代問好。即祝

快樂

　　　　　　　　　　　　　　　　貽蓀上

　　　　　　　　　　　　　　元月十日，晚八時

沙、姚已開始通訊，讓他們自由發展吧！

蔡、胡情形如何，能告訴我一二嗎？

致杜潤枰函（1945 年 1 月 13 日）

潤：

　　九日晨發信收到，月姊回來了，長學甥是這樣活潑可愛，你當然會更愉快而熱鬧的！到龍里去玩可以散散心，欣賞大自然的風趣，你那位同學是誰？到有本領揩油美軍的吉普軍車，眭小姐甚善交際，這是不會交際的我倆很可學學的。我素主張社交公開，將來希望愛的能領導婦女界的婦運，真正做一個新中國女界的先進，潤！社會的事業，是只有協作才能創造傑作，我們要深入群眾，更要真正的為群眾謀幸福，正像我倆現在的工作，都是為社會服務性的一樣！

　　你的父親來信是快讀了，見枰兄得愛子是十分可慶，家中喜氣充溢的辦了百餘棹酒，可見熱鬧異常了，料想家中第一次接到你稟告的我倆訂婚消息，他們是要為你稱慶吧！潤！從你的家信，證明了家鄉的平安，這是最可慰的，世界和平早日實現的話，我倆凱旋東返，老人家們會無限愉快，說不出再會替我們接風呢？此間半年無家信，不知何故，倒反是昆明接家信容易哩。以後如有異動，來信更有遺失可能，倒是件可慮的。改組雖已決定，但構機如何調整，尚不詳悉。目今渝上裁併機構之風極盛，大小構機均有緊縮，大有人滿之患，做事以後卻乎困難了。但總是好現象，國家的新氣象，我們總表歡迎，就是我暫時失業也是願意的！

　　筑緊時曾匯貳仟元，你未提及，我也忘了，未知究

否收到？來信附碎紙頁寫著「貴陽中正門郵局陳國泰」
的什麼意思？要訂「中周」？底片能寄渝添印較便宜，
放大六寸祗要乙仟元，二寸每張普通三十元、美術95
元，諒較筑必然便宜多了，要印多少？可告我後照辦
的。月底前還不會動，我將隨時快告的。專此，即頌
快樂

　　　　　　　　　　　　　　　　　　貽上
　　　　　　　　　　　卅四年元月十三日午
　　　　　　　　　　　於新橋勤光辦公室

致杜潤枰函（1945 年 1 月 17 日）

潤：

　　元月十、十一等三信均讀，至以為快。謹先簡答如
下：（一）呢料價在萬元一、二千左右，即先寄萬元來
新，以便代購。我以改組調職可慮，餘資無多，須防暫
用也。（二）今後工作，大致為軍政部，以償追隨陳
誠將軍之願，否則恐入戰時運輸管理局，決定後即告。
（三）敏哥事可先寄軍用詳歷及簡歷（最好連自傳）壹
份來此，並可請月姊參照，諒調事或可一試，該我決心
入渝區工作也。葛處長既已多方託辦，亦應一試為合宜
也。餘後敘，即祝

近好

　　　　　　　　　　　　　　　　　　貽上
　　　　　　　　　　　　　元月十七日晨
　　附：十五、十六日入城，未在家也。

致杜潤枰函（1945 年 1 月 17 日）

潤妹：

得讀賜信，特別的快慰，當時立刻給你寫了些，在上午用平快寄出，或許會比此信早到吧！午後，為了詢探呢價，特地跑到小龍坎一訪，那知此料目前很少，原售店家已無此貨（前給你買的是壹萬三千元），另在一家詢問，單以大衣料論，即需壹萬八千元（前係一段料，長一丈五尺，大衣料只長一丈二、三尺），並且有否像你的一樣，我還不敢擔保，那嗎，以我目前的經濟能力，實不易代購了，況且也決無可靠的人帶筑。我意果真蔡傑兄自己用，不妨稍待選購（漲價是必然的），或和我自己選購時合買亦可。你意如何？自己人不講客氣，所以和你直說了。送我襯衫，至深感謝，亦可暫存愛處，來渝時帶來可矣。本部局部改組，目前尚未發表，故皆人心惶惶，似此情形，我也不便向思信兄移款的，別的當然我更不願的了。另一方面，我想到軍政部人事處處長辦公室服務，正進行中，將來搬家換工作，雖是老人在一起（六戰區的），但需款是必然的，所以雖目擊物價飛漲，我仍得緊縮用著，以防急需的，你說是不！最近克誠兄生兒送了叁千元，幾個同學馬上結婚，少不了送禮。以月入不滿萬元之軍事公務員，實在都是夠苦的了。想到月姊和你在筑的艱苦工作，我當然比你們舒適些，也就自慰了。在渝時曾晤俊彬於產院，小孩是怪胖胖的，但初生較困，現仍住院休息，克誠則以工作繁重，終日忙極。小龍坎剛回來，精神很疲乏，隨筆寫來，很無次序，你當然能原諒我的，愛的！願在

美夢中再談吧，即祝

快樂

貽蓀上

元月十七日，晚八時

一、偉姊的信即可轉去。月姊可代敬候，或一相閱。

二、我的上唇左犬齒，早在六戰區時脫掉，久擬補未
　　果，現在要玖仟元方可補，但正考慮中，或擬於工
　　作決定後行之。

　　史先生現住於何處？能任何項工作？（為何不讀
書？）敏哥來渝擬任何項工作，希望如何？皆可一告，
以便有機時代謀。

致杜潤枰函（1945 年 1 月 18 日）

潤：

　　你十三日告我最快樂的事，你見枰兄的孩子，巧於
我倆訂婚的那天出世了，家中大慶，真是上帝為我們祝
福和安排的了。要我起一個紀念的名字，你說「漢興」
好嗎？因為我們合起來是「澄、潤、中華」，也就是漢
族的復興呀。同時，大漢再興，正是象徵生於中華復興
之時，你說對嗎？潤！還有更好的消息在下面，你可能
開口笑了看吧！就在你寫信的十三日，葛處長也來了書
記長一信，同時到後書記長即交我了，現在，將原函抄
寄你一閱，即可商於敏哥和雨蒼伯從速請調了，旅費自
備，你可能籌措嗎？並希你就近進行請調東川區的渝市
市區或離市區最近的化龍橋、上清寺、九龍坡等為好，
那嗎？如果我決定到城內軍政部人事處工作的話（那裡

留缺待我去，現正考慮中），不是你所希望的一切，在
不久的月日中盡可實現嗎？哈哈，你快樂嗎？我到人事
處工作後，將來代謀敏哥工作也是可能的，希望你們都
來吧！朋友來要陪，下次再告好消息。即祝

快樂

　　　　　　　　　　　　　　　　　　　貽蓀手上

　　　　　　　　　　　　　　　　　　元月十八日晚

　　　　　　　　　　　　　敏月哥暨雨蒼伯均候。

一、呢料待你來渝後選購，可由你託郵車帶筑或交胡哲
　　文的。

二、便中不妨請謁葛處長一次，並誌謝意。

　　　敏哥在公路總局改為戰時運輸管理局後，有無工作
問題，可一併告我。現任貴州公路局的沈濟安科長是緝
熙伯的弟弟敬熙伯的大舅子，似可連絡，此間戰時運輸
管理局的人事室主任是同鄉，也可設法疏通的。可轉問
月姊如何？

致杜潤枰函（1945年1月19日）

潤妹：

　　　剛發一信，即接祝平弟來信，知從軍不日抵筑，擬
訪吾愛，並寄存什物，抵筑之時，盼能代我善待。平弟
係偉青姊之二弟，亦我之同學也。附致平弟信可即代
轉，並可邀於月姊家一敘。餘詳前發二信，容後再敘。

即祝

快樂

　　　　　　　　　　　　　　　　　　　貽蓀手上

元月十九日

一、沙、姚二先生已通信甚好，併告。

二、請調事應注意調東川後之工作地區，有商者，皆可
直告，或轉商月姐、敏哥等妥辦之可也。

致杜潤枰函（1945 年 1 月 22 日）

潤妹：

十七日兩信均讀，你的一切我都瞭解，許多見地也
正確而合理的，祇有循此合理的理想前進，我們的事業
與幸福，才會成功與永恆。潤！是嗎？我早知你有此信
心與決心，愛！愛的發揚需要「恆久的忍耐」，你是具
備這條件的，所以，在我發現了愛的時候，就決心愛上
了你呀！你也因此而愛上了我嗎？

天下事的發展與演變，原是出乎意料的，但努力耕
耘的也是決不會無收穫的，你相信嗎？在你認為失望著
困難調渝的時候，葛處長就已代你商妥請調了，是嗎？
你該喜出望外哩！潤！說不定天下更有巧合的事，在你
到渝的時候，也許我也脫離新橋而到渝區工作，可以相
互更接近，更甜密，一切適如你的理想，度著我們最聖
潔而甜美的初戀幸福，你那時會醉倒在我懷裡嗎？潤！
怎樣？

「中周」訂單轉上分送可也。祝平弟來了嗎？請調
情形早告。餘待後敘，即祝

幸福與快樂

貽蓀上

元月廿二日

致杜潤枰函（1945 年 1 月 23 日）

潤妹：

　　剛在書記長告訴我要給葛處長寫覆信，問我意見如何，當即決定由你自費請調，並由你轉書記長致葛處長信面陳，你的報告，也繕好後，面呈葛處長，再請他面轉王局長，那麼直捷可以立刻解決了。潤！你高興嗎？不是如你的理想實現了，以後請調東川郵區的分發，也請他以「渝區」為好，因為我十分之八、九要到軍政部人事處工作，那邊幾次敦請我呢？我那時就在林森路工作，離許玉瑾最近，緝熙伯和克誠兄也很近的，你能調到「南紀門」、「儲奇門」、「望龍門」、「太平門」、「林森路」、「段牌坊」等支局或「都郵街」、「上清寺」的儲匯局，那都是理想的呀！現在，靜待本部的改組和如何遣散，我很希望能獲得一部份遣散費後，再到軍政部去，究竟如何，大約在二月初我可決定了，那時再先告訴你。關於你請調是自費，旅費有嗎？不足時可先向雨蒼伯或敏月哥暫移，以後，我們可以再寄還的，旅費不足是最危險的事，你可不要太冒險呀！呈文可請敏哥修正後請雨蒼伯看看，老人家已來信，我尚未覆，亦可轉告此間情形一二。你如早前已看過葛處長的話，此信仍應呈給他的，同時，進行如何，也可一問了。成績如何？盼隨時告我。

　　你爸爸來信，附還給你，見枰兄的孩子是九月廿三日生的，日子恐怕你記錯吧！昨日我高興起見，曾給你哥和穎蓀弟信各一通，關於我們訂婚的佳音，家中諒已知道，來信了嗎？我的單身底片，你可先寄此間，最近

也許要添印待用。桐偉哥都很好，偉姊今年三、四月中又要生了，大男小女一大群，實在養育非易，母親實在是偉大的！桐哥曾囑有機會能到昆明工作，我實在早就願意的，此次原可在戰時運輸局活動到昆明的，但因為軍政部陳部長方面前途遠大，人事處方面有老同事囑赴工作，所以不擬赴昆了，為了愛的即將來渝，那我更不能離渝呀，是不是？愛的潤！我不是早告訴你嗎？在春暖花開的時候，我們是可以陶醉在嘉陵江畔的，我們更可像揚子江般發揮熱情，任性地在愛的春天裡奔流。即祝

健與樂

　　　　　　　　　　　　　　　　貽蓀上

　　　　　　　　　　　　　　34、1、23，午

　葛處長函加封後呈閱。

致杜潤枰函（1945 年 1 月 26 日）

潤妹：

　　來信及匯款均悉，待在儲匯局提款後即赴城洽購，並當即遵囑由眭小姐友人帶上，否則我之同學新任貴州省軍隊特別黨部科長，即可來筑，也可帶上的，但如該料不易購得時，或當別論矣，究如何，容後詳告。

　　請調事進行如何，至以為念。廿三日發快信，囑晉晤葛處長並面呈沈書記長閱及你的呈文，照辦了嗎？此次無論如何，你要英勇的進行，務必達成勝利的成功，以償我倆的願望，祝你成功！

　　我們已快改組，並分別遣散，但在中央黨部仍是可

以分發任用的，可是我是不願繼續幹下去。軍政部人事
處長要我到那裡擔任少校秘書，留缺以待，可以隨時到
差了。所以我希望能同時和我在渝區工作，早達我們相
互照顧的願望。即祝

健與樂

貽蓀上

卅四年元、廿六，午

敏月哥及眭小姐均候。

要二月十日以後收到的信，可以寄重慶一一二號箱
人事處徐燦如先生轉。

致杜潤枰函（1945 年 1 月 26 日）

潤妹：

二十二日信究竟是快信，所以今日上午就收到了，
二十日發信是在今日午後收到的，平信忽然慢到七天到
渝，真是奇怪。是不？

祝平弟已在十九日到筑，那嗎，我請您轉給他的來
信，恐怕沒有轉到的，是不？他能決志投軍，這是中國
青年應有的英勇精神，但他是一位可貴的機械技術員，
現在從事航空機械，實在貢獻不比從軍小，所以也曾請
他考慮，不要太急了的。現在既然上峰批准，桐偉哥及
祝三兄都贊成，所以我們就要竭力鼓勵他，以後，更給
他於一切助力，以達成他的抱負。潤！你說對嗎？他有
東西寄放你們處，都寄放了沒有？現在入營了嗎？知道
的經過可以告訴我，諒他不日也會來信了。

「中周」漲價了，每份半年7折105元，新年號的

內容已有刷新，以後，也許更會理想化的，發行科毛科
長鳳樓是同學而同事，他的事業，我們當然要協助的，
他也是「天地出版社」發起人之一，我們很想幫助他在
出版界立足，並以後投資發展天地出版社。天下的事
業，「祗有協作，才有傑作」，這是真理，我們得遵循
的。潤！你說是嗎？壽昌是無錫人，炳杞弟的老同學，
也是我的同學而同事而好朋友呀。

　　你的請調，諒已進行，但你的錢都寄來了重慶我
處，那沒，旅費不是要苦於籌措嗎？潤！你做事的負責
任和忠實，我實在欽佩之至，你能這樣忠誠而坦白純潔
的做事，我祝福你愛你的人，也必同樣的賜福於你，你
的友人，也能同樣的至誠待你，我是這樣自信！

　　我要請求資遣，如果成功的話，可能有二萬元左右
的收穫，所以錢是我很夠應付需要的，你可不必再寄來
此，假使你尚需款時，不妨告我後寄你些倒是老實的。
祝你請調成功！早日來渝吧！

　　來渝時必先到海棠溪（南岸），能白天渡長江到重
慶是最好的，否則，在晚上渡江，也要看大家如何辦
理，總以輪渡為妥，多給票錢也是化得來，木船在半夜
渡江相當冒險，絕對不可一、二人獨渡。下車後可請力
伕帶行李隨渡江後逕挑林森路軍委會旁花街子57號許
玉謹姊處住宿，如果我在二月十日能到軍政部人事處工
作的話，那麼你來渝的時候，我畢竟可先在渝候你了，
或計算日程每天在南岸候你，這當然是最理想的，我願
如此候你來，好嗎？

　　呢料我得在月底左右到城裡去選購，現在各物飛

漲，我上次進城已見較好的要標價貳萬八、九千，假使能找熟人便宜些的話，我得決心購就的，有便人決即帶上，在你未離筑前帶您後轉交是我最理想的，你說是嗎？

我的左面上唇犬齒脫落已貳年餘了，始終沒有補鑲起來，這次，同事們的催促，和朋友的介紹，我決心把他補起了，一般定價壹萬貳仟元（同時鑲三牙，否則不可能補的），我是化洋玖仟元，但以近日經濟拮据，祗付了六千元，二日來經過尚好，至足告慰。

新來一對祝塘人，一個是王淑芬，當算族姪兒呢，她是祝小同班生，也是戰幹團女生大隊的同學哩。男的是錢慶燕，錢履吉的大孩子，克誠兄的同班生，現皆住思信家中，瑞祺姊是淑芬的姑母呀！

好！祝福你的成功，早到重慶來過陰曆新年！

祝你

健與美

眙蓀上

34、1、26，晚8時

敏月哥均此。

沈書記長今日問我願到貴陽兵站總監部擔任區黨部總幹事否？我沒有接你請調進行的信，我說不能決定，其實是不可能的了，否則，總監部原先即有專任人員七、八人，附設學勤小學有教員十餘人，未嘗不是一個小主官呀！

致杜潤枰函（1945 年 1 月 28 日）

潤：

貳萬元尚未提款，但我為你的請調成功後沒有旅費，頗為擔心，你的錢不是都寄來了嗎？假使呢料蔡傑先生不急需要的話，我想緩買，如此，他也不必立刻籌償你巨款，你我也可經濟稍裕些做事，以後合力再辦，不是仍然很好嗎？愛的！如何？

你請調成功的話，旅費可在雨蒼伯和月姊處先提借，一定要多帶旅費，得你通知，如呢料尚未購的話，貳萬元即可寄返歸墊的，或再由我們另籌寄筑的，好不？

我已決心請求資遣，大有發三個月資遣費的可能，至於我的工作，為了要跟你到重慶工作方便，依事業性的更遠大，所以，決志到軍政部人事處擔任工作，大約決無問題，請愛的放心吧！二月十日才能收到的信，即寄重慶一一二號信箱人事處徐燦如先生轉。好了，讓我倆在重慶歡敘，陶醉在幸福的愛潮中！祝

健與樂

貽蓀上

34、1、28，晨

即到沙坪壩去添印幾張照片，並和本科王住同學拍照呀。

致杜潤枰函（1945 年 1 月 29 日）

潤：

二十三日的來信快讀了，你時時惦念著我的工作，

我的精神，我是早因你的愛而感覺到人生的幸福與愉快。愛！充實了我的生命，發揚了我的生命，她將是屬於我的上帝，我的一切甜蜜幸福，完全依賴著她的賜予！

關於請調的事，你能如此沉著的去做，我實在十二萬分的欽佩你「理智」，老實說，我素認女性是「感情」最用事的，然你竟是例外，更出乎我的意外，我除自認還沒有你的修養工夫深弘外，我真愛你的「理智」，更愛你的「感情」與「理智」能平衡發展，超脫了時俗人們的偏激！！

我廿三發你的信，附著沈書記長的信，那才是你真正的進謁機會到呀！潤！祝你進行順利！並且，照理講，也是必然成功的了，為我們祝福！！

牙齒已補好，成績尚佳，化去九千元錢。

你匯來款今日擬提，我到軍政部人事處成功的話，沒有軍服穿，說不定要先做「軍服」用，俟日再購蔡傑兄的呢料，你說可以嗎？——揀最需要處用——好了，
祝
健與美

貽蓀上
34、1、29，晨

致杜潤枰函（1945年1月29日）

潤：

25日發信快讀，至以為慰。

請調事能請雨蒼伯做呈文，這是最好的，但進行宜

速，務必於年底前和葛處長講過究竟。至於何日來渝，當然由吾愛取決，不必急了，能在筑過年後來渝，也是很好。另一方面，我也可在新機關較為安定，免得影響工作精神，何況新機關決沒有舊機關的可以隨便請假等哩，愛的！是嗎？

囑購的呢料，你的匯款，剛巧今日上午提到，至於呢料，原來新橋和小龍坎很久沒有看到的，並傳說漲價很多，到城裡問，連做工要貳萬六、七千壹套，但剛提款後到拍賣行，就看到了一套，我看和你買的是一樣貨，差不多的，價錢還相當，僅壹萬五千元，我就代買了。隔日進城，照眭小姐的朋友地址問明白後，帶上可也。

你請調旅費可先請敏哥和雨蒼伯處暫移，餘款伍千存我處，一俟你告我移款後，即可寄筑的，如此可以方便些。蔡傑兄能歸墊，當然最好！

重慶找房子最難，比工作還要難呢，在中四路找三、四間的話，非十餘萬元不可的，為什麼一定要中四路？和三、四間呢？敏哥的工作，我原是還沒有能力設法的，但如果有機會的話，或可試試也，履歷可以多寄幾種的，以便將來在各省的管理局區局內設法（省公路局改組為區局了），人事室繆主任也許可以關注也。敏哥英文可好，因今會英文的會計人員最值得重視，在筑時曾見伊區訓所的英文報告，不妨能寄一份來。自傳能寫一份，也是可以的。總之，目前重慶是軍事和政治機關實實在在的裁員，大有人滿之患呀！

我們是今日晚前可以決定是否能得資遣費，因為陳

部長來部開會決定也。我的工作十分之七、八是軍政部
人事處，但目前該處裁員廿、卅餘名，立刻補新人，有
否枝節問題，尚待一、二日內回信決定。否則，我暫
調中央組織部或活動到交通部或戰運局去皆可，切勿為
慮。關於調你到東川後的分發問題，你可從側面探聽如
何分發的，能入儲匯局最理想，否則總要在渝區的十八
個支局內任何一處做事方可。好！明天再會吧！敬祝你
愉快和幸福

貽蓀手上
34、1、27，午

致杜潤枰函（1945 年 2 月 1 日）

潤妹：

　　二六、二七，連發三信均快讀，至慰。以我近日心緒紛繁，合併佔交，知我愛我者當能諒也。工作壹節，原擬即行轉變，故軍政部人事處方面友人堅邀時，已允前赴，但以該部突縮編，大部裁減，新委實至困也。而中組部方面同學皆主余赴該部服務，茲以即調貴陽軍隊特別黨部之上校科長陳毅夫兄離職，中組部堅調余赴接此工作，且處長[1]堅欲余去，故已決先赴該部工作，擬於明午逕赴該部到差矣。汝之呢料，以嚴小姐曾訪未遇，決托陳科長帶上，屆時可告詳情也。請調如何，亦盼早日告我。以後來信，即逕寄重慶上清寺巴中中組部軍黨部可也（甄審科）。以事出匆促決定，急待整理行裝，容後詳告，並盼轉告敏月哥及雨蒼伯可也。即此順祝

快樂與幸福

貽蓀手上

34、2、1，晚 9 時

臨別新橋樵莊勤光

致杜潤枰函（1945 年 2 月 3 日）

潤：

　　廿八日快信接讀，無限愉快。

　　我於二日午後二時入城，到中央黨部組織部軍黨處

1　作者晚年自註：周兆棠處長，二月二日中組部報到。

報到。

　　三時參加陳毅夫兩同學婚禮，陳同學即調貴州省軍隊特黨部科長，我即接伊之工作也。

　　新到一機關，諸交待新的創造與努力，詳情容後再告。

　　報告可速同沈書記長函併陳葛處長，進行情形，盼速告。

　　處友以赤誠互助為原則，勿必作做無益之應酬，反則徒費精神與金錢耳。

　　愛我而無形減低知友之情感，固為常情，然吾人果有至友，仍應忠誠相交也。專此即祝
快樂

　　　　　　　　　　　　貽蓀於中組部

　　　　　　　　　　　　34、2、3，晨

致杜潤枰函（1945年2月4日）

潤：

　　三十日來信接讀，至以為慰。本日返新即讀賜我愛音，如何的愛呀！

　　請調進行情形，盼即隨時告我。午後六時返城至本部，大部行李已攜來此，稍待工作接收清楚，或可喘息告定矣。

　　呢料即請陳同學帶筑，出發時再告。渝區調動壹節，屆時可再設法，勿必過慮。

　　祇要我們努力，許多困難是會向我們屈服的，「勝利永遠屬於努力奮鬥的人」。潤！願我倆努力前進！

專此敬祝

快樂和愉快

　　　　　　　　　　貽蓀於中組部

　　　　　　　　34、2、4，晚於巴中

賜愛：重慶上清寺巴中中組部軍黨處。

致杜潤枰函（1945 年 2 月 7 日）

潤妹：

　　好久沒有給你安心寫信，這是生活沒有十分安定的原因，你當然能明白和原諒的！

　　我是在一日臨時決定到中組部的，因為我原已允軍政部人事處工兵辦公室徐主任燦如的邀請，決心赴該處工作的。但該處臨時跟著整個軍政部縮編三分之一人員的命令，實行緊縮，我也就不好意思即刻去了。適於此時中組部的陳毅夫兄（即是帶你呢料的陳同學）奉派來筑，原業務沒有幹員接替，而我們部裡因為後勤部的改組，正在候令改編之中，他就介紹我接他的工作，並且以擔任人事業務關係稍大，堅欲來此擔任。而部方亦以本部改組，擬即選擇最優人員調部服務。於是，我就首先被指名調部了。此次調升最高黨務中樞擔任「幹事」工作，實在是意外的幸運。後勤特黨仍保升中校，來此時沈書記長並向處長特為函請提攜，實在是優渥之至。潤！我倆的幸運是上帝賜予的，也是我們平日努力工作換來的。潤！「恆久的奮鬥」才是幸福的保障，也是「恆久的忍耐」的原動力，你說對嗎？但沈書記長對我的加愛，我都是應該特別感激的，他已因我而賜助於你

了！以後，我將在來渝後同你晉謁他，好不好？

中組部是在重慶上清寺的巴中內，離兩路口郵局及上清寺郵局最近，離上清寺儲匯局也是很近，我已先到此地了，假使不久的愛到重慶後，也能在上清寺區附近工作，那嗎，不是最理想的嗎？你請調報告如何轉的，葛處長如何答應你的，進行結果如何，皆可從速告我。關於到了東川郵局報到以後的事，我倆得多方設法的，一句說，謀事在人，肯幹的人到處歡迎，到處能得到人的協助和諒解。那嗎？水到渠成，天下事都可美滿的達到理想了。愛的！今後努力充實我倆自己！幸福與理想是屬於我們的！

此間在二日到部，已是午後三時，即赴陳同學婚禮，科長主婚，一科是皆參加的！三日匆忙的找不到頭緒，待著陳同學交代。四日是禮拜，回到新橋搬取寄存思信兄家的行李，當晚九時趕返部中的。五日方正式接收業務，陳同學辦理了移交。六日是學習著處理工作，雖然是六戰區時代馬虎幹過，但畢竟此間稍繁，一時性質與習慣不明，頭腦找不清楚的。今日才正式個人處理公文，因為陳同學忙結婚，積壓的不少，生疏的慢，與不熟的慌，終日頗感頭痛，幸好科中戰團同學有二、三位，特加關照，請教倒是頂方便的，到了此時，同學才真有用哩！現在，雖是疲勞，但給你寫信是反覺愉快和輕鬆的，所以一口氣地往下寫來，潤！你偉大！你付予了我精神上最高的快慰，我將永遠的愛著你！

到城後，快將一星期，但一個同鄉與同學和朋友還未往晤，工作是從自由中急變到緊張，我委實無暇於彼

哩。我倆的照片還未加洗，天氣壞，連日陰雨和飛雪就是另一原因。潤！你忙嗎？你熱望著一個新的生活開始嗎？願你早到自由的中樞——重慶，讓我們自由的愛著！敏月均此代候！耑此即祝

健與樂

貽蓀於巴中中組部

34、2、7，晚9時

你曾告我說有親戚在中組部的，是誰？以便有機一晤。

家中有來信嗎？有消息不妨先轉告我為快。

致杜潤枰函（1945 年 2 月 11 日）

潤：

二月一日快信自新橋轉來快讀，在百忙的工作中得讀愛音，我是如何的感謝你賜我無上的安慰。潤！你充實了我的精神！

前信是和你講過了，工作遠比過去繁雜的多，何況新到一個機關，什麼是開荒的，處理公文的習慣，要一件件的經驗中積累，什麼事要請教人，比了在新橋什麼人要請教我，生活習慣上實在反常的突然而急遽。更傷神的是原前這裡一定要我來時說擔任「幹事」，但到了之後，並未得我同意，即以幹事待遇助幹名義簽請部長批定了，我很生氣，要立刻走呢，人情上許多講不出去，他們許多長官會批評我無耐心，也會給剛升幹事的同志難堪，何況此間是最高黨務機關，將來外調即可升的，否則，此間關係弄壞了，那末此路就不通了。想來

想去，也就忍住氣幹了些時再說。以後，我是仍想到軍政部方面工作的。潤！你當然也會為我傷神，但我們事業遠的很，今天吃小虧，能忍耐，也是應該的。總之，我到渝工作的目的是達到了，以後再調整是很可以再想辦法的。你說對嗎？

你在敏月哥家裡，他們像親妹妹待你，你必得更懂事，更慎於做人做事才對，否則，你自己心裡會不安和不快的。同學的應酬是固然重要，但總不以太「隨便」為原則，敏哥是很重舊禮教的，月姊也是喜歡謹慎樸實，太違反他倆個性的同學，最好不要帶到家裡去。潤！你是聰敏的，你說是不是？

關於錢慶燕的過去，我是不熟悉的，但錢家的名譽，我是知道的。王淑芬是我祝小同班同學，是翁太太的姪女兒，也是我的族姪女，此次翁先生招待住吃，我原想請一次客的，結果尚未有機會，以後也許仍要補請的。處人我得考慮，你供我參考的也很對，我得妥慎應酬的！

請調成績如何，可以早日告我？呢料已托陳科長帶上，月內必可帶上的。我鑲牙已早補好，實價玖千元，用去約近萬元，成效很好。明天過年，要到克誠兄處玩，新橋太遠，不回去了。祝你們過年
歡樂和愉快

貽蓀於巴中

34、2、11，晚

敏月哥均此。

致杜潤枰函（1945 年 2 月 14 日）

潤：

　　元旦試筆，曾敬祝你的快樂與幸福！今日新年第一封祝你幸福的信，謹至誠祝福你勝利的幸福！幸福的快樂！

　　過年！在孩提時是如何值得高興歡樂！在承平世是如何值得歌頌稱慶！但時光的迅疾，抗戰已將我們帶上成年的行列，失掉了天賦的童性，舉世的烽火，戰爭已將我們投到戰鬥的隊伍，失去了昇平的和平！我們祗有在難能的境遇中找尋安慰與快樂，潤！你說對不？在貴陽的你能有月姊的家過年，在重慶的我能有同鄉的家過年，同時，美麗的理想也告訴著更幸福的過年在後面，不是我們夠難能可貴的快樂與引慰嗎？

　　年夜飯是在許玉瑾家吃的，九時返部後，和許多同學和本科科長守歲，敬聆了他值得寶貴的做人做事之道，愈講是愈興奮，我們把整個年在爐邊消度了，直到四時半，雞已報曉，我們才分別假寐一時休息，六時又起床了。

　　年初一的午前，我和軍政部的許多老同事到前主任柳克述先生家賀年，他住在重慶村附近，跑的相當遠。我們既未送年禮，也未拿押歲錢，他也僅以花生及少許糖果招待。在戰時的陪都，我默默深信我們是轉移風氣的主流，但我們一種熱切的精誠，相信誰也比不上，更值得我們自傲！

　　晚飯是在克誠兄家吃的，沙選才和姚小姐特從新橋進城賀年，我的介紹工作是十二萬分順利，他們的成功

將是待手續了。我陪著他倆逛重慶的年景，我也宛然有你陪伴著一樣，一直到十時左右，我返部了！

你在敏月哥處過年一定非常熱鬧，還有許多同學也可同玩的，祝你精神愉快！祝你新年的

健與樂

貽蓀於巴中中組部

34、2、14，午前

致杜潤枰函（1945 年 2 月 16 日）

潤：

你8 日、10 日、11 日賜書先後快讀，感謝你摯愛的熱情，給予我至上的快慰，使我望著那分信的老人，就像看到你的情景一樣，因為他忠實的把愛音遞我時，總是會有你的愛音的，我拿起信時，愛的就像站在我的面前，我已立刻為愛的歡樂，美化了我的心神，莫名的微笑從心弦中開始擴張，我開始從緊張的工作情緒得到最高的甜美！愉快！！

你快樂的過年，這是我早料想到的，你做賓相嗎？這是你當見習官哩！是不？敏月哥待你的確好極了，我衷心早是有說不定的感激之意，祗有希望你能更得到他倆的愛護和欽愛，才是我最引慰的。潤！古人說，「人必自侮而後人侮之」，反過來說，「人必自尊而後人尊之」，你的能夠自尊，處處表現不愧為一個頂括括的女青年，做人做事皆能中節，當然才能博得他們的欽愛。潤！我這樣說「受人尊敬的人，就是因他能自尊」，你說對嗎？我自己一直好像要如此做人，可惜

成績不太好！！

我的過年也較往年為愉快，已在前信中述告你了，黃克誠是同鄉中和我最親近的，可說是好比異姓兄弟，他添了寶寶，我們得更快樂的。許玉瑾處也是頂親暱的，還有，緝熙伯及許多老同事的分晤，的確是抗戰來比較最有意義的一年呀！新橋較遠，未及趕返，我明天就可到那裡拜年的，可勿為念。思信兄是辦理會計的，所以在整個機構沒有結束的時候，他是不能脫離的。何況，照理講，後方勤務部的特別黨部要到三月底才正式改組，原有人員是完全沒有動的，薪津也是完全照支，不過工作無形停頓罷了，我們少數人因為自己有辦法另謀工作，所以先走了，所以，意外的拿雙份錢，你說好不？至於思信兄是沈書記長唯一的親信，他會和他同進退的，假使沈書記到兵役部擔任會計長成功的話，他會到兵役部工作的。詳情返新橋後會完全知道的，我明天返新，也會代候的，好不好？

關於請調的事，葛處長能竭誠的協助，我們是應該萬分感謝的。前次的遞呈，事前沒有和主辦人員打招呼，當然會碰壁的。我們中國的事是「科員政治」，何況不合乎正常情形的請調呢？既然葛處長允你再設法，祗要在葛處長沒有走之前，稍緩些時間是無妨的，那時，你們的本地股股長也會通過了。假使立刻再呈，這是於公於私講不過去，何況同仁都會說閒話呢？此後最好在遞呈前取得葛處長同意，並設法在本地股方面打個招呼，如此，他們就有面子了。否則，硬生生的講交情，他們仍可「老羞成怒」的簽壞的，一待簽不准，上

面就無從批准的。我今天就是主管人事的人，雖說我不照如此惡習辦事，但這是現有常情，你得注意和給他們面子的！一待簽准而批可時，可快信告我，那時，可請錢德昇先生向徐局長講情派好工作的！！

關於結婚的意見，我們正相同，但願早日勝利，回到家鄉給熱鬧的舉行婚禮，你也得在勞苦功高的為國服務之後，享受一個美滿的幸福的生活！潤！我一直希望我們的結婚要因抗戰的勝利而提早，否則，我們還是相互的愛著，自由的敬愛，為最有意思和幸福的！！

蔡傑先生的呢料已囑貴州省軍隊特別黨部陳科長毅夫兄帶上，他們已動身，到筑時會訪你和給你的。關於你的一個史的同學找事，如果能擔任繕寫工作的話，不妨先寄我一篇「總理遺囑」親筆字和簡歷，然後轉寄陳科長在筑查缺介紹，你說好不？

我的工作雖忙，但我是絕對可以勝任愉快的，可勿為念。祝愛的歡樂和愉快，並祝

健而美！

貽蓀於巴中組織部

34、2、16，午後

敏、月哥恕不另候，轉候好了，長學甥可代我給押歲錢乙千元。

致杜潤枰函（1945 年 2 月 19 日）

潤：

十八日到新橋思信家中玩的，忙到今天下午五時返部，我未請假而遲回一天，真是心中自己愧慚交集，但

苦衷所在，我要留新辦完我應負之使命呀！返新橋後先
到特黨部一玩，待命結束的機構真糟極了，根本找不
到人了！在思信家吃中飯，他是帶信我來的呀！我得到
莫大的家庭之樂，王淑芬她仍在思信家中，她是祝小和
戰團同學，也是族姪女，我此次沒有好好招待她，很是
抱愧。此次特黨部補發的預支三月份軍米（約值千五百
元）我存思信家未拿，我說算了，我請他們飯，你招待
住和菜好了。慶燕兄也許任新創的「世界日報」採訪主
任，我和他比較疏遠，還是來此後初識的，至於淑芬原
很可能和克誠相愛的，後來是伊哥文俊邀赴桂林後，就
和慶燕結婚了！吃晚飯是在科長的家，跑到他家，也似
跑到親戚的家，他們實在最厚待我的！和科長討論了許
多特黨部的事，延遲到深晚後才返部哩！此次返新，意
外的得了一筆收入，那就是後方勤務部的遣散費，三個
月薪津和旅費，錢數共得2萬1千元，加上我意外的仍
可享受那裡二、三月份代金和軍米（薪津待發），又是
近伍千元，實在是我當公務員以來第一次能收入到貳萬
伍千元的，而且是純益的收入。但為了離新後第一次新
年，思信家三個孩子押歲錢每人伍百元是壹仟五百元，
外加糖果伍百元，同時到了范秘書家，又是押歲錢壹仟
元了，科長家又是千元，再加未拿的軍米值壹千伍百
元，整整此項用費就用去了伍千元，新年在渝各親知友
家也化近伍千元，今年總算萬元過了一個快樂！

　　我為了想添衣服，前曾一時高興，在小龍坎一個江
陰人開的拍賣行想買西裝，他真的給我留下壹套，並先
墊付了錢，弄假成真，我雖不想要，還是在今天付貳萬

元，賣了來此，但我是根本八、九年未穿了，什麼多記不來，真是好笑！！

　　我告訴你一個非常的「自由戀愛」。也就是我今天逼著留新橋的主因，主角是我科中的一位同事，也是同學和六戰團同事的──楊育興，另一位是我們的芳鄰──李鎮釵小姐──事情的開始是這樣的，李小姐自桂林隨家來新橋，適巧我們做芳鄰，楊先生就先單相思愛上了，後來，我為了每天拿你的信，也誤將李小姐的大稿（寄「大公報」發表被退回的）帶到科中，楊先生看了，就對症攻擊，你想吧！雙方是痴情地熱戀著，以非常的速度，在非常的局面中，著著採取非常的進展，結果，在一星期中由她的小妹妹做紅娘送信來去，一星期有十餘封信和二度密談的成績，更意外的，在沙坪壩密談後就以終身互許，他倆拍了和我倆一樣的照相。潤！你看過這樣快的自由戀愛否？她是桂林女中高二下的高材生，純真樸實，熱情純潔，所以開始我就贊同楊先生進行的，如此的順利發展，也得他家中大妹妹和父母的默許──她有自由的開明家庭──今天，他們的事已到了飛機昇空到達最高處，所以婚事被提出了，她想進國立護校──數百人就取了她和另一位二人──又想婚事得解決，訂婚呢？結婚呢？同時呢？讀書後再談呢？事實上將如何為對呢？為此問題，我允約在上午十時到科長家中和他倆作會談商討，結果遷延到午後二時才決定原則──畢訂婚結婚於一役──竟使午飯也忘了吃，我雖急得返部，也是無可奈何，好了，他們決定籌備結婚了，已靜待科長和她父母再作一次決定性商討了，我就

匆促返部，結果是午後五點許矣。潤！我願天下有情人
都成眷屬，所以我近年玉成了人家許多友人和愛人，
楊、李和沙、姚二對，將是我新橋值得的紀念！！

你的電匯款收到了，我明天擬提出來，我決集款做
件合適的大衣，作我們訂婚時的最有意義互換禮物。
潤！你說好嗎？寫的太草，請諒！願你今晚甜睡在我愛
的快樂中！祝
快樂與幸福

貽蓀於巴中

34、2、19，夜10時

睦小姐均候，伊友前訪未遇，貴札擬留紀念矣。

致杜潤枰函（1945 年 2 月 20 日）

潤：

14 日愛音快讀，你給我了沉悶的工作中最愉快的
安慰，我真感激上帝請您賜我了神聖而甜美的「愛」。
潤！我將永遠是屬於您的，深信上帝也會指引我而賜您
最聖潔而幸福的「愛」。愛的！願我倆都如此上帝祝
禱！請您賜福於我倆！！

敏月哥是我倆間由上帝簡派的天使，他們保護您和
鼓勵我，我倆將由天使的指導，最幸福的走上理想的幸
福之宮！今後，我倆要發揚人類真正的互助精神，就從
我倆和敏月哥間開始。我一直以互助為快樂的淵泉，我
們今後應該在可能的條件下更發揮此種美德！

電匯款壹萬伍千元今午在此間中國銀行提取了，就
在隔壁近的很哩！原想代您選購衣料的，但為我急需做

大衣，並且作為吾愛的崇高紀念起見，決定選訂了呢大
衣。當時在服裝店議訂連工貳萬貳千元，即先付了壹萬
伍千元訂洋，廿五日就可取的。以後每日穿著她，蓋著
她，她將賜我更大更多的溫暖與甜密的夢！潤！就好像
您陪著我一樣！我有您的精神安慰，就已豐美了人生，
隨時加強了我的自信！

　　你給我選購了「錶」，這是我倆將「自強不息」永
遠恆愛的啟示！潤！我將永遠像「錶」一樣在廿四小時
內一秒不停的愛著您！！祝你
在甜蜜的夢中安睡！！

貽上
34、2、20，巴中

致杜潤枰函（1945年2月22日）

潤：

　　16日賜愛敬愛，來款早已提到，並且先做了我的
大衣用。原想待你告我用途後再動用，但朋友們知道有
錢就想借，我就先用完了再說，況且大衣急需的。我後
勤部的遣散費買了一套西裝，這是弄假成真的，我根本
用不著它，仍想賣掉它。那時，如果無合適的和急需的
東西購，決定代你選購衣料好了。我根據你的原則，會
同克誠兄會商後選擇的，那時再告吧！

　　此間工作較忙，這是少給你寫信的原因，累你望眼
欲穿，我是很慚愧的！敏哥處住不方便，你可要求郵局
設法，否則再請調來渝可也。但我這裡仍不想久幹，雖
然工作方面和人事上已很融洽和勝任，我終想到正式的

軍事機關工作，軍政部方面仍擬繼續設法去的，決定後
再告您吧！能待我決定後請調也許亦可的！

忙！可以無暇焦思苦慮許多不必要的事，這樣精神
有了雙重的寄託，身體都會更好的！敬祝
快樂與幸福

貽於巴中

34、2、22，午

致杜潤枰函（1945 年 2 月 25 日）

〔前頁亡佚〕

您的請調問題，在進行時必得要二支局的陳局長和
本地股的陳股長同意了再進行，能由葛處長轉告他倆最
好，否則，你可要求葛處長寫信後，親赴局裡面訪本地
股陳股長商談的。王局長的是否批准，完全在他倆的簽
註意見，恰似我簽辦公文一樣，也可說是必然的發展。
至調渝後可請錢德昇先生訪徐局長商派，或無問題。您
這次再不成功時，我可索性請交部陳參事逕函徐局長調
渝的。您大可勿以此事煩腦，我絕對有信心調您來渝工
作，祇是時間之遲早而已。（原呈與局長函退回你作二
次參考）

您的同學最好勿住敏月哥處，作客人再帶客住，恐
路局旁人也會講話的。匯款收到，已先移充我做新大衣
之用，大衣後天就取回了，我將如何感謝您呢？款有餘
時匯來，即代選購合用衣料，但我總怕您不合心，故
極覺有些為難呢！筑地有合意者，亦可選購，但渝市便
宜，亦實在情形也。淑恆與慶燕係胞姊弟，他倆我都不

信任的，但同鄉之誼，當然要維持！

　　您父親的信也退你好了，老人家們都關切我們，我們得更努力！更愛！你說對嗎？我以愉快的心寫到此地，內心覺到無限慰快，這完全是吾愛至誠的賜予，我祝福您！我將擁抱您做一個甜美的夢！祝

健與樂！！

貽蓀上
卅四年二月廿五日巴中辦公室

致杜潤枰函（1945 年 2 月 27 日）

潤：

　　廿日和廿一日愛音都在百忙中快讀，祇有愛的安慰，提高了我的工作精神，愛的力量對我倆貢獻太大了，我說：「愛是偉大生命的泉淵。」你相信嗎？

　　每天有著急迫的公事要辦，我素有今日事今日畢的好習慣，所以在掃清積案後，想不再有積壓的公事，何況，我準備著隨時離開此地，更用心地把某件事辦的妥善而迅速，以免短時期中留一個污點給他們不痛快。潤！做事必須有負責的精神，無論久暫與大小，這是公務員的道德，吾人不可忽略的。

　　昨天應軍政部人事處徐主任之邀，赴該處晉晤劉處長，情形很好。徐主任已代簽為二科少校科員調處長辦公室服務，今日以處長特忙，尚未批下。我此次如果成功，決心脫離此間，免得再走許多冤枉路，更可安心一意的工作和準備我們的理想事業。潤！明天發表的話，他立刻電話告訴我，你當然會同我一樣高興。此間則不

惜任何犧牲一定要脫離，以償我追隨陳部長的宿願。那裡是克誠與玉瑾的中點，離繡壁街支局最近，假使您能調渝成功而在那支局的話，該是如何的理想！

　　您的事和克誠兄時為談商，我決心在自己安定後以最力的有效方法調您來渝，您可安心的等著！潤！別忙著，好不！

　　您寄的錢我真的做了大衣了，明天就可取回，穿了您贈我的新大衣，我將如何的感到溫愛與甜密的人生。潤！壹萬元可緩寄，至於「錶」也許有位姓賈的同學（中央督導團的賈漢儒先生）要來看您時代帶返渝，您可給他的。恕我潦草，即祝

健與樂

　　　　　　　　　　　　　　貽敬上

　　　　　　　　　　　　卅四年二月廿七日晚

致杜潤枰函（1945 年3 月1 日）

潤：

　　我待軍政部人事處命令發表後，決赴該處服務。現
該處已簽呈部長批示中，諒已無問題也，但此間不允即
離，或不免傷神耳，然我志既決，當以早日離此為快。
關於請調來渝事，擬俟到部工作後，代辦報告及請克誠
兄代致快信催返，然後您可分別遵行可也。此事約可於
本月初旬中辦妥寄你。如再進行不成時，我再請戰運局
人事室繆主任轉請交部人事處史處長函調，諒屆時可決
無問題矣。您可安心工作，今日能多賜我精神安慰，余
實已深受您之愛拂矣。工作忙時不必多寫，能短短傳情
即可矣。餘後告，即祝

快樂

貽蓀

三、一

致王月芳、杜潤枰函（1945 年3 月3 日）

月潤姊妹如晤：

　　來信均快讀，潤妹匯來款亦收到矣。我大衣已做好
並取回，共價貳萬貳仟元，尚算便宜而合用。匯來萬元
即可遵意代選潤妹合用衣料，並暫存克誠兄處可也。軍
政部人事處業經處長面談同意並簽呈，但以處長室徐主
任擬最近調軍需署工作，故或緩赴該處矣。勤特是否成
立，尚醞釀中，成立時或赴新橋升任中校幹事，且薪給
與亦較多也。中組部事太繁，地位與薪給均稍吃虧，我
或擬設法離此也。潤妹來渝事終日懸懸，待我工作十分

穩定後，即可毅然來渝矣。餘容再告，匆祝
近安

　　　　　　　　　　　　　　貽蓀上
　　　　　　　　　　　　三、三，晨十時

致杜潤枰函（1945 年 3 月 3 日）

潤：

　　昨天午前急著辦理公事後，有事趕返新橋一行，所以在接您和月姊來信時，僅給您短札報告概況而已。昨天午後乘資源委員會便車返新，先在思信兄家談勤總改組後的人事問題，繼赴本科李科長家（他已升少將秘書）談改任一切事宜，並訪原任秘書（有書記長希望）略談。伊等皆堅邀我返新特幫忙，但以我原擬改行，照軍政部人事處已准簽少校科員，僅待余之取決，故特返新做決定性之商討，以決定何者為有利也。以城居人事之嘈雜，浪費之盛，時間之易於消磨，則鄉郊似有利，以即改工作言，則人事處較理想，以暫升（中校）後，故目前人事之協調，則返新實亦甚理想，故迄今尚未作決定性之處置。今日為戰團第一、二、三、四各團聯合在陪都青年館舉行同樂大會，特在勤總樓上等旅行車來城參加，余即隨行入城。伊等亦主我留後勤總司令部為佳，蓋以陳兼總司令新來人員，泰半係六戰志同事，新舊同學皆盼我從事聯絡合作也，且升級後再轉亦較便宜也。故或來日決定仍回新橋，似則一月以後，決可確定吾愛來渝之日程與行動矣。本日數千員青年同學聚青年館舉行大會，並請二團張副團長任民（五戰區副長

官）、一團桂教育長永清（駐英軍事代表團團長、未來之青年軍團軍長）訓詞，熱烈鼓掌恆達數分鐘，蓬勃氣象，任何場合所無。男女雜座，更以為歡，設吾愛在渝，亦可蒞此一睹青年之朝氣矣。大會畢後，即包定青年館之話劇「槿花之歌」全場，此為以韓國革命為背景之五幕名劇，甚可觀也。三、四年來之男女同學一旦歡敘，誠快樂萬分。返部後興濃，故隨筆再告近況一二，餘容續告。關於來渝後之準備如何，盼妹先能根據敏月哥之家庭組織，提供我研究，俾共同準備一切，吾愛以為如何？專此敬祝

快樂與幸福

貽蓀上

卅四年三月四日

敏月哥均此。

思信兄之意，擬改組後彼出任總務科長，叫我出任宣訓科長，但我以充實為首，不思急圖高位也。

致杜潤枰函（1945 年3 月5 日）

潤妹：

剛發吾愛一信返辦公室，又接廿七日來信，悉知患痢，至以為念，恨不得飛筑探視為慰，好在敏月哥以妹妹視你，當能稍以為自慰耳。吾愛來渝壹節，我實懸之在心，對吾愛之急於忠誠傾愛，以一切貢獻賜予之精神，更深至快，但總以謀定後動，一切較有把握，亦即幸福與快樂更多，故爾稍候良機耳。我倆之事，水到渠成，魚水之歡當不在遠！吾愛能善保玉體，多多準備可

耳。潤！樂否？願您能得今晚甜睡，一如我之傾懷撫愛可乎！此間一俟工作上能有確切之固定，則您可調則調，否則暫來渝休息另謀工作可耳，可勿以此念之。我已決心請您早日來渝，俾共商量進行一切之準備事宜。春暖花開之時已快到，我之諾言決可實現，稍俟黔渝途中積雪已消，則能嘗春景，吾愛固可得旅行之樂也。返新後勤總部成功時，則郊外僻靜，且得思信夫婦照顧或較我倆進行與婚後快樂幸福，一切當隨時快告吾愛，可否念念。病中能來數行已足，勿必多寫，郵局必要時可請假休息，即離開亦無可惜，總以身體為首要。我近來工作雖忙，然精神倍為振奮，即足為愛慰也。專此祝

快樂

貽蓀上

卅四年三月五日

午前九時

蔡傑的呢料收到否？陳科長住護國路灣弓街口貴州省軍隊特別黨部組織科，他是我同學。

致杜潤枰函（1945 年 3 月 6 日）

潤妹：

您患痢為何不早告訴我呢？這是最乏人的，必得病後注意營養，免得使身體虧折元氣。當您自己困貧長久的歲月以來，新入社會就做著煩重的工作，您又是十二分節儉，我實在時常為您健康惦念。潤！身體是幸福的泉源，您得在愛護身體的原則下，來努力工作，來實行儉約，來縱情的愛我，否則，有一而影響了您的身體，

我將如何的更不安！自您鑑哥囑託我以來，自您忠誠賜愛我以來，更自我們訂下白首之約以來，我是無刻不以對您勇敢的、忠誠的、絕對的負起愛護責任為心志。願您是永遠像相敘時的天真！純潔！健美！

日前寄給您的快信時附有報告，您可再晤葛總段長後轉呈的，如再不成功時，除設法由交通部調您外，我得決然要您辭職後先來渝休息休息的。您在戰後勤讀和努力工作到現在，也是可以休息一下為較好的。總之，假使我能晉級後調回後勤總司令部特別黨部時，那末，您的來渝大約在四、五月間，儘可到新後在思信先生家暫時休息的。潤！您說好不好，城郊空氣新鮮，決不像重慶城裡的煩囂，我們很可享受您素所喜愛的自由原野，任我倆幸福的散步！觀花！賞景！舒暢！！

頃接陳毅夫兄轉告，蔡先生的呢料已交到愛處，諒已轉交了吧！東西還好嗎？較筑價如何？我因新到此間，二月份尚未算帳，待領到後，預備同克誠兄夫婦為您購合適的衣料，那時再詳告吧。祝您

健與樂！！

貽蓀上
卅四年三月六日於重慶

致杜潤枰函（1945 年 3 月 9 日）

潤：

二、四來音及寄梅均愛賞，愛力透入肺腑，慰我無限！近以公事較繁，謹先短述一、二事相告。（1）我與思信兄此次均經勤特部保升中校，業經本科簽辦照准

在案，故來日仍擬回任新橋，俾較合算與便利建設新家庭。（2）毅夫兄亦來信告交您呢料，伊內人係戰團女生大隊█，伊處可不必時訪。（3）愛之心愈切，則基礎愈固，幸福愈永遠，天下事「謀定後動」、「豫則立」、「堅忍耐煩」，則更可成大事與竟全功，願與吾愛共勉之。餘後敘，即祝

甜睡與快樂

貽蓀於重慶

三月九日

敏月哥均此。眭、蔡、凌可代候好！

致杜潤枰函（1945 年 3 月 11 日）

潤：

梅帶來了愛呈現在我面前，我將撫她吻她，直把她吞下肚去。梅告訴了我春意，啟示了我青春，我決定會愛惜她，保護她，一直把她擁抱在懷裡。愛！春暖花開的時節是開始了，我倆必得實行諾言在嘉陵江畔散步怡神，我倆將注視揚子江滾滾東流，萬馬奔騰，啟示我倆奮鬥前程的遠大！雄偉！豪邁！我倆將是革命的情侶與革命的伴侶，為了愛情，為了自由，為了人生最高的理想，努力前進！努力奮鬥！

我是準備著返新橋後勤總司令部特別黨部工作，那裡有我二年來奮鬥的歷史，有我二年來結識的同志，那裡有靜幽的山色，新鮮的空氣，更可貴的，可以自由舒展我的意志與力量。愛！我是一個不慣被動的人，主動與進攻是我兩人生態度，我是這樣一直努力了八年，

從艱苦中磨練與邁進！愛！有一天，你得驚奇我學歷的低弱，但活的學問與經歷健全了我，救援了我，以後愛的撫育與培育，相信更能充實我的一切。潤！我得了她為我幸福慶幸，您具備了我素所缺乏而引憾的一切優點——從學問到德性。

您的請調報告已代擬後寄上，可以再試一次如何？並盼從速告我。我返新是時間問題，為了我過去自許的，到了中校級時方準備結婚，所以為了愛的願望，我得回新橋幹我中校的，並準備在新橋為了幸福一、二年，努力奮鬥一、二年，以建樹我倆事業的基礎，可能時，您到新橋教書同意嗎？到黨部做事可以嗎？擔任社會服務的的工作願意嗎？現在，應克誠約進城玩，祝您快樂！

貽蓀於重慶

三月十一日，星期日晨

致杜潤枰函（1945 年 3 月 12 日）

潤：

六號和七號來信及抄寫詩選都在舒適的情意中快讀，您給我無限相思！您寄我無限戀情！您更赤裸裸地掏出了熱誠的要求、願望和理想！潤！我虛誠的接受您的意志與靈魂。我將以瞭解與認認我自己一樣的來相知您，愛的！「在你那裡——啊！化了一天了！」「我們找到我們丟掉的——今天」，這詩句是含蓄的、警惕的！我們願能在一天一天中丟掉的今天中建立永固不拔的幸福基礎！在未來的一天一天的今天中開發美麗的花

果與享受甜美的人生！那時，我們必得真實地「我們找
到我們丟掉的——今天」的代價與快樂！潤！奇蹟是一
天一天地積累起來的，真像事業由汗一點一點地集合而
成，抗戰由血一人一人的犧牲而來！我們有遠大的理想
要貫澈，我們要求不虞貧窮的自由，不虞被動的自由，
然後我們才能比翼高飛，騰舞於浮雲之上，否則，生活
的鐵鍊困頓我們，天空的烏雲蔽塞我們，那時的衝破雲
層上升是比較吃力了。所以，事實雖然告訴我已到了
「果熟蒂將落」的時候，但新鮮而美味的果實，終究是
在成熟時在保護下採摘下來的，中途自落的果實，絕不
會是最好而甜美的。潤！愛的妹妹！我不是說過「花開
堪折直須折，無待無花空自嘆」嗎？花當蓓蕾含苞的時
候的確很美，也希望心愛的人賞折她，一般人也喜早折
她，但花——她——究竟尚未到她極盛而美麗的時候，
這樣的現實下，花是會早熟而被片刻間遺棄的，否則，
催開後的鮮花，也決不經久而即枯憔了。潤！戰時的男
女問題太廉價，是社會倫理的沒落，它埋送雙方的幸
福，遺害子女，造成社會不正常的發展，這都是罪惡！
結局也是沒有幸福與理想的！前次告訴您的——楊和釵
——他們一星期的發展恰如我倆一年，但今日的突變已
經開始爆發，以後在未可知之中？所以，誠篤的愛——
情與理——常有平衡的發展，你說對嗎？

　　潤！上面是信筆而來的隨感，也許是我「愛」的認
識的一部份。下面，想隨筆述說些未來的計劃，也許
是您熱切和我討論的問題吧！關於我倆的結婚時間，
我記得在訂婚的那天曾暗示您說，要在今年雙十節——

這還是最早的，願我們以此時間為準備的打算，您同意嗎？那麼距離現在還有半年的努力準備，大家可以養精蓄銳，及鋒而試，是不是！我最近看了「重慶屋簷下」一劇，和一個多月重慶生活的體認，決定想在新橋——渝郊——選擇我們的安樂家庭。所以，希望於四月中能堅決實行回到新橋去的目的。關於您的來渝，希望能在四、五二個月中實現，能到新橋工作最好，否則也要到重慶服務，以利我們生活的共同認識，準備的共同進行，更真切而有力。否則，祗遲要在秋季始業時到新橋工作——新橋小學——現在起，我們就可以根據敏月哥和克誠兄的家庭，設計我們的條件與希望，我們的目的是滿足「需要」，而不是求「舒服」，更非「奢侈」的，在這原則下一直準備到那一天為止。不築債台適婚前的絕對要求，完成婚前的準備是絕對條件，否則，我們寧可遲些時進行的。那時，如果能有家庭中的補助——您家或我家——這絕對要留作家庭基金，以保障您婚後的一切物質享受。至於您想添置些什麼衣服和什物，家庭中必備些什麼什物和傢具，想有怎樣的房屋等，盼你能提出意見和主張來供我參考，以便為統籌的打算。重慶買東西比貴陽便宜的多，且免將來攜帶不便，但能早購置最好的。雨蒼伯失財過去就算了，你贈他暫穿的皮袍將來贈他就算了，這樣，可以請他堅留作我們的紀念，不是很好嗎？三星牙膏每支貳百元，可以請眭小姐帶你日用的。餘後敘，即頌
快樂！！

貽蓀於重慶

卅四年三月十二日

致杜潤枰函（1945 年 3 月 13 日）

潤：

　　前幾天我添印了三張我倆合攝的，二張分贈給思信和科長了，這一張給你看看，好不好？每張是百元，較我倆在竺的稍小些了。高興起來拍四張登記相，共祗百四十元，寄您和月姊各一張，這是為紀念您贈我（都是您的錢所做）的大衣而攝的，外面的大衣就是新做而我最喜歡的！潤！真謝謝您！

　　重慶的物價真是漲的凶，您們的衣料每件普通都在萬元以上了，我待二、三月份薪結算了以後，就先代你選購些衣料，您喜歡嗎？

　　我現在很希望您能在六月前到渝工作，以便我倆有充分的時間計劃和籌商一切。潤！你寄數份繕寫的很好的簡歷表（可以用買的）給我，好不好！能繕數份阿剌伯字更好，以便有其他工作時，乾脆辭了郵局不幹。潤！你也如此希望嗎？我是完全認識您的理想而說法的！

　　郵局第二次請調可以即呈，如果不准，以後可以決心另謀工作的！

　　祝您

愉快的工作和愉快的休息

貽蓀上

卅四年三月十三日

於重慶

致杜潤枰函（1945年3月14日）

潤：[2]

　　三月七日快信接到，關於您和盟軍做盟友的話，我堅決的不贊同，也許更會使敏月哥不滿意您的，以後您講「信用」起見，能自己明白向「誰」講信用就可了！潤！我瞭解您的一切，所以過去同意您和蔡先生等往來，其實在一般人，恐怕這樣的大量都沒有的。您是聰明的，更是富於熱情的，希望您聰明而清楚，熱情而能合乎理智！

　　潤！我絕對能負起我應有的責任與道義，至於您的一切，您得自己涵養，多用工夫。失了主宰的人，祇有自己煩惱，有為的人也不願意加愛她們的！在惡劣的環境中能奮鬥，才能接受真的鍛鍊，您能多忍耐和多鍛鍊也是好的！您願意嗎？祝您從

痛苦中尋求快樂！！

貽蓀上

卅四年三月十四日

於重慶

　　我對您的坦白真誠是十分欽佩的，我為了對您父兄的負責，對我自己的負責，所以，我得和您同樣坦白真誠的這樣寫著，您能寬慰嗎？愛的！！又及。

2　作者自書：第一封不愉快的信。

致杜潤枰函（1945 年 3 月 15 日）

潤：

　　您也許會生氣嗎？當接到我十五日發的快信時，也許能從不愉快中得到真實的自慰嗎？您能得到忠實而負責的關切！潤！時代的青年要有敢愛！敢恨！敢悔！的精神！！我曾剪貼了「大公報」「愛！恨！悔！」筆戰集，可惜被友人愛竊了，否則我會寄您一讀的！潤！您的對我忠誠坦白我絕對信任，我會因您的坦陳而更摯愛您的！我們相互間應有這種「愛！恨！悔！」的精神！！

　　重慶盟友也許比貴陽更多，所以，不時會發現盟友和中國女郎一塊兒玩的，但，除了特許者外，在一般人總是大不為然的。在您沒來信之前，我和幾位同志剛在街上遇到他們和她們一群，引起了我們的議論！我們的評論您會明白的，但，回家後您就提及此事，怎的叫我能不難受呢！愛的！我已知道您一晚為此事沒睡覺和不安，但是，我終要寫出來才自安呀！愛的！過去的事以後不談了，更不要難過！您信任我忠誠的愛您，就得接受我的希望。餘後敘，祝您

健與美！！

　　　　　　　　　　　　　　　　　貽蓀上

　　　　　　　　　　　　　　　卅四年三月十五日

　　　　　　　　　　　　　　　　　於重慶

　　來渝的事，我得努力辦理，這是共同的理想，我得全力做去。又及。

致杜潤枰函（1945 年 3 月 17 日）

潤妹：

十一、二日的來信接讀，您比以前更豐潤了，我當然非常快慰。健康與自然的美，才算真實可貴，我是素來鄙視病態與「矯」態的，失去了「真實」而沉溺於「虛偽」之中，終日追求於「好奇」的企圖，徘徊於「矛盾」的應酬，這樣失卻了「自決」的意志，請試想那裡還能找出「高貴」和「自傲」的地方！站在時代前進的青年男女們，他們和她們決不可再走過去被犧牲者的「覆轍」，能英勇的挺立來扶救她的同伴，才是她應有的義務感與責任感！！

您匯來的萬元，早告訴您收到的，以後匯款來時，可即告我購何物！！天氣漸熱，住在敏月哥處許多不方便，能調東川郵區是理想，否則的話，我希望能早日改行到重慶做其他的事，您願意嗎？

昨天克誠兄小孩做滿月，相當熱鬧！您的生日那一天？我將怎樣隔著雲天為您祝賀呢？附帶告訴您，祝塘人馮龍章要返祝一行，想請他帶照片等返家，便中代為我們到家裡請安的，我想家中一定會非常愉快！！

桐哥很久沒信來，也許是偉姊快要生產了，工作忙加上家庭忙的緣故吧！最近同學飛昆，即可前赴探望，我時常想到昆一行，希望和別後快將九個年頭的哥哥歡敘！！

前天遇到中學時代的老同學，根本大家快不認識了，他去年和常州鄭小姐於聖誕節訂婚的，立刻贈我照片要交換，我想再添印些我們的，也許放大二張，算為

我倆知遇後您第一度生日的紀念！賈先生是中組部的同事，您當然會給他好的印象！！

　　我的工作您是可以勿必記掛的，如果有動的必要時，立刻會告訴您，這，我是會衡量得失而取決的。好！下次再談，祝您

快樂和幸福

　　　　　　　　　　　　　　　　貽蓀上

　　　　　　　　　　　　　　　　三月十七日

致杜潤枰函（1945 年 3 月 17 日）

潤：

　　十三日的短簡接讀，關於您和盟友為友事，我還有幾句話說明於后：(1) 盟友之能到我國為共同和平理想奮鬥是值得欽佩的！值得為友的！所以為友的出發點在是否雙方都富正義感？抑或好奇感？在予█理與情感放縱時，自己能否自制的問題了！(2) 軼卿叔現正為盟友之友而擔任繹員，我曾鼓勵他和盟友交換學習（英文和國文），目前政府也在招收女繹員，所以，問題是盟友真需要的是那些友？你說對嗎？(3) 個人的自由與公開的社交，我極力贊同，我曾鼓勵你學習與參加的，問題在您應否走在時代的最前面？和您應否參加目前超越國人觀點的社交場合？至於有無此各方面的條件，則可不講了！此敏哥在許多方面可供您參考，能先徵詢他的同意是很好的，願您一切事不要瞞他去做，我相信敏哥能如此的愛護您，當然，對您有利的事，他們絕對不會妨礙您自由的。愛的！你願意這樣辦嗎？總之，堅強與忠

貞的意志是應該屬於自己的，我僅供您參考而已！！

　　我立刻要應友約外出，許多話留著下次談吧，即祝

快樂！！

貽蓀上

三月十七日，重慶

致徐敏生、王月芳函（1945年3月17日）

敏月哥：

　　好久沒給您寫信，相信潤妹會告訴您許多近況的！您十分的愛護她，最近還為她搬房子住！我倆真不知怎樣感謝的！最近祝塘人馮龍章返祝，有照片或信帶回嗎？可立刻快信寄來。敏哥工作極忙，情形可以後囑潤妹轉告。關於潤妹來渝壹節，如請調再不成功時，決代謀適當工作後辭職來渝。立刻要為澤民弟交涉劃款，下次再談。即祝

儷安

貽弟上

三十四年三月十七日

　　長學甥會講話了嗎？

致杜潤枰函（1945年3月19日）

潤：

　　快下班了，利用最後拾分鐘給您愛的慰藉，您高興嗎？今天接到桐偉哥來信，偉姊將於五月中生產，她告我祝平弟到蓉後，曾將衣物拍賣後，匯萬元寄伊充生育費，您想該是多麼可欽佩的！大姪女鎮平已到開遠大舅

父祝三兄處讀書，桐哥則為廠務奔波甚苦。物價之高，豬肉每斤壹千元，平布每疋陸百元，餘可知矣。我們待五月中匯萬元她們好不好！我十分之九要返後勤總部去，那時再告您。家中有信嗎？昆渝已半年無信，甚為念念。即祝

快樂

　　　　　　　　　　　　　　　　　　貽蓀上

　　　　　　　　　　　　　三月十九日，午後五時

潤妹：

　　十五日的信接讀了，剛在吃飯以後，當然助我消化不少！以前途為第一，這是抉擇一切的原則，我目前稍忍耐些時後，會立刻決定後告您們的！也許您猜的對，近來生活和脾氣稍差些，所以會有些地方想法不同的，您能了解我嗎？您也許真的比過去活動些，先作到渝應酬的訓練，是不是？追念過去與未來是可以警惕現在的！歷史與理想的價值就在其中，我們不妨探索。即祝

安康

　　　　　　　　　　　　　　　　　　貽蓀上

　　　　　　　　　　　　　三月十九日，又及

致杜潤枰函（1945 年 3 月 20 日）

潤：

　　愛的長吻立刻使我沉醉，恍然您緊偎在身邊，熱情的奔流象徵在熱吻上，緊張的顫動好似您顯得特別的健與美。我回憶甜蜜的南明河畔，縱情的貴陽大戲院。愛的！我倆精神不是合而為一了嗎？愛的表現是聖潔的，

但另一趨極端的分析，它是自私的，愛的要求忠誠與專一，誰能否認不是出乎雙方自私的至愛而來，所以，在每一方因此而發生不快或誤會時，可說在實質上是愛的更深入和更鞏固的前提。愛的！您也如此認識嗎？您太愛玩了，這是您自己認識出來的，我也有此感應，您會不高興我的這樣講嗎？愛的！玩是娛樂，目的在休息精神，但您過度的玩反使精神疲乏了，白天還要如此認真的服務，真能不使我惦念您的身體呢？何況，你還得爭取時間進修！協助敏月哥！賜我至上的愛呢？學而後知不足，做事和負責後，才能知道活的學問和辦事的經驗太不夠，學問亦然，能多求進修，才能發覺自己學識太淺，所知太少了。國事今日的腐敗之至，當然上級領導要負責任。但我們做事的不能切實研究和精進，可說是最大關鍵。您所舉的盟友批評，那一件不是實際工作同志的罪惡。所以，健全每個國民的道德和工作技能，今天應該大家醒覺起來猛進！

請調是最合理想的辦法，您願意如此，我更願您有獨立的工作！但兩地夢悠悠，青春的幸福不能縱情自由享受，不免引以為憾！在上半年中，我擬盡量設法代調成功最好，否則，暑期時再說亦好，祗要能精神生活上大家調劑，結婚的遲早我毫無意見，放眼看抗戰可早日勝利，那麼，熱鬧而光榮的盛典，該是我們熱切期望的！！

雨蒼伯處可時時去，我會不日寫信他問候的！陳部長兼後勤總司令部特別黨部特派員，秘書處長兼書記長，人事更理想，我正決心回去，但怕處裡不放？近日

較忙，心也欠平靜，愛的慰藉是莫大的鼓舞，感謝上帝賜我了您的愛！好！願您我能在美夢中相吻！充溢愛的快樂！！

> 貽蓀上
> 三月廿日

重慶物價最近一倍一倍的漲，但較貴陽還是要便宜一倍，如果您能將貴陽的收入匯來重慶買東西，的確可多買一倍東西。不過很難選擇您合意的，祗能揀我滿意的，確是一個小問題。您收入確是較豐，我們上將的待遇還比不上您們多，一般公務員以重慶物價低，當然更少了，但經濟的機關當然仍是比例的較豐的，您能這時儲蓄以備必時之需，同時先有養「儉」的習慣，我認為很重要。

關於您來渝後希望怎樣，我們的確要先「深謀遠慮」，不妨先討論，稍作準備，古語「豫則立」，免得將來勢之所必然，「水到渠成」之時，捉襟見肘起來，反不為美。愛的！您認為對嗎？我知道人生有許多地方是矛盾的，而世界是急劇的在轉變，如何適應潮流而解決矛盾的痛苦，已成為當前時代青年煩惱的課題，潤！您說對不！即祝

晨樂

> 貽又及
> 卅四年三月廿一晨
> 於重慶巴中

致杜潤枰函（1945年3月23日）

潤妹：

您想得太苦，我何嘗例外？觸景生情，到處是對對
而行，顯得特別向我示威，假使您能早日到渝的話，不
是我們早可作嘉陵江畔的郊遊了嗎？大家知道我篤愛
您，您也差不多每天來愛音，所以，更使我沉思外，找
不到一個可以談談的伴侶。潤！您也能像「蔡」一樣的
介紹一個朋友給我安慰嗎？可以時常的玩玩。城裡找不
到可愛的慰藉，到處反增煩惱。我決想返新橋的好，如
此，精神也愉快，更可安心進修一下。克誠兄囑您調查
希民兄近況，盼即代辦速告，伊的未婚妻在渝甚急也。
下班了，再會。祝

快樂

貽上

卅四、三、廿三，午

重慶

致杜潤枰函（1945年3月23日）

潤：

急著盼望的愛音終於快讀了，緊張的神情好像看到
了您，您的反應，也早使我感覺同樣的難過了幾天。其
實，過去的真誠相期，我倆已能超越落伍的思想與舊風
俗的枷鎖，但社會終是如斯的惡濁包圍著我們，防患
未然和戒慎恐懼，不失保障自己清白與幸福的座右銘。
潤：我深信我倆都是富於自信與自傲，所以，我不願有
意外的人家來批評，寧可自己開誠佈公的相互砥勵，正

一如您的將那回事原委和所感完全告訴我（來信退回您
再讀），我也將所感毫無保留的轉達您。愛的！我倆的
結合，以後將毫無保留的貢獻自己所有，將以上帝所賜
最神潔的愛相互呈獻，以創造我倆同共永續之生命，那
嗎？今天還有什麼仍應該以虛偽相欺呢？為了理想與幸
福，我倆需要最真誠的認識與相互諒解，所以，基於這
一觀點，我是希望您能早到重慶來的，生活在一起，愛
的價值會更偉大，情的培植會更鞏固。至於您我雙方的
個性應該如何調和？應準備的事應該如何籌備？現實的
困難究竟如何？又將如何降低一切慾望，克服當前的困
難？這許多問題，實在不是信上能講得完或分析得了
的，必得作坦誠而真摯的討論，才能取決。而問題的歸
宿，又到您的工作問題請調了。我最近因為自己始終在
動盪不安中工作，也實在是沒有集中全力辦理您請調的
原因，但現在無論留渝抑返新橋，都是一樣的，對您來
渝工作並無影響，所以，決在近期中多方再事疏通，辦
理您的請調一事，以便作今後安排一切的根本打算。如
果您能就近得葛飛協助而准調重慶時，那麼，到渝後的
問題，大約可以很順利的。至於能否由總局指名調派，
我擬再向有關方面設法，能如此辦理當然是最好的。我
和思信兄同時晉任中校，所以返新橋工作是比較有意義
的，現正設法請他們正式來文調我回部。部裡上下午都
有交通車進城，郊區實比城區理想的多，有城市之益，
而無城市之害。所以，假使您到渝工作的話，城區和郊
區都是很好的。關於結婚遲早，我是主張先有準備，然
後再行決定，否則，一切都是空話，您也如此想嗎？許

多話想告訴您，願今宵甜夢中傾訴吧。祝您快樂！！

貽蓀上

卅四年三月廿三日

重慶

致杜潤枰函（1945年3月26日）

潤：

　　昨天星期到城區去玩了整天，從兩路口到市中心區相當遠，習慣總稱進城也。參觀了高龍生和汪子美的「幻想曲」畫展，每票入場伍拾元，完全是幽默、諷刺、寫實、現實的生動影頭，將重慶的暴露，也許比「重慶屋簷下」（話劇）更要藝術些。裡面有幾張稱教授為「教瘦」，「公教」為「共叫」，和兒童節「兒同命不同」的漫畫，實在是好極了，每一張足以發人深省，不愧為美術性的現實性貢獻。赴晤了緝熙伯，曾同赴江陰同鄉會為華澤民調解劃款糾紛。他家裡前三、四日來了二封信，怎奇怪我們為什麼無家信的，家鄉很好，可勿念。克誠兄的小貓貓可愛的很，他們愛如掌上珠。關於黃希明的情形，可查明後速告克誠，他的未婚妻曾先後匯款拾玖萬元囑伊回渝，但終不見返，克誠意如返渝諸多困難時，可索性由希明兄接伊到筑亦可，否則，他實在太愧對他了呀。希明兄或者相當狼狽，詳情如何，可以完全可訴我，以供克誠代為研討處理方法。重慶物價很貴，普通您們穿的短呢大衣買壹萬六千元壹件（做好的），長袖祺料每件約壹萬二、三千元，短袖萬元左右，皮鞋較好的萬元左右。據克誠說，貴陽是全

國物價指數最高的都市，諒較重慶更貴吧！最近澄、錫、武之同學至友擬在渝林森路創設「新新」糖果、文化、茶點三部份之聯合經營商店，他們要我參加股本，克誠兄對此事頗贊成，在連絡同學同鄉立場皆可參加，也許和克誠合併參加伍萬元股，由我一人出面，您贊成嗎？廿、廿一愛音就在此時接讀，良深快慰。愛的！我們有共同維護真理的精神，有犧牲自我以創造理想的願望，更能今日起互相慰貼與慰勉，則以後的幸福快樂，必然是最幸榮的！祝您愉快和幸福！！

貽蓀上
三月廿六日
重慶

照片即不再添印並放大。敏月哥不另！

致杜潤枰函（1945 年 3 月 26 日）

潤妹如晤：

我知道您最喜觀我倆合攝的壹幀，所以今日午後就到「開羅」放一張六寸的（七月一日取），美術的加洗貳張（本月廿八日可取），按照在筑時原樣，以便您送睦小姐用，普通二張（筑攝）我自己的加洗四張普通，以便送審之用，共價貳仟元，可算便宜。關於那回事，我認為更證實了您我愛的真實與偉大。另一方面，我倆是最忠誠的，愛的！能在這種坦白真誠赤裸裸相許之下，我們更可堅信愛之果是幸福的！潤！我深深知道您公暇的單調生活，所以我主張參加公開的社交活動，更願您在同學間獲得友誼之愛，以彌補目前精神生活。

至於您的自由，無論那一方面，我是絕對贊許的，我素以您為唯一的時代女青年而更可愛，更以具有獨立自由與職業而欽佩吾愛不置！潤！我一切像愛您一般的篤信您，願您今晚能接受愛的潤澤而甜睡！愉樂！幸福！

貽蓀於重慶
三月廿六日晚
中組部

致杜潤枰函（1945 年 3 月 28 日）

潤：

至誠的愛願以最忠誠的心接受！！

近日給您信很多，也許是郵誤較遲耳。明日休假，擬返新橋一行，以決定是否返新橋工作，至陳部長處的老同仁，實皆主我返新橋也。思信兄來信告我原任後勤部的毛副處長恭祥已發表貴陽儲匯分局長，假使您不能即來渝時，即可於暑前調儲匯局工作的（毛與沈書記長最善）。此間也請交部陳參事能否設法指名調渝，結果以後告您。為您盼我信多，先寫短信以慰。即祝

快樂

貽蓀上
三月廿八日
重慶

致杜潤枰函（1945 年 3 月 29 日）

潤：

愛的！祝福您早安！！

　　清早起來準備返新橋一行，擬晉晤後勤總部的劉秘書處長兼書記長，以便決定我的是否返新橋工作。思信兄想脫離黨部到交通部工作或做生意，亦待返新後共討決定。明天就可以告訴您一切了。謝謝您和您的知己同學送我至高貴的禮物，不日漢儒兄返部後，我是將如何的歡樂呀！錶！將啟示我時間的奔馳，青春的可貴！！加洗的倩影寄上二幀，餘待後寄，您看著即會心地微笑嗎？愛的！我像看到您凝視的神態！好了，回部後再給您詳談。敬祝您

快樂

　　　　　　　　　　　　　　　　　貽蓀上
　　　　　　　　　　　　　　　卅四、三、廿九
　　　　　　　　　　　　　　　　青年節於重慶

致杜潤枰函（1945 年 3 月 30 日）

潤：

　　清早剛從新橋返部，就接您愛音了。昨天的信，因為當時加洗照片沒修好，所以就未發出，今特附上叁張，你先送人便了！返新後曾晤後勤總部劉秘書處長，將來是否來文中央調回服務，且待週內決定，可能性當然很大。那邊四月一日正式接收改組成立，回去與留中央各有得失，我聽其自然而已。祝塘馮龍章已因戰局老河口嚴重而中止動身赴滬矣。敏月哥照片暫存，或可家信時一併寄回，如何盼告我。近以公事很忙，有暇再給您長談吧！愛的！我將永遠是屬於您愛的！我將永遠忠誠的愛您！那封不愉快的信，寄回我就是，好不好！中

央督導團的先鋒已抵渝，賈先生會即回來的，貴陽同事和朋友很多，我沒有告訴您而已！我的生日是陰曆三月初五日，但我生平沒注意他。許多急件待決，即祝

快樂

貽蓀上

三月卅日

重慶

眭小姐代候！

致杜潤枰函（1945 年 3 月 30 日）

潤：

寄來的近影及敏月哥全家照片都收到為樂，馮先生因為時局緊張，不能返滬了，我想寫家信時一起寄回家，您可告訴敏月哥的。我是否返新橋工作，還沒有一定，但有希望的，問題還在處裡不願我回去呀。思信兄想用卅萬元購高灘岩中央醫院左側新建瓦房連樓（併地皮及店具）壹座，以便不做公務員而做生意，可是仍在疑慮不決，我看房子很好，生意也可稍做的。今天剛從克誠兄家回來，我倆計算抗戰起碼貳年，那麼以後的生活是夠艱苦的，城市生活更沒有郊外理想，如果能夠由我倆和敏月哥再加克誠兄三家合購下來，不過每人拾萬元，樓上就可住貳家，樓下也可住壹家，前面有一鋪面，似可經營糖果生意等。我意如將來敏月哥來渝，月姊就可到中央醫院服務（祝塘人有錢德在裡面做內科主任，林可勝先生可請其介紹的，諒可無問題的），敏哥如願放棄公務員，那麼三家合資經營生意倒是最理想

的，您也可以和敏月哥常在一起了，我能返新橋的話，也能勉強跑的來回（比敏哥返護國路差不多），以免將來覓房子的困難。對面有高灘岩郵局及儲匯局，說不定您就可來渝後調那裡工作，不是再好沒有嗎？克誠兄在成，俊彬不妨就住一塊，那裡有渝郊公共汽車站，並有專班進城二次的，因為中央醫院，想想二年內決可發達。我與克誠約好星期日再去看了，以便計劃辦理，如果決定想買此屋，就立刻給電報您們準備拾萬元錢，並代月芳或敏哥在中央醫院進行工作，我和克誠兄再想廿萬元的辦法，一待敏月哥來渝，就籌備做小生意，您則設法暫調貴陽儲匯局工作，以便秋後再行設法調渝工作。潤！這是很理想的事，能夠實現的話，當然我們必定勝利而以後大家幸福非常。愛的！我一切事多是非常寬大為懷的，平生素不與人計較一切，也決不會生人的氣，當然更無生您氣而後不平靜的道理。因為不計較一切，所以有話隨便同您直講，望您決不要為此煩惱，自作許多想法，愛的。愛的！您能聽我的話和赤誠的愛我，我除感謝上帝的厚我外，我還有什麼可以要求呢？勤儉是「興家立業」的根本，自古以來由「儉入奢易」，反之，則難如上青天，我家的兄弟姊妹皆以勤儉為本，諒您可看到一二，深願吾愛以此互勵。多自操勞可以強健身體，實亦養身之法，暇能助月姊學習家政，一以助其分勞，一則自求鍛鍊，至為可取，吾愛自可一試驗否？人生得一二知己，則平生受用不盡，我愧不能得知己者互期一好理想，果吾愛能得知己一二，無論女同學或同事，皆可來日互助甚大，但世道日淪，友道日

淺，能否慎交於始，善果於後，深值刻刻留意也。今我
既以妹視汝，亦蒙以許愛我，則今後之惕勵互勉，似可
以同胞哥妹態度出之，大家勿必再以目前社會上之戀愛
通病，相互應付而周旋於權變之中。我早痛恨此事，故
早日對吾妹之愛情發展，亦以正直忠誠告之，諒可以過
去證實也。紙短情長，此信不妨與月姊共讀了。即祝
快樂

　　　　　　　　　　　　　　　　　貽蓀上
　　　　　　　　　　　　　　　三月卅日晚十時
　　近日公私皆較繁忙，洵屬事實。日前晤緝熙伯，知
前貴州公路局彭局長來渝工作矣，敏哥來日是否願隨來
工作。

致杜潤枰函（1945 年 4 月 2 日）

潤妹：

二十七日來信接讀，至以為快！昆款可緩寄，此以偉哥堅囑勿寄也。待五月中初旬伊產後再寄，則可以請伊自購滋補物品之用矣。原擬赴高灘岩一行，以克誠兄有事，未果，暫不計議此事。但同鄉原擬創設之新新公司，現已決改為中國聯合出版有限公司，簡稱「聯合書局」，我決與克誠投資伍萬元，今晚即將此款繳付清楚，今後或將認股拾萬元也，附設糖果、西點二部，來渝後可得一自己投資之地休息也。交部陳參事已允特別留意設法，現以渝方裁員風緊，稍待或有希望也。放大照已取回，很好。至以是否返新，尚不能做決定，雨蒼伯處則已函候矣。敏月哥照片已寄回家中，可轉告（快掛）。餘後敘，即祝

快樂

貽蓀上
四月二日
重慶

致杜潤枰函（1945 年 4 月 3 日）

潤妹：

兩地夢悠悠，相思而益相愛矣。放大照已取回，成績很好，我總認為是您照的最好的一次，在我看到的相片之中。潤！我熱切與期望著有一天您照的更好，為您生平留下最有價值與意義的幸福的寫照！潤！願我倆共同努力奮鬥，創造我們的奇蹟與探求我們人生最高

的意義！

新橋後勤總部特別黨部已正式成立，那裡已發表我回任中校幹事，不日來文請准調回，那時結果如何，當然會快信告我愛的，可勿念！八日是同學也是同事楊育興與李鎮釵小姐（在歌樂山前█讀音）在新橋勤特中山室舉行訂婚禮，屆時擬請端木副部長證婚。我正準備全部同學參加觀禮，以求熱烈。楊是我介紹到勤特的，也是六戰區老同事，此次並借助他了萬元籌備費，少不了八日忙一個整天哩！

月之十五日是江陰同鄉會開會，那時會熱鬧得很，情形和鄉風也會寄信告您的！渝方各單位都實行緊縮，郵局亦不能例外，待此風過後，我決可設法進行調渝，您儘安心準備好了，愛的！

啟枰和克誠兄的老同學，也是我的同學和同事，陳壽昌兄擬介來渝工作，那時，可要準備介紹一位女友好不好！夜闌人靜，現在已十二點敲過，再會。祝
幸福！

> 貽蓀上
> 四、三，晚、十二時

黃熙民的事速告克誠兄。

致杜潤枰函（1945 年 4 月 4 日）

潤：

昨天睡的太遲，許多事也興奮過度，放大照使我很滿意，使我連帶想起了許多未來的快樂與幸福！所以，竟投入意想的境界中悠然神遊，天明時醒來，覺得特別

困乏，索性睡到十時起——天雨無妨——等到進辦公室的時候，愛的二封信已放在桌上，我真不知如何的感恩！！

　　潤：近期中的愛音中，也許使愛的有時狂歡！有時流淚！是嗎？這許多是我倆真誠認識的磨練，一掃社會上男女之愛欺騙的罪惡，這才能達到我倆深刻的認識與忠誠的愛，更澈悟愛的偉大與愛的可貴！潤！我知道您也許會因請您介紹一個可慰藉的朋友而生氣的，但，愛的！當愛您的人在知道愛的人尚需在一個可慰藉的朋友身上找友誼的慰藉時，你想！他將怎樣的感覺呢？何況，他僅作忠誠與負責的表示，愛的！您能知道得明白而更引慰嗎？潤！您諒可記得我主張訂婚的理由，一方面向社會公開的宣佈，以求增加不受拘束的自由——尤其對您，一方面使自己安心工作，爭取寶貴光陰充實，並寄您無限希望來慰勉我。愛的！我倆能忠實的根據過去希望檢討嗎？否則，提出理想來做幌子，我倆將怎樣創造最高的幸福呢？愛的！假使我們並未為了有愛的慰藉而工作更努力，精神更寧靜，身體更康健，那嗎？誰將負責任呢？愛的！我們中國人最大毛病就在不能自我澈底檢討，好像現在的政府、社會，每一個不前進的國人一樣！潤！我倆要在上帝面前靈誠自問，您是否除給我愛的安慰外，更有鼓勵我超越愛而更向上努力奮鬥的勸勉，——我曾盼切愛的做我再生的母親？我也自愧過去對您太偏重愛的慰藉，沒有能雙方超越一步的互勵！潤！你完全同意我上面的說法嗎？愛的！我深信您是個聰明的安琪兒！！

上班了，下信再會，即祝

快樂

貽蓀上
四、四、兒童節

兒童節您給長學甥慶祝嗎？

致杜潤枰函（1945 年 4 月 5 日）

潤：

您以接我信為快，就多給您短信，好嗎？

熙民兄事盼能多方設法查詢，自己查不到時，不妨請該段郵差探查有無此地址，或請蔡傑兄或敏哥試查該區警局有無此人寄居，此以克誠兄急於查明也。

我是否返新橋，尚難即決，聽其自然可矣。曾文正公曾云：「富貴功名，皆人世浮榮，惟胸次浩大，是真正受用。」此等不能如意之事，即吾人從「耐煩」二字痛下工夫之良機，諒吾愛亦以為善也。

新居較遠，似屬未便，來日或可設法調動也。祝

快樂！！

貽蓀上
四、五、重慶

中國聯合出版公司，已與克誠入股伍萬元。

款如匯來，則速告購衣物，抑仍購呢料，否則可在筑自選購也。

致杜潤枰函（1945 年 4 月 5 日）

潤：

四月二日愛音接讀，知道您業務忙，更為搬家操心，心緒是會欠寧靜的，是嗎？愛的！當您得讀此信時，也許已是您的生日了，您該為我的深愛您而快樂。親愛的！我此時的心將是如何的專一，不是將全付精神寄給您了嗎？潤！這就是您偉大的愛的慰藉，您可以在今日為幸福而引慰！！

您的可愛和純潔是最為您愛所欽愛的！從許多瑣事和事實中，才能更坦誠的顯示出您具有超群的偉大處。潤！我已全部的絕對的篤愛您，您已佔領了我的心。今天以我廿八年來最純潔的心獻給吾愛，敬以此祝我倆的永結同心！！

謹為我倆幸福的前途，為您生日稱慶！！
快樂與幸福！！

貽上
34、4、5
重慶巴中

致杜潤枰函（1945 年 4 月 9 日）

潤：

今天是愛的生日，我將怎樣的為您祝頌！我願心靈早已飛到你的懷裡，使你無限愉快！！

昨天是楊育興兄與李鎮釵女士在新橋後勤部特黨部中山堂舉行訂婚禮，他們就是早先告您的「特別快」的一對愛侶！我特地趕回參加盛典，代邀了許多同學參

加，恭請端木傑副部長證婚，范參議等介紹人，來賓
有五十餘人，熱鬧異常。我擔任總招待，內心無限興
奮！！愛的！我倆那次果在新橋的話，當然要比此更熱
鬧的！現在，祗有待那一天最幸福的時候再求留下我倆
幸福的光榮記錄了！！

　　今天清晨返部，看到天氣的晴朗，春色滿野含笑，
愛的！我是何等的愉快！神往！！羅家寶兄隨同返部，
我請他吃麵，默默的為您慶祝！！

　　返部的第一件好消息，就是您給我了無上的光榮！
賈先生返部了，他交給我您贈我戒子，我立刻帶上了，
潤！我就像立刻擁抱了您，我凝視著帶上愛的精神
的紀念物，愛的就不斷在眼中出現了，愛的！從今
日起，就從您這偉大的的生日起，您的精神已永久
的隨伴著我了！我將為上帝的降生您而默默向上帝
致至誠的謝意！！我將為愛的賜福我而默默向愛的
致最高的敬禮！！

　　愛的！我倆的合攝照最近又添印了貳對，再附上您
壹對，願愛的送給您的好友，作我們的最高禮物！！

　　愛的！！我倆的合攝照放大六寸的一張，不是早告
您取回的嗎？但我總想揀最好的有義意的日子給題下幾
個字，所以，我決定選愛的「生日」給題呀！潤！你覺
得這樣最富價值嗎？「永結同心」是我倆幸福與事業的
保證書，相信我倆能夠兩位一體的一條心努力著，必可
得到理想的幸福與創造宏偉的事業！！

　　愛的！！祝您前程幸福！！

　　愛的！！祝您我的幸福無量！！

貽蓀

1945、4、9 日，潤生日

民34、2、27 日（陰曆）

致杜潤枰函（1945年4月12日）

潤：

四月十日連接四月五日兩信，甚慰！關於房子的事，因我是否返新橋，尚未能作最後決定，何況經濟能力有限，您們也不知道何日來渝，所以緩議了。在今天的世界做事，能順乎自然即足自安，勿必計較得失。相反，在艱苦的環境中奮鬥，比較生活能緊張的進取。潤！是嗎？當我們早一年的時候，不是沒有現在的思想紛雜嗎？潤！我們要拋棄物外的的清擾，保養我們的健康與前進精神！！

關於您的工作調動，我得設法隨時注意，「水到渠成」，急是無用的。開歲以來，許多個人的理想與十分有把握的事皆會中途變化，可知事之不定，祇可順應自然。吾人雖不能「隨遇而安」，但也用不到強求名利或非份的想法。潤！「知足常樂」，我倆總是在前進，就得自慰了！愛的！您說是嗎？

「多讀書、多勤勞、多節慾」是養身保健的原則，我近月未能實行一二，自愧萬分！所以使身心常為恍惚，今後痛自鍼砭，當求克治之工夫。吾愛以為善否？

我性不喜音樂，乃家庭過去太謹嚴造成之現象，故每苦不能調節寬暢之情緒，自與吾愛認識以來，此方面慰我良多。日前楊同學訂婚，皆吵著唱歌，甚盼吾愛能

善擇最有意義而幽美之歌曲數首，以便日後之遊息和唱，兼以應付必要時之局面也。可乎？

黃熙民查無下落，真是祝塘人之大恥！伊係隨家父來後方者，曾步行相處月許，然近年以性喜非份之商業活動且愛賭玩等事，故一至於此，可嘆！伊與錫邑女友訂婚，係黃克誠叔貽清為媒，現女方催人甚急，故急欲探詢近況也，有暇不妨再事調查（郵差或警局），以便轉告伊等也。

今天接著寫，因為昨天六全開票，忙了整日的記票，直忙到晚上十一時，簡直一切都忘了。

錶已交克誠兄代修或看看，我外行之故也。十五日開江陰同鄉會，今日「中國聯合出版公司」開幕，關於他們的情形，以後告您。好！祝您

快樂！！健美！！

貽蓀上

34、4、12，晨8時

致杜潤枰函（1945年4月13日）

潤：

八日快信快讀，快我萬分！！

那天我返新擔任育興兄的訂婚禮，因為他是我介紹來的。在後勤部僅我們兩個人努力奮鬥，二年的成績能獲各方佳評。此次伊之訂婚，能請端木副部長證婚，來賓處科長及同事達六十餘人，舉行一個熱烈茶點會，隆重而活潑。我在招待著每個來賓時，實在無限自慰！！

來信的許多賓貴意見，使我更自信我們過去的做人

做事完全向正確與光明大道前進，我們能光明磊落，心胸寬廣，萬事盡己之力以赴，相信總有滿意達到希望的一天。潤！你說是嗎？

昨天，本想晚上給您信的，臨時參加江蘇青年協會的聯誼會，時間給佔用了。到會有前蘇省黨部主任委員馬元放先生等數十人，皆蘇籍青年之中堅份子，歡敘一堂，交換意見，倍覺親愛。

關於您的工作調渝，已另和交部同鄉沈專員光示（璜塘人）談商，已將您的簡歷送總局人事處，查渝區有無空缺，以便設法。您今後一方面要安心工作，一方面要時時作來渝的準備。匯昆款若干？可知我？上班了，祝愛的

快樂

> 貽蓀上
> 34、4、13
> 中央黨部

致杜潤枰函（1945 年 4 月 14 日）

潤妹：

您的十號及十一號來信，今天都接讀了！帶給我無限溫情和慰貼，忘記了我的疲勞！！

偉青姊的素性是正直好勝，她最愛護弟妹群，她真的弟妹特多，也實在配做哥哥樣的姊姊，桐哥是最得力她的內助，我們也深慶得這樣的姊姊，潤！我自慶得這樣一個姊姊而更有您這樣的妹妹，實在無限快慰！！

助人為快樂之本，樂善即在自求內心快樂，心廣體

胖，一切得心應手，當然勢所必然的了。八日我主持著同學的訂婚禮，我是夠快慰的呀！早年父親生我的那年辦了一所大河頭小學，我迄今念念此校，總算著有一天能擴充建設，造福鄉里。潤！那個學校是我們事業的記程牌，現在是在堅苦的支持，今後我們要以此校的發達來鼓勵我們的理想與事業。偉姊曾任過該校校長，抗戰勝利後，我決心由您名譽的或實際的做校長，主持其發展，潤！您願望著做一件貢獻鄉里造福的事業嗎？

前天與羅家寶兄看了「金粉世家」前集，今天又看「續集」，給我們了許多教訓，我和羅散步著檢討，我越發覺得富有教育意義，內容是敘述金家的由盛而衰，金少爺與冷小姐由自由戀愛而發生關係而結婚而破裂而離散，借用故事的敘述攝成影片，牠暴露了大家庭的毛病，自由戀愛的盲目弱點，女人的妒，男人的恨，傭僕的可畏，母愛的深摯，家風的遺毒，處處發人深省，值得時代青年大家的警惕！！

明天是重慶的江陰同鄉春季聚餐，同鄉會囑早去協助一切，祝塘人大家都會去，熱鬧是可知的，您在渝的話，該是更好吧！中午是簡單的聚餐，會中要發「鄉風」第三期，我會即寄您壹份的！快人的家鄉消息，明天給您報告！！

原來想早睡，天明給您寫的，但自己知道先寫的好，否則睡不著的境界，您會知道的！是不！！

潤！愛的！祝您

晚安！！

貽蓀上

34、4、14
中央黨部
敏月哥均此候好！雨蒼伯去信並接來示，便可代候！

致杜潤枰函（1945 年 4 月 17 日）

潤：

連讀來音，快慰奚如！

十五日是江陰同鄉春季敘餐，濟濟一堂於江蘇同鄉會「來蘇堂」，誠快人快事。到耆老薛曉昇先生及邑中較有地位之高凌百、祝平、陳石珍等共百餘人，迄午後一時盡歡而散。奉上「鄉風」壹冊，敬贈吾妹玉覽也。

接上年十二月五日芸芳妹來信，告接偉姊信，知我赴筑與您訂婚，家中至樂，芸妹稱與您係祝小同學，待照片到家，伊等必更歡樂。芸妹問何日吃二嫂的喜酒？愛的！您準備想什麼時候吃喜酒呢？

昨天，我的生日，請了賈先生等五個知友吃麵，還助了一個朋友貳仟塊錢，芸妹的信也是昨天接到的。愛的，您想我除您不在身旁外（愛的賀信是昨天正午接讀的，這使人格外高興），一切是皆非常高興的！我想！您的生日那天，一定也是如此呀！好！祝您

愉快和健美！！

貽蓀上

34、4、17，晨

致杜潤枰函（1945年4月17日）

潤：

愛的慰藉立刻使我陶醉……開始神往！！我深深地接受了您賦予我偉大的愛與力，您已佔有了我整個的精神，在展讀愛的溫情時，我已閃閃的起伏著南明河畔……貴陽大戲院一連串愛的聖跡，愛的！潤！您將永遠是我心裡的月亮，我愛著這清明皎潔的光亮，我願她永遠在我的身旁，點澈我的新房！

春之神帶來了萬物的幸福與快樂，人們是更迎接它而祝福的！潤！想您也是會祝禱春賜您幸福的，願您的請調能早日得到美滿的實現——已多方進行中——那時，嘉陵江畔、黃山之麓，好讓我們縱情歡唱；自由的世界裡春色映輝，青春的壹對，該是多麼幸福與美麗！我們要遠望著天邊微笑，為上帝的安排而歌頌而祈禱！！

我代您簽名為「羅斯福總統」致敬！不日將乘飛機橫越海洋到華盛頓了！高興嗎？

錢！不日可以應用了，牠將使我每一秒鐘惦念愛的希望！！我心開始飛了！飛入愛的潤給與我的快樂之中！！

願甜夢中再見！吻著幸福！！

貽蓀上
34、4、17
巴中

致杜潤枰函（1945 年 4 月 19 日）

潤妹：

我得告訴你兩個消息，你高興嗎？關於您的請調，已得同鄉沈光示先生（係劉貽穀先生同鄉）——交通部秘書廳專員——的幫忙，轉請交通部人事處劉澄漢幫辦，轉請郵政總局人事室曾副主任慶祿允於相助玉成，祇要您在筑局以過去的理由寫上報告，仍以自費調渝，總局是毫無問題的。盼您即再訪葛副處長，說明請調決心，報告最好請二支局陳局長蓋章後面交葛處長轉陳王局長，或請陳局長介紹先謁本地股陳股長，務請設法簽准，轉請總局核示。那時，您即迅告我，以便再向曾副主任處提及，設法批准並調派較佳局所。如筑局真的不易轉上去時，即可將陳股長及幫辦等姓名告我，以便再請此間寫信後，由您面謁商談解決。

關於我的請調仍返新橋服務，已由新橋特黨部來公事請求以中校原級調回，並已蒙處長批准，一俟新人接替，即可返新橋郊居，避過一炊器的夏天的城市生活。至於秋後如何，可俟吾愛來渝後再行決定。且部中每日有兩班交通車進城，也是很方便的。餘後敘，祝您的成功和我一樣！

祝快樂！幸福！！

貽蓀上

34、4、19，午後五時

劉幫辦澄漢及曾副主任原函寄您參考，必要妳可轉函找陳局長及陳股長，說明請調決心，務請玉成。

致杜潤枰函（1945 年 4 月 20 日）

潤：

　　十五日和十六日賜音接讀，您和敏月哥為我生日的祝禱，謹以最高的至誠接受，更願以最熱切的愛，接受愛的賜予與滿足愛的希望！潤！春來了，春賦予萬物生機，人們在這季節是更活躍的，何況年青而值青春的人們！像這樣熱愛著的我倆，當然更不必講了。您！性格上的變化，反應到喜愛的事物，當然是必然的，何況您的青春！年齡！生理！環境！都使您起著激變呢？您急迫的希望到重慶來，我當然以最高的至誠贊同，事實上我全瞭解您，更最真誠的愛著您，時刻為您的希望而努力設法。潤！今晨發您的信，您說是最誠切的證明嗎？我最愛的事決以全力進行，但希望您也能英勇的去完成您可能自己努力的一份呀──完成由筑局轉總局的一段，並可請葛處長幫忙，愛的！天下事之成敗在乎自己努力程度如何，決無僥倖的。同時，得之太易，則失之亦易，萬事從經歷與困苦中去奮鬥，才能建立堅固基礎，永矢弗墜，必如是才能更諒解一切，同舟共濟，進而共苦同甘，毫無怨尤。愛的！我深深的愛您，我此刻情緒的緊張，就像您緊偎著我，賜我聖潔的愛！祝

愛的健樂！！

貽蓀於巴中

34、4、20

我大約五月一日左右可返新橋矣。

致杜潤枰函（1945 年 4 月 22 日）

潤：

四月十八日來信及匯票均收到，待款取回後一定為您買衣料，揀我喜愛的和您必定喜歡的，好不好？胡哲文的錢要送到我處是很遠的，旅費將超過匯費甚多，假使一定還的話，可請他交交通大學一年級學生華澤民，信箱是該校的607號，如此當然方便的多，我可在澤民的代劃款中扣除的，您說好不好？何況我五月初即將返新橋，免得跑冤枉！

您身體不舒服，我惦念非常，大約是一天到晚太辛苦的道理，跑許多路更是吃虧的。我也儘希望您能早日來渝，多多給您安慰和快樂，同時，吵鬧敏月哥太久也實在心中抱愧的。此次您可決心請調了，萬一公事轉不上，即可將支局長、或股長、或幫辦、或局長的姓名、籍貫等查明告我，以便此間請人直接給信疏通。潤！我是抱定決心希望您此次請調成功，希望您努力辦理，達到我倆的希望和願望。

另外一件事，我也得直捷的提出來告訴您，就是我們為準備必然的要求起見，我幾經考慮，認為設法將家中的資金內移一小部份是比較最合算的。我的打算是想在七月份以前劃款廿萬元來渝，照目前的比例，大約是一比四，重慶領用廿萬元，家中要付捌拾萬元，能由我倆家中各劃肆拾萬元，實在不算一回事，以此款存渝，暫時可請緝熙伯以比期放款，留待我們必要時的應用或婚後等的一切非常用費。至於目前和將來的生活，當然我倆已可維持，但能留此一部份資金在渝，既可留待非

常之用——例接濟桐偉哥等——也可視為資金內移，免
得局勢演變時，家鄉的幣值慘跌，根本不值一個錢。此
事已和華緝熙伯談過，他竭力主張，認為無論如何是上
算且便宜的事，他願為我們留意對劃戶，並寫信家父說
明劃款之用意，您認為此事可以照辦嗎？——肆拾萬元
僅四擔米的價格而已。不妨和敏月哥談談，看他們意見
如何？並速告我。

　　夜深了，幽靜的夜帶給我無限的相思，願愛早到重
慶，早解此相思之苦，好吧！祝您

快樂！

貽蓀上

4、22，晚十時

致杜潤枰函（1945 年 4 月 24 日）

潤：

　　二天沒有接讀愛音，至為懸念！您不是告訴我曾不
舒服請假半天嗎？眭的工作又要一個人做，我真擔心您
的健康，何況每日跑許多遠的路。

　　我給您設法請調的好消息，諒已知道了，愛的！您
怎樣打算呢？是否遵著我的辦法去做？有沒有特別的困
難？望您立刻告我，以便從速設法疏通和再設法。

　　愛的！我們都在重慶是多麼理想的，我們可以漫步
郊遊，我們可以散步市區。我們更可以任情地……享受
天賦的一切自由！

　　近來中樞準備本黨六中全會，工作是比較的忙而緊
張著，新的接替工作同志尚未內定，我仍得在五月初返

部（新橋），如果可能，我想參加全會擔任職員，看看
黨國碩彥！！

　　來款擬立刻去取，就在取後代購您喜愛顏色和所需
的衣料或其他，好！祝您
健美！！

貽蓀上

34、4、24，午後四時

致杜潤枰函（1945 年 4 月 26 日）

潤：

　　您近日為請調忙的很嗎？我為候您的好消息，每天
靜待著愛的佳音，但來信較少，我怎能不更急呢？愛
的！祝福您請調成功！！

　　天時一天一天熱起來了，您每天得走許多路上班，
當然太吃虧的，就是在敏月哥處住，也有許多不妨便，
何況月姊這樣的待您，您老是會覺得難以為情呢？假使
此次能請調成功的話，那不是一切問題都解決嗎？既可
以每個星期在城裡玩玩，討論許多現實的問題，也可以
免掉許多相思之苦，和不必要的跑路。潤！這是較幸福
的日子到了，願我倆一步一步前進向光明幸福的大道，
用我們的汗與意志！！

　　同鄉祝平先生和許多長官可能活動中央委員，為了
稍盡部下的力，也許會參加義務活動，所以，儘可能要
在六代大會後返新橋了。愛的！假使您請調順利而迅速
成功，那麼，待您來渝後安排好，我再返新橋工作，那
是何等的理想！！好！再會！！祝

健與樂！！

貽上

34、4、26，晨

匯款尚未提到，匯票還沒到。馬上再去取。

致杜潤枰函（1945 年 4 月 27 日）

潤妹：

您不是身體小恙了幾天嗎？祝福您早日告痊，我不能立刻飛到您身旁撫慰您，我不能賜予您所要我的一切，使您得到更美更樂更甜的境界，我現在的心裡，該是多麼難受！真像您想著的一樣！

愛的！昨夜的月亮是皎潔可愛極了！想起了我的月亮，我是如何的神往！當我仰望月亮的時候，我就看到了愛的潤！潤！我要擁抱月亮，我要狂吻月亮，我要她照澈我的心房！我要和她縱情的歌唱！！

潤！充滿著熱與力和健與美的一對！我倆是都驕傲！春天裡的愛侶應該可以向一切人示威的，可惜您不能立刻飛來重慶，否則，此間南區公園的夜遊，我倆是多麼幸福、甜蜜呀！愛的！祝福您這次請調的成功，早償愛願！！

我最近很熱心參加同鄉會活動，我還擬議著組織「祝塘旅外同鄉會」，我們要祝塘新生，就得使它政治、文化、經濟齊頭並進，為下一代祝塘人建立頂天立地的基礎！

昨夜我委實太興奮了，輾轉不能入睡，我假想著愛的自由的愛著我，您可以賜我您有的一切，讓我切

實的感受愛所給與我的情愛。潤！我就這樣快樂了一個春宵！

　　春的示威和您的情愛使我這樣寫著，您說太赤裸裸嗎？祝春天裡的快樂！！

貽上

34、4、27，晨

致杜潤枰函（1945 年 4 月 29 日）

潤：

　　四月二十三日來信快讀，我十九日快信請你從速設法請調各節，諒必進行順利，至以為念！此事務盼多方設法，以達公文轉呈郵政總局的目的，否則，以後再行設法，實在已不可能，祇有辭職不幹的一途。我意可請敏哥陪同與二支局局長及貴州郵區本地股股長及有關人員疏通，以達轉呈為唯一要求。一待公事無問題，即可快告，以便總局再行疏通，並調一較佳職位也。潤！您能如此願望而努力去做嗎？必要時並可請宋惠琴夫婦從旁協助，將來同鄉在郵政方面的，似可多多連絡也。

　　匯來款昨天取到，今日請克誠兄代選衣料，大約明日就可以適合需要的代買後存在他處，餘款也許購些零星物品，可以供我倆用的！

　　返新橋約在五月初旬，我希望您決定調渝後返新才是最高興的，您調渝後也許仍可能在八、九月份中回渝區服務，一切可審勢相謀的！！

　　芸妹信即寄回。願「月亮」常在我的身旁！！祝

健與樂！！

貽蓀上

34、4、29

致杜潤枰函（1945年4月30日）

潤：

廿四、廿五、廿六日來信均讀，您可和敏哥再商量一下進行辦法，請調應該是決無問題的，何況祇要他轉呈總局而已，如果總局不准，當然祇有聽天由命了。但此信和從許多方面講，總局是可以通過的，問題在自費調渝而已。做事不可考慮太多，沒有自信心，什麼是也會不成的。您說要逕由總局下令調渝，除了部長和局長可以外（也是違法的），沒有人可以如此辦，我是辦人事的，那裡說可以答應人決可私人通融的道理，不過心裡知道照簽就可以通過而已。您的請調，可將公文做好後請支局長蓋章，然後親送貴州區郵局請陳股長簽註「擬照准轉呈總局」，否則簽壞了，就是局長答應也是不能批「可」的。能拜晤葛總視察請他函介訪陳股長幫忙最好，再招呼王局長當然會絕無問題的。公事一轉上就快信告我，否則以後請調，人家會講我們自己無辦法不再幫忙的。此信可和敏哥商討後辦理，並速告進行情形。即祝

近好

貽蓀上

34、4、30，午前

致杜潤枰函（1945 年 5 月 4 日）

潤：

四月廿七日及五月一日信均快讀。

關於您的請調，由您自己主張決定進行吧！要想指名請調是決無可能的，因為想到重慶的人太多，您資歷淺，又是隔區請求，何況指名調是要公家發旅費，您們局裡窮，決不可做了人情還送錢的！！

天氣熱，在都市裡怪容易傳染病，公共場所尤甚，希望您能特別愛護身體！敏哥處代我好好問候！！

胡哲文的錢，她不便就不要告訴她了，我也沒有告訴華澤民的！黃熙民的事仍要調查，能告通信處最好！您同學的事決沒有那樣容易辦到，何況我還沒有回到新橋工作呢？祗好以後再說。但如果您願意改教育的話，也許可以從多方面在重慶設法的。現在重慶做事之難如登青天，人人有朝不保夕之嘆！！

資金內移是值得的事，但祗可有機會時辦理，以後有機會再說吧！我們自力更生是目標，我素反對靠遺產的飯桶，自己要靠家生存，還配談什麼其他？家庭身份是過時的觀念，不必管他，為家庭賺錢發財做官更是落伍思想，用不到管他的！附上軼叔信，盼翻譯後（我無字典，許多字不解）快信寄我，並可與月芳姊一訪，他的事要暫守秘密。六全大會明天開，較忙。餘後談，即祝

快樂！！

貽蓀

34、5、4，午

致杜潤枰函（1945 年 5 月 5 日）

潤：

　　五月一日航快收到，甚慰！遙遠的愛值得使人神往！也使人深領了愛的偉大與相思之苦！您說是嗎？

　　許多事是不平的，何況像我們的事本身沒有合理呢！不平祇有用力量去克服它，怨天尤人有什麼用處，徒然傷了自己的心！您能用丟了不幹的精神調渝，難道還怕調不成功嗎？做事沒有決心，既想來渝，又想留筑，請調又怕麻煩，怕羞，當然人家看穿您的弱點，不准您請調了。做事原來說難亦可，說易亦可，祇怕自己猶疑顧卻，不能下決心去進行。假使您決心請調，不准就辭職，公開的要準備來渝結婚，名正言順，那怕支局長不准轉，股長和局長不照轉呢，如果總局萬一有問題，就好決心在渝另找工作，事成後立刻來渝，不是很好嗎？

　　您同學教員的事，可以進行試試，但您總得記住先寫我簡歷才對呀，講空話何用呢？

　　敏哥患病掛念異常，既然剛剛初愈，不妨稍休息幾天，他身體也並不十分強健，好的他們都是從事醫護工作的，所以總能放心。工作太過勤勞，恐怕是敏哥生病的原因，似可勸其在體力範圍內努力。月姐忙的撫育長學甥，教育他，再加你們二個人的吃飯，這樣的家庭，事實上已夠一個賢明的主婦忙碌了，也要請她注意健康。

　　最近想發起組織祝塘旅外同鄉會，調查祝塘旅外同鄉之詳情及所有眷屬，以為勝利返家的連絡和互助，進

一步商討祝塘復興問題和在外互助等等，潤！假使您來渝的話，許多事就可以由我們開始為祝塘人做了，您希望嗎？

此次六全大會，江陰有高凌百和祝平二先生參加競選中央委員，我很希望他們能成功，為未來的江陰爭爭氣，獎掖後進。餘後敘，即祝您快樂！！

敏月哥均此一閱。

貽蓀上

34、5、5

致杜潤枰函（1945 年 5 月 6 日）

潤：

敏哥已上班了嗎？念念！

你看過葛飛先生嗎？成功與否不值得多考慮，可以早去跑一趟。然後，快些上一個報告。陳股長（本地股）主辦簽的，似可先疏通一下，不可能也就算了。

您給黃克誠兄的信我讀了。您的字實在太潦草了，人家夫婦倆人都看不懂究竟，竟請我解釋哩！潤！我這樣講您會不高興嗎？我得建議您將字練習好些。同樣，我自己也覺字太差，不能見人，我們大家加工好不？

郵政工作克誠和桐哥皆主放棄，因為不適宜一個幸福的主婦永久刻板的受拘束，我則毫無成見，所以由您自決的。假使想換工作的話，可以多寄幾份履歷片來（正式的履歷片），不要再忘記。

寄來的錢，請克誠兄代購了一件衣料（一萬一千），另購了一只軟蓋箱子（五千五百）。重慶物價

雖高，據說比貴陽還要便宜三分之一以上，您的生活怎樣過的呢？

熙民的事，仍盼弄清楚後再告克誠兄。即祝

快樂！！

貽蓀上
34、5、6，晚

致杜潤枰函（1945年5月9日）

潤：

五月四日來音快讀，您們都很康樂，甚慰。天氣是漸漸熱起來了，每次想送信就會感覺到愛的離辦公址太遠了，在熱天實在是很吃虧的事。所以，我總想您能如意的調成功，可以使我免去許多不必要的掛念，何況，熱天走路一切吃虧的很呢？

成功與否您可不必太考慮，先去看葛飛先生後就試一試，好嗎？否則，天太熱了，您得到秋天再來了。其他的辦法也許可以進行，待有切實把握的再告訴您吧。

雨蒼伯的信和請您譯的軼卿叔信，辦好後告我，好不？國民黨正忙著開六全大會，我得會後返新橋工作了。歐戰結束，想想我們的戰爭也可早日結束了，潤！我們是如何的希望勝利早日來臨呀！敬此祝福您

快樂與健美！！

貽蓀上
五、九日
重慶

致杜潤枰函（1945 年 5 月 11 日）

潤：

連日沒有接來信，也許工作太忙或準備請調吧，是不？我也似乎忙，所以沒有能定時的給您寫信，想到了就提筆寫，並且是簡短地，您能原諒我嗎？這次同鄉祝平先生及馬元放先生和長官柳克述先生、端木傑先生競選中委，我因為一方面義當協助，以求本黨產生新幹事，另一方面，學習著民主政治的選舉工作，的確也是很富教育價值的，您說是不？此次我看到了許多競選的方式和活動辦法，相信您是想不到的。那一天我們在重慶相敘時，我可以詳細的述說講您聽，好不好？六全大會代表中有夫婦的、有父子的、有昆仲的、有兄妹的，真是無奇不有？潤！您願意入團外再加入本黨嗎？我們假使十年以後一起參加競選，為貫澈三民主義而奮鬥，不是很有意義嗎？剛從克誠兄處回來，每次提到您，您耳熱嗎？請她買的衣料已早給您購好了，相當滿意的，他們熱誠的希望我倆能勝利後同他倆一樣的返家哩！好！祝您快樂！

　　　　　　　　　　　　　　　　貽蓀上
　　　　　　　　　　　　　　　五月十一日午後
　　敏月哥均此。

致杜潤枰函（1945 年 5 月 12 日）

潤：

五月八日來信接讀，可以算很快的。我似乎少給您

信，但總不致三天裡沒有一封信吧。您也少信來，我上信是告訴您的，潤！假使您能養成一個恆久習慣，貳天或叁天給我一信，我有信即覆，不是除郵誤外，決無少信之苦嗎？您這樣急的難受，我是將怎樣的不安呀。

　　近來確是較忙，也許忙的時候，把您的信似寫非寫地因而忘寫吧！潤！請原諒我，為了職責與較高的服務，您也得會同意的吧！

　　請調決可先試，有問題發生時可立即航快告我經過情形，並告我那一人發生問題的，您們的本地股長和幫辦、局長姓名可探明告我，也許可先發信請他幫忙。如果再不成時，俟機決心辭職，您可先寄履歷我伍份，以便進行。我理想的是返新橋後，您能到鳳鳴小學或新橋小學高級部執教，那時，我們可以在新橋成立新式的小家庭，那裡是郊區，兼有城鄉二者之優點，實屬理想。侯學姊也在新橋，您是可以快樂的。我原嫌郵政呆板，不像學校教師的有暑寒假休息，就是教小學生，也可以和教育子女一樣，心地活潑自然。同樣的理由，我希望您能較活動些，以便隨時可以和我共同在一起工作。像目前郵政待遇又低（以重慶論並不高），生活又呆板，實在並不十分贊同的，但我是重視女權的，也反對以女職員作好看的，所以主張您能做切實的婦女工作，所以教育、郵政、醫護、會計，總不失為我認定的最好工作。潤！就這樣好嗎？一方面進行請調，一方面寄我履歷（或開我代繕），以便下半年決心在一塊兒來工作。潤！勝利在即，我們要加速迎接光明，迎接快樂！敬祝

快樂！！

貽蓀上

五月十二日

致杜潤枰函（1945 年 5 月 15 日）

潤：

五月九日、十日來信，皆在十四日接讀，無限快慰。您進行請調的結果如何，有消息快告我。打擾敏月哥是多方面不便的，寧靜的小家庭住著一位長客，會減去不少的快樂，你說是嗎？

您是想早日來渝，我也是這樣盼望著，對不對？

有暇到克誠兄處，就可剪一個料樣您，好不？

我也許在廿日左右會先返新橋的，但信暫寄重慶原址。戰時郵政遲，盼愛的不要為遲讀信而太急！

您同學的地址可告我，以便有機時逕通知一談，好不？

軼卿叔見面嗎？敏月哥均候不另。即祝

快樂

貽蓀上

五月十五，午

致杜潤枰函（1945 年 5 月 17 日）

潤妹如晤：

您十二、十五愛音均快讀，慰我良深。軼叔能在筑相晤，誠足快慰，今後暇可約敍並告我近況。伊處早已去信致候，謝謝您的翻譯，我將以來日有一英文秘書為

榮矣。天氣漸熱，您上班要走許多路，實在很是惦念的，在敏月哥處過分的清擾，在暑天更多不便之處，您未能早日調渝工作，我實在非常內心不安的，願您此次能如願以償的成功。桐偉哥近況甚佳，有信來，大約月中偉姊要得姪兒了，他們為我們的婚事念念，說要代籌一筆錢，以盡長兄之責，所以寄錢去昆是不必再麻煩的了。克誠兄夫婦甚好，每次總是提及您的一切，「小貓」又胖又可愛，俊彬愛如掌上珠。五彩照片早收到，我曾告您甚可愛，現放在我身邊的日記冊內，可以隨時取閱。外甥活潑可愛，您告我的情形，好像就在我目前，您得給我帶些糖他吃，好嗎？敏哥囑事可留意，能否匯款來渝後早日選購較可便宜，此以物價日漲也。六全大會即結束，餘後告。即祝

近好

貽蓀上

五月十七日，午後五時

致杜潤枰函（1945 年 5 月 18 日）

潤：

您們和軼叔在筑暢敘，是都歡樂的事，我內心同樣感到親切的愉快外，我祇有羨慕而已。潤！相思是在這樣的境遇下方能更偉大的，也證實了愛的超越一切，和愛的值得可貴。潤！願我倆在愛的進程中，建立最堅固而永恆的基礎，為我倆未來的真實幸福培下幸福的種子。潤！我深信一個人的偉大事業與前途，必然是在艱苦奮鬥中創造的，同樣，我相信一對理想的夫婦，必然

同樣會在艱苦與奮鬥中瞭解、合作，才能建立起來。
潤！您深信嗎？願您有開闊的胸襟，為迎接未來的幸福
快樂而自慰！請調能成功最好，假使不成功也無任何得
失，可以在必要時毅然離筑來渝的。我深信上帝既能賜
福我倆於南明河畔，必然有一天能賜福我倆於嘉陵江畔
的！愛的！您同樣深信嗎？

您同學的事，此次原可有一機會的，是瓷器口童家
橋中心小學校長，但「黃惠之」住什麼地方我不知道，
臨時無法通知約敘，還是朋友另找了他人了。潤！我們
都是年輕欠老練的，向人介紹工作時，竟自己連人都未
看到過，住什麼地方也不知道，別的更不談了，那末，
現社會的工作如此困難，難道可以一句話就可介紹嗎？
您的幾位朋友「胡哲文」、「黃惠之」、「凌綠梅」的
地址和簡歷和所學什麼，最好能較詳告訴我，以便有機
會時設法，一定有把握我不能說。

關於我返新橋的事，原已毫無問題的，但最近大會
後關於政治部、特別黨部，都有撤銷的主張，那末回新
後就結束，何苦呢？所以說不定是不回新橋了。我很想
另找一個絕對永久性的工作，以便配合事業與進修同時
努力，以免時常易職之苦，您說對嗎？
好！祝福您快樂！賜您一個甜吻！

貽蓀上
五月十八日，午後三時

敏月哥敬候。

致杜潤枰函（1945年5月21日）

潤：

十六日愛音快讀。葛先生厚愛我倆，也是我倆忠誠的愛的偉大力量，我倆祝禱勝利和成功！我倆要更密切的赤誠傾愛，願我倆以最高度愛的結合與愛的幸福答謝他們！

今天正是星期一，第一個好消息告訴我了您的進行順利。愛的！我祝福您今日的勝利，葛先生必能給您快樂的消息。

愛的五彩照片早已收到，我時常將它慰貼在懷裡！給我無上的快慰和愉快！潤！您也覺得每天胸前熱烘烘嗎？

初夏帶來了山城更顯著的「春」色，我雖憎恨不合國情的一切奇豔妖裝，但對於正常的仕女們給我的啟示，我在逛街時，我將怎樣懷念著我遠在貴陽的愛！

軼卿叔的信您翻譯得「頂好」，我真欽愛您的程度好，對於英文，希望您能做我親愛的女秘書，慈愛的女導師！

關於您的請調，如進行中需要軼卿叔代您協助的話，不妨請他商量，軼和我是叔姪，也是同學，一切不必太拘束的。軼叔還沒有最理想的愛人，您能給他介紹一位知己同學嗎？但這是我想的，您們（月）得試探其是否需要？

我因為軍隊黨部即將結束，也許在三個月之內要脫離軍黨工作的，但工作是可以勿慮的，問題僅在如何找一個理想的工作而已。為了您來渝後希望的願望，我將

以留渝區工作為原則，以利一切親密的和愛共同準備和
討論，您歡喜嗎？

　　大會今日結束，也許要返新橋幫忙幫忙，所以您的
信有時要延擱收到和給覆的，特先告您，以免望眼望
穿。愛！您能忍著嗎？我一切都好，敬以勝利的心境，
傾聽愛的成功的消息。好！祝福您快樂！幸福！成功！

　　　　　　　　　　　　　　　　　　　　貽蓀上

　　　　　　　　　　　　　五、廿一，午

　　您報告轉呈時速告，以便我請總局照准。

　　您十七日來信，就在此時將寄時收到了，甚快。

致杜潤枰函（1945 年 5 月 22 日）

潤：

　　五月十八日快信快讀，無限愉快而欣慰。今天一早
起來就看報載的中委名單，我此次參加協助競選工作的
五位代表，結果第一位柳秘書長克述，和第二位馬元放
先生，多當選了中執委員，同鄉祝平先生落選很為可
惜，高凌百也落選了，倒是江陰的損失，後勤部的端木
副部長也落選了，我此次參加民主的選舉活動，自己覺
得尚佳。

　　愛的！當一個新的希望啟示著我倆追求的時間，我
倆是最愉快的，「理想就是力量」，所以，我倆確立遠
大而幸福的理想，是可以增進我倆愛的幸福的，愛的，
是嗎？

　　祇要妹妹能聽哥姐的話，當然你們會更樂的，
是不？

　　健康的體魄在於有適當的運動，我相信您會越發健康美的！潤！是不是？當我寄信時會體味您上下班的滋味，「心心相印」一句話是我到現在最真實的明白了。您呢？好！祝您快樂！祝您甜美的晚安！

貽蓀上

五月廿二日，午

　　遞呈時您得快告我，以便先事通知沈光示先生轉請曾副主任照准，並謀調較合適的工作環境。

　　敏月哥均此。

致杜潤枰函（1945年5月）

潤：

　　十九日的愛音，你父親的來諭，和你的請調呈文，我都快讀了；您呈獻給我至誠的愛，愛的願以至誠接受，並祝福您得到至誠的愛慰，從愛慰中越發充實您真實的樂、健與美！！潤！愛與愛相互的愛慰，這是人生最高的慰藉，它是建立真實、恆久與神聖的愛的基礎，能在今日愛的過程中多一分磨練與忍耐，就是將來美滿的愛多一分成功與幸福的保障！！潤！我們要糾正戰時對愛的偏見，認為早結婚就是愛的勝利，其實，這僅是一種戲劇式的愛的表現，它沒有愛的真實的精神，最多不過是導演了一幕滿足雙方偏面的性要求的行為而已。親愛的！我們追求的是至誠和純潔的愛，它要負責導引我倆走上理想與幸福的樂園，我相信您也是早作如此想！！潤！你暫時請調的沒有成功，和我工作的不稱心，相信都可在此中得自慰！！

我得告訴你工作情形了：我是主管全國集團軍和軍事訓練機關的黨工人事業務，他們努力的成績和升遷調免，我都可以給簽辦的，責任的確很重而繁，假使以一個沒有能力或缺乏處理人事業務的人來接辦，當然會頭痛異常。現在，我已竭力在剛到的三星期中把全部業務清理了，沒有一件積累，今後開始納入正軌，也許在我留守崗位的一天，可以一天一天地合理化了。這是我工作的信心，也是您給我的的精神鼓勵，我總記得您對我所說的許多對黨務的嚴正批評，所以，在我堅守黨的崗位的一天，我得真實的為黨工作與努力，一值到我轉向的那一秒鐘！請你快慰吧，我對於工作是可以勝任而愉快的。此間的名義原無可計較之處，祇有工作的表現與有價值的學習，才是我成功與需要的代價。明天要返新橋去，因為科長升了少將，秘書那裡仍不結束，但是變了陳部長的領導機關，說不定以後我仍要求回到新橋去的；新橋有靜幽的環境與新鮮的空氣，實在使我留戀，遠較重慶市區的嘈雜安靜呀，何況人事上最協調，待遇與階級及工作上都可自由發展和較好！

〔後頁亡佚〕

致杜潤枰函（1945 年 5 月 24 日）

潤：

昨天我回新橋此間來了，但這是臨時性的，主要在幫忙秘書開展工作，和代擬此間新的計劃，為了軍黨的結束，我是不擬返此待命結束，而將在中組部繼續工作，並同時進行軍政部工作的。潤！您說這樣好嗎？但

此間環境好，郊外有清鮮的空氣和寧靜的自然美，久居城裡，倒勿覺得很可留戀的。潤！人能順乎自然求發展，實在是件最快樂的事，您說是嗎？請調怎樣？念念！敬祝快樂和勝利！

> 貽蓀上
>
> 五月廿四日

明日返城，就可讀您信和即覆的。

致杜潤枰函（1945 年 5 月 25 日）

潤：

您廿日和廿二日愛音剛從新橋回來快讀，因為新橋有要事急待會商，所以回去了叁天，愛的！您當然能原諒我和引慰的？是嗎？回新開了幾次會，我變成兩面人，見了許多人都希望我立刻回去，新橋也很值得留戀的。在不久的將來，或許會轉到新橋另一單位工作的，總之，我的事是一切有主動可探，您可別念的！

此信到時，料您必已得葛副處長的鼎助而呈請調渝了！愛的！是嗎？祝您的成功而給您遙遠的熱吻！祗要您的呈文到渝總局時，我總可設法照准的，萬一無缺可補時，也一定可以做到遇缺優先調補的，潤！我靜待著您的佳音，我們必定此番可以全勝的。您也這樣想嗎？

許多親戚朋友是這樣的期望我們，但是這樣生活艱苦的現狀下，準備實在無從著手，我愛活動些，錢更是用的快和乾淨，我雖無嗜好，但許多應酬實已非低低的薪津所能維持，何況必要物品的購置呢？愛的！我倆可以說在精神上有共同的準備外，物質上是談不上的，您

說如何？現在勝利不遠，我們儘可酌量環境而隨時決定
的，好嗎？

　　重慶百物起碼比貴陽便宜三分之一，有的要到二分
之一。您有錢寄到重慶來，請克誠兄在百貨店的同鄉買
是最便宜的，否則您自己來渝後選購也好。呢和布可緩
購，我決可設法買便宜和較好的。黃惠之的事，人家急
著幹，並且是校長，她現在有事，以後再有機會替她介
紹好嗎？軼叔和敏月哥、長學甥都代問好。我剛返部，
急待做著旁的事，下信再談。敬以最至誠祝您的成功與
快樂！好吧！我倆來一個會心的熱吻！！

貽蓀上

五月廿五日，午後三時

　　廿八、廿九日要返新橋主持電影。附告。

致杜潤枰函（1945 年 5 月 26 日）

潤：

　　您二十二日快信接讀，愛的能考慮到許多方面，足
見做事謹慎細心，我是十分引慰的。但事到必行的時
候，祇有顧到大前提勇往邁進，何況一件事的得失，往
往會隨時間變遷呢。此次請調如果能得葛處長商妥，就
應該毅然而行，並速將貴州區局轉呈「總局的文號」、
「何日發出」，以最快方法告我，以便在總局人事室查
案辦理。至於最後如何，待之命運耳。必要時，郵政
工作都可放棄，何必講什麼「過不過」呢？潤！戀愛是
神聖和無條件的，為了滿足我們自由和幸福的人生自然
權利，我們得摧毀一切桎梏人們自由的名辭和虛偽招

牌，好！愛的也同意我的說法嗎？

祝您的幸福和我的快樂

愛上
五月廿六日，午

致杜潤枰函（1945 年 5 月 27 日）

親愛的潤：

我首先得安慰您，要把得失看得遠和看得寬，事之不如願，固十常八九，吾人耐煩以赴之，強毅以求之，終可有成也。今成否已移重慶，我當好好想法疏通後，再求進行，您可現在安心工作，靜待發展好了。您來渝用不到什麼準備，祗要有整齊清潔的條件即可，追逐在物慾觀念之下，不是有為青年的氣概。愛的！您也以為對嗎？關於其他適當工作，我也得留意，但決不強求，以還我自由的權利。您的一切，我倆商妥後辦理是可行的，現在可以十二分的安心現職。我要在近期中經常返新橋協助開展工作，一個人做著遠隔（二、三十里）兩地的工作，也許會少給愛的安慰的（廿八、廿九日返新橋）。潤！您得諒我的！謹以至誠祝福愛的愉快，祝禱您的晚安！我倆共有內心交織的相思和甜美的依戀！愛的！現在給您惺忪中一個熱吻！

貽於五月廿七日，深夜一時

致杜潤枰函（1945 年 5 月 30 日）

潤：

您的能寬慰，才是我的真正快慰，您的痛苦，則將

加深我的痛苦，愛的！您為了我的愛您而愛我，一切是
應該為愛而忍受而寬慰的您，知道上帝為人類而犧牲的
偉大嗎？我願您做我心裡的上帝，賜我幸福，您的一
切我同情而深解，我是您最可傾訴的可人，我願樂意的
聽您的敘述，像聽聖經裡的故事一樣。潤！您願再告訴
我嗎？葛飛是來信了，對我們的真誠是可佩服的，就是
這一點，也是自慰。這裡我決心繼續努力代愛去做，本
著合乎情理法的辦法去實現，同時，有較好的機會，也
正努力去求玉成。潤！歷盡甘苦方富於意義的，今天的
越多困難，也是我倆愛的越深越有價值。我現在的確很
忙，返新橋又是二天，此間則個人工作外，更要兼辦另
一個同事結婚積壓的工作，分在二處擔任著三個人的工
作，外加私事和應酬，愛的，總該知道我是如何的奮鬥
著了！好！告訴您一個喜訊，偉姊在本月十三日下午三
時半又產一男，身體康吉，廿四日就給我信了，我倆
得祝福他們！餘後敘，即祝愛的快樂，接受我撫慰而
甜睡！

貽蓀於重慶
五月卅日，晚七時
剛自新橋返部

軼叔、敏月哥均此敬候。
廿四、廿六兩音均讀。

致杜潤枰函（1945 年 5 月 31 日）
潤：

您廿八和廿九日來信均快讀，您的真誠無私一切為

了我，一切貢獻我，我除得到無限的愉慰外，祇有努力
我的職責，以副吾愛的熱切期望，愛的！相信有您的互
助和合作，不但我個人前途是光明幸福和遠大的，堅信
我倆共同的幸福與理想，也必可實現無疑。語云「吃盡
苦中苦，方為人上人」，有為的子弟皆從農村與貧寒之
家奮起，同樣，淑賢的女流，也必從賢母與磨折的環境
中養成，願我們忍受與記取有意義的創痛，作奮發有為
的自強，則衝破黑暗之日，即將是我們勝利與幸福的絕
對保障。愛的！「夫妻」應該是性愛與事業的互助體，
融樂的家庭與蓬勃的事業，創立在夫妻之間的精誠為一
體上，甘苦共嘗，患難相處，正像您願望的永遠在一塊
兒一樣。今日是我倆由認識而愛慕而傾愛而婚姻而事業
而永遠幸福的向光明大道邁進，長途是綿長的艱苦的，
我們必需以具備「松菊猶存」的堅勁精神。

您能向我傾訴您的內心一切愉樂與創痛，這就是您
能十二分的篤愛我，這是我最引為歡慰的！愛的！您既
以愛妻自期，那嗎！您今後一切都要向我訴述的，儘可
和將來想像的在甜美之中敘述一樣！潤！您能這樣的
講，我就能在會心的快樂中接受愛的賜予，使我倆精神
早在一起。

請調的事，我已寬慰您不必認真計較，這是給我們
奮鬥的啟示。經濟是身外之物，物之價值，在乎役物的
人如何運用，我們能超脫經濟外來的侵迫即足自存，何
苦為追逐物慾而心勞神困呢？「用錢」祇要自己認為精
神舒暢和營養需要，這是絕對不能吝嗇的，健康的身體
最重要，您為愛我而更應保重玉體。潤！您準備以您的

精神愛護我嗎？那嗎？您必得有健美的體魄，才能適應
家庭對您的要求，愛的！您必早如此打算的！此間請調
待洽妥後告您，您可安心的待著！愛的！我倆要傲翱於
實際之上，請上帝賜我們天賦的自由權利！！

　　我的月亮，我將神遊於您月宮之中！！

貽上

五月卅一日，午

　　哲文等來訪，我適返新橋，殊悵！乞代致謝，暇或
來訪也。

　　雨蒼伯、軼叔、敏月哥均候！

　　桐哥得一娃兒，偉姊於十三日臨盆，廿四日即執筆
寫信告我，可喜可慶，您們可去信賀也。

致杜潤枰函（1945 年 6 月 1 日）

潤：

　　兩天沒接您來信，念念！我因許多事侵擾，也少給您信。關於您請調的事，我決心作最後的努力試求。潤！我們要深切的認識，您的請調不能順利達到目的，就是您郵政的健全，人事上軌道，萬一失敗，也算是我們自己不守法的結果，成功則祇可算僥倖。愛的！我們不是希望從我們手中建立起合理的社會與寧靜的世界嗎？愛的！在艱難時在困頓時能撐持、能慰勉、能奮鬥，才真正是我們愛的偉大，是嗎？我過去願在您艱苦時以一個同鄉的關係篤愛您，並願您來渝亦同意，而您也能發生同聲的共鳴，愛的！我們不是以此建立了超越一切的基礎嗎？以後，我們不是無條件的以一切相互貢獻而傾愛了嗎？潤！我堅信這樣的時代青年男女是前途光明和幸福的，勝利已是不遠，我們一切可以自傲，我們可以自信勝利必屬於吾人。附寄報告貳件，用印後即快信寄我備用，最好並附寄信封二個，加蓋戳記。愛的！偉大的愛已更充實了我的力量！我將在愛的撫慰中更堅強！祝您快樂！

貽蓀手上

六、一

於重慶

敏月哥均此。

長學甥會識字了嗎？又要寫圖畫字他識？

致杜潤枰函（1945 年 6 月 1 日）

潤：

我想過去家中劃用一部分錢是不可能的了，但老實像我倆毫無積儲亦非辦法。今擬在雙十節前完成我們拾萬元積儲計劃，即每月吾人以平均積儲貳萬元為原則，自六月份起迄十月份共得拾萬元，此款並請緝熙伯在華僑銀行以一分利（或八厘）放款，自本月份起即可實行，您同意嗎？我倆餘的錢就隨時添購必需物品，但求合用整潔即可矣。至營養與應酬所需，則仍當較裕，以免使精神受窘也。吾愛之意如何。盼即愛示共遵。

貽上

六月一日

果切實實行，則至十月份已將本利拮餘萬元矣。

致杜潤枰函（1945 年 6 月 5 日）

潤：

六月一日的信在四日就讀到，真是快極慰極！您表兄龍安的信寫得很詳細，得以部份的知道了祝塘情形，家鄉的陷於水深火熱之中，實在更使流浪的遊子朝夕懸念。父親的迭遭敵偽摧殘凌辱，更加深了我們的敵愾之心，誓為效忠抗戰而奮鬥！

您給我無上的溫慰愉快！這是我最引為快的！您給我了幸福與事業美滿的啟示。潤！我未來一切的成就，一半將是屬於我愛妻的，願我倆共同的慰勉與奮勵！

昨天您的好友琦鈺和素琴來晤，我非常快樂，我就像您也在一起！凌說，你們的同學快全部來渝了，她們

熱切的盼望您能早來，以便打算召開您們的同學會哩。愛的！您沒有能早日來渝，我得向您抱歉！她們上午就來一次，因為我赴城送被公共汽車輾死的那位科長，剛巧半整天沒回來，下午四時左右，總算見面了。凌會講話，我陪她們到一家冷飲店吃鮮橘水，和談了許多天。她們問潤妹的好！並詢我們通信一星期幾次。我說，佩服您們的妹妹，信多少您們會知道的，是嗎？

　　雨衣如有合適的可以代購。來款可以在一星期後提取。在重慶購物一般皆較便宜些，但此物從什麼地方進口，關係也很大。克誠兄前代購衣料很好，那家百貨店有祝塘人在裡面，購物特別便宜的，昨天臨時忘了剪角呢，能原諒嗎？愛的！您所需的東西，能來渝後自己選擇是理想的，因為這樣才能各方面配合的選購。

　　偉姊處可去信道賀。月姊要請注意健康，敏哥的見解也對，還是讓這次試驗後再說吧。餘後敘，即祝

快樂！

貽蓀上

六、五

重慶

您的表兄嫂可代候，通信處呢？可告我？

致杜潤枰函（1945 年 6 月 6 日）

潤：

　　您六月一日自晨至晚的三封愛音都快讀了，您好像已不能再這樣的遠離我，您也就好像已慰貼的在我身邊。潤！您熱愛的熱潮，似乎已達萬馬奔騰的境地，是

嗎？好！讓我倆縱情的愛著！戀著！自由與幸福就在不遠了！！

關於您請調的事，寄您的二個報告可以趕快用印後寄上，這辦法是葛飛先生寫信告我照辦的，那也同另外朋友商量過，雖無絕對的把握，但總有幾分希望，我想等這一回試的成績如何，您的意思可好。敏哥的主張以後很可照辦，但先來渝總要吵鬧朋友或親戚，我總想謀定後動，一定安擺較好！

雨衣在重慶的確沒有貴陽的需要，您可來渝後選購，白竹布可改日來款取出後到城裡同克誠兄去買的，有便可以帶上，但要看有無好機會而定的。

您的學友凌、孟文、素琴、哲文等時常通信嗎？切莫為了我忘寫信啦。過去哲文的錢，就轉送凌和素琴等零用算吧！姊妹們應該多多親密的保持連繫。

今日託飛安徽立煌的朋友帶皖發了一封家信，心裡比較快樂。

愛的！接受您的熱吻，願今宵在甜愛中……祝您快樂

　　　　　　　　　　　　貽上
　　　　　　　　　　　六、六晨
　　　　　　　　　　　　重慶

六、二來信於午時收到。我感到無限的溫慰！！又及。

致杜潤枰函（1945 年 6 月 8 日）

潤：

二日及四日來信均快讀，您的一切為了我，我將怎

樣愛慰您呢？好！願您能早日來渝，將我唯一的精神完
全寄託給您，由您慰撫！由您愛撫！我們從艱苦中創立
起自由的樂園，開闢事業邁進的大道。假使有機會，
更希望能有您的至友一二，也同我的至友攜手，我們共
同開始小家庭理想的實驗。至於您的工作請調問題，一
日寄您的報告，可以用印後寄來再試，總局也許可以邀
准，我們可以試試再說。前次貴陽局的歐陽華調渝，也
是碰巧的。關於我的工作問題，在不久中組部改組時，
我決定要脫離的，我喜歡郊居的幽靜與衛生，也許要設
法到新橋後勤總部的其他單位工作，何況那裡有許多老
朋友呢，我的事如順利成功時，很想您辭職不幹郵政到
新橋小學執教，我總認小教是女同志最好的的事業和職
業，也適宜於婚後，八小時呆板的辦公會使您們失掉活
潑，那裡有和小朋友一起的心情舒暢呢，何況打折扣的
辦公更糟的。小教有暑寒假休息，上課外可在家料裡亦
方便，課卷則我也可代改為娛。所以，下學期我理想是
我倆都到新橋做事，願上帝賜福於有情人，願我倆有共
同的意志奮鬥！即祝快樂。

貽蓀上

六、八

致杜潤枰函（1945 年 6 月 10 日）

潤：

　　來信及附件均讀，近日重慶奇熱異常，已至不能辦
公之程度，久居郊外的我，首次到城市過夏，至以為
苦。囑事當一一照辦，但以奇熱懶於東跑西走，人情亦

然，故我視環境之有利時進行之。我以此間工作欠興
趣，說不定短期內亦擬異動也。前寄二報告似可寄回備
用，以恐寄此二份繕錯時用之。呈文無何重要，能事前
疏通則那裡看此也。仲兄或係祝小低班同學，暇擬去
信，但通信處仍盼告我。敏哥能來渝，甚好，吾等可作
秋中相晤之計畫也。來渝結婚壹節，我毫無意見，但求
吾愛之樂願如何耳。餘後敘，即祝

快樂

　　　　　　　　　　　　　　　　　　　貽蓀上

　　　　　　　　　　　　　　　　　　　六、十

致杜潤枰函（1945 年 6 月 12 日）

潤：

　　近日少給您信，因為有許多事擾著的原因。您是最
能瞭解和溫慰我的，一切望為我而快慰而愉快。

　　十日參加了江蘇青年協會的月會，認識了許多青年
有為同鄉。十一日擔任公祭謝故科長的收件組組長，整
整忙了一日，到主祭的有本黨先進邵力子、陳立夫、余
井塘、馬超俊、彭學沛先生等，備極哀榮。

　　晚上應馬先生元放之請，在國泰大戲院看「威爾遜
總統傳」名片。此次是許多青年朋友替先生競選中委的
酬勞，也是參觀美國的選舉情形，實在富有特別意思。
美國精神是為正義、為和平、為自由，實在偉大無比。

　　中組部就要換部長，克誠處也換了廠長，六代會後
中樞要變動，我們較納悶。至於愛的請調事，仍在進行
中，有了確實消息再告訴您。愛的！端五節是祇能飛越

關山，以精神陪著您快樂了！願中秋能在月圓中團敘。

專此即祝

快樂！

貽上

六、十二

敏月哥及長學甥均好！

我明日午後到新橋去過節。

匯錢午前取出，布價即問後告，但必較便宜無疑。

致杜潤枰函（1945年6月13日）

潤：

今即刻要到新橋去過端節了，我念著您，我想著和您一塊兒過節的快樂，所以還得給您講幾句話，祝您端節快樂！我相信您們是最熱鬧的，因為軼叔也在筑地呀！

日前加洗了我倆合影叁張，今附寄您貳張，愛的，當您看到那時我倆心中的樂意，您是可以想像未來的光明與幸福，我倆是將最甜密和快樂的。這貳張照片，您可贈與您最知己的同學或朋友的。潤！這是至高無上的精神贈予，我認為最富價值，恰像我們精神上高度的愛慕和結合。好！祝您

快樂

貽蓀上

六、十三日，端午前一日

致杜潤枰函（1945 年 6 月 15 日）

潤：

我是十三日下午趕回新橋過端五節的，十四日在新橋過節，擬十五日即刻晚班車趕回部中，剩此餘暇，再在新橋寫您一信吧！

此次返新橋過節，在翁先生家中當然祇是快樂的，但原來的特別黨部忽然發生「做生意」案，牽涉甚大，原來我的科長現任李秘書敬伯，以負責人關係，頗遭各方不諒，因此很傷腦筋。此事原屬幾位不爭氣的老同事做生意違法，結果牽連秘書受過免職，實在非常痛心。用人失當與失察，實堪嚴重注意！

我以新橋特黨部曾費一番心血經營，在工作上稍植基礎，一旦如斯，李科長下台，內心非常痛心。另一方面，人事關係在現今官場最為重要，否則遭人暗算，甚易隨時倒霉也。故吾人除做事謹慎外，看到現社會之鬥爭之烈與無情，實堪惕勵！

好吧！返部後快讀愛音後再寫，祝您

佳節愉快！

貽蓀上
六、十五，午後四時
新橋

敏月哥均此。

致杜潤枰函（1945 年 6 月 16 日）

潤：

六月九日來信於十五日收到，您少給我信的時候，

也正是我少給您信的時候，這原因，當然是為了大家忙，各人有著紛擾的心緒，您說是嗎？但，愛的！互助的溫慰才是我們應該的，您說是嗎？能由愛的早來重慶，賜我無上愛慰，也由我賜予愛的無上慰情，這當然是最理想而最切盼的，何況您的同學們也都來重慶了。無奈郵政是太上軌道了，曾和一位儲匯局的保險部人事科長談了，委實困難太多，然郵政的確就好在這裡，我們的希望要雙重的實現，所以一時不易辦到了。關於請調的事，我會在這裡嘗試後告您的，愛的，也別為此生氣吧！

我近期稍咳嗽，新橋的意外事端又很為科長抱憾，重慶的各部會首長恐有大調動，公務員既窮，又日夕在不安定的情勢下過日子，所以，精神比較的不舒快。重慶的驟熱驟冷，霍亂流行，也使我懶得動。愛的！天時炎熱，盼望您能特別保重身體。潤！祝您晚安！

貽上
六、十六日
重慶

凌和李有朋友嗎？我有住常州的老友，很想物色一位湖南的女友哩！

致杜潤枰函（1945 年 6 月 18 日）

潤妹如晤：

九日來信後迄未得來信，至以為念。天時炎熱，酷暑之中，您為工作而辛勤而奔走，實在系念萬分。為了防止時疫的傳染，盼您能早打防疫針，並勿飲一切危險

的飲食。這樣也許可稍釋遠念的。重慶霍亂流行甚劇，我除預防外，祇有少出門走路而已。

囑事請調壹節，以曾主任不易見面，已請同鄉（交部）沈專員光示先生代為轉請鼎力辦理，詳情如何，容後告可也。白竹布重慶八百八十元壹尺，我以一時不易帶筑，也就未購。假使到同鄉馮龍章那裡購，還可便宜些哩。我以月初曾以萬元囑克誠代購被單壹條，故返新橋過節，就將匯款化了伍千元，餘款為了貫澈我倆年內積儲拾萬元之計劃，先送緝熙伯伍千元以下決心，您同意嗎？潤！老實說，我的收入僅足我的應酬日用而已，所以要積儲，就得下十二萬分的決心，您呢？我知道女同志費用不會比我們少的！所以祇希望共同合理積儲而已！餘後敘，祝您

快樂！

貽蓀上

六、十八

重慶

致徐敏生、王月芳函（1945 年 6 月 18 日）

敏月哥：

潤妹在筑，一再清擾您們，內心非常感激之至，許多小的事情，還要您的操心代謀，厚愛我們之深，不知來日將何以圖報。郵政的工作，以女同志的工作講，實在比較的妥而好，所以在潤妹和許多朋友主張不放棄的原則下，我也同意設法請調的，但那裡知道這樣的困難，曲折而多手續，固然好處就在這裡，但也夠傷神

了。現在已進行最後一次的逕向總局請調，成功與否，
仍無把握，祇有聽天命與盡人事而已。潤妹或許心急而
煩悶，可緩慰其天下事不如人意者固多，吾人能自食其
力，無憂無慮，亦足自慰矣。天時炎熱，各地疾疫流
行，尚祈注意特別珍重為禱。專此即頌
儷安

貽蓀上
六、十八日
重慶

端節在候學處過的，很好，軼叔在您家過節嗎？

致杜潤枰函（1945 年 6 月 20 日）

潤：

自九日來信後，迄未得愛音，至以為念。今晨部傳
達送信到科，又不見來信，更以為念。前得九日信亦屬
字跡潦草不寧，何心緒之不寧。近來天時炎熱，氣候失
調，務望吾愛特別注重玉體之保養，此點以月敏哥及您
皆曾習醫，諒能及早留意，但總盼能多加珍攝也。渝市
近日霍亂虎疫傳染甚劇，勢且猖獗，故我亦倍加留意，
避免出外等等傳染可能，但吾愛每日在烈日下尚欲上
班，實至可慮。故除防疫針外，時疫藥品，亦盼隨身攜
帶，午飯能在較近同事家中亦可。餘後敘，即祝
快樂

貽上
六月廿日，晨

致杜潤枰函（1945 年 6 月 21 日）

潤：

自端五節由新橋返部接讀九日愛書後，迄未得賜愛音，至為懸念且急矣。是否臥病？念念不置。自我倆別後通信迄今，從未有十二日未接愛音如今天者，能不焦然！即使稍有不適，亦應速請敏月哥來信或來電釋念也。如明午前再不能得讀愛音，即快電詢近況。余至願能於晚前得讀來音為慰，願吾愛賜我慰藉，不禁祝禱上帝矣。

調渝工作壹節，已竭力進行之中，刻已將繕就報告面陳交通部陳參事大經設法轉送郵政總局核辦，陳參事一俟有成後，即可通知我，而快電吾愛矣。近旬究因何故不賜愛音，是否臥病而免我焦急耶？抑我有何開罪於吾愛耶？余恨不能飛身於吾愛之前，盡訴衷腸，重溫南明之樂矣。願以虔誠謹祝吾愛健樂！願以精誠飛臨吾愛之側而共歡樂！！

貽上

六、廿一，午後四時

致杜潤枰函（1945 年 6 月 22 日）

潤：

在切盼中得讀十七日來信，稍以為慰。您自九日迄十七日共九日中未來信，我正念念不置之矣。來信稱「心緒紛雜」和「有不給信的苦衷」，愛的究有何不快的事呢？愛的！是否請調不能順利嗎？那麼說不定此次就可以成功了。是否急著來渝嗎？那麼祗要您願意，就

是調不成也可在年內來渝的。是否相思為苦嗎？那麼愛
的最快樂就在相思之中和相戀之中，您想想著就可領會
了。是否在筑單獨為苦嗎？那麼除了我以外，恐再也找
不到敏月哥的厚愛了吧！何況我精神已屬於您的。是
否為物慾所迫而苦嗎？那麼就失掉了人的精神快樂與
意義了。是否為結婚苦嗎？那麼，苦就是甜，在我們
運用神秘而已。下次談。祝愛的健樂！祝愛的心地寬
暢！愉快！

貽蓀上
六、廿二日，午

有人叫我到資委會對外貿易事務所任科員工作，這
樣生活也許較好，但和我理想遠了，您贊成嗎？

昨天有快信敏哥詢您近況，我怕您病了呀！

祝塘旅外同鄉情形，正調查中，暇可設法印一
全份。

致杜潤枰函（1945 年 6 月 23 日）

潤：

六、十七日賜書快慰接讀，今後盼多賜我來音，但
勿必多而長，能簡雅即足矣。

萬事當不如意時，可反求諸己，如果本身心寬意
平，即足化怨為而養身之恕矣。

花溪之遊樂乎？如果以子陪之同遊者神而遊之，其
樂必無窮也。得與知己促膝暢談，為人生樂事，與書華
之晤，快否？

廿六日赴小龍坎參加同學婚禮，或擬便晤哲文同學

也。請調報告面謁陳參事轉總局，諒可必成矣。餘後
談，即祝

健樂！！

> 貽蓀手上
>
> 六月廿三日

　　余正擬草擬江陰善後救濟各項參考資料一文，以供
善後救濟總署之參考，故先以短札慰之。

致杜潤枰函（1945 年 6 月 27 日）

潤：

　　十九日賜書接讀，您的多愁善感，的確使我十二萬
分的不安，您心中好似有千言萬語要向我訴述，但您畢
竟沒有像過去一樣爽直的告訴我。潤：您不是以我為您
唯一的知己嗎？您的一切，您不是誓誠的貢獻我嗎？
雖然我倆要保持聖潔到花好月圓的時候，但精神上早該
是結合為一的，何況我們的心，已從詩意的密吻中交
換，或說從那時已永結了同心呢。愛的！我們不是曾熱
烈的討論過「真」與「誠」嗎？也不是討論過「真」與
「善」、「美」嗎？我們對於現社會的一切，也不是嚴
厲的檢討過和透視過嗎？如此，我們應該可以過渡到真
實性的環境裡來奮鬥了，我們用不到再徘徊於理想之
門，用不到再為現實的黑暗而苦悶，在認識已相當的清
楚之時候，我們是應該由認識而產生力量，產生信仰，
然後為貫澈而不惜奮鬥去達成它，荊棘與艱苦，失敗與
成功，甘苦或患難，原是無定論的，我倆應該不是宿命
論者，而盡付於天命，那麼「人定勝天」，黑暗阻不住

光明，人終也會飛上天去，也會橫渡大洋，我倆就決沒有恢心自萎的理由！愛的！潤妹！您不是從艱苦中長成的嗎？從困危中苦鬥的嗎？從黑暗中走向光明的嗎？您既有過去的英勇巾幗精神和勝利的教訓，為什麼今天已無勇氣克服現實呢？潤！整個世界是鬥爭的，達爾文的天演論也說「適者生存」，拭目今日世界，從烽火中才能爭取和平正義，獲得國家的獨立自由！所以，我得向愛的提出追求光明與幸福的信號，那就是積極！進取！苦鬥！樂觀！心廣！活潑！否則，專從消極！退卻！畏難！悲觀！善愁！憂悶！上去苦思，自己已解除了精神上的武裝，請問有什麼力量向萬惡的現實鬥爭，既不能鬥爭，也就無從適應，祇有日趨毀滅之途而已！愛的！我敬佩而摯愛的妹妹！願您發奮過去的精神，針對現實做幸福的鬥爭，時時養得一團活潑心境，我倆要以自力自強奮鬥出來的光明與幸福而自慰。昨天是一位同學在小龍坎舉行婚禮，我去參加了，並被邀擔任了破天荒的儐相，潤！您試想我心中是如何樂意！您說？大家要吵新房，一直挨到九時半動身返渝，新娘可不好當哩！如何？唱歌是必要的一幕，「我的太陽」可以唱熟的。返部已十二時，在樂意的濃興中安睡到天明。您相信嗎？便道先到土灣看哲文，整個上午是和哲文漫談著天，您的老友，您的姊妹們使我看到了格外親愛，哲文對您認識得特別清楚，也許四年共同生活的艱苦使然，她對您的關切、愛護、坦誠，我加深了對您的更愛慕與懷念，許多地方哲文將您介紹我，也使我更瞭解您的生活——因為我倆究還沒有生活在一起——愛的！我一口氣拉雜

寫到此地，這許多話是隨心寫出來的，您願意聽嗎？
潤！人云相知，貴相知心，我是最歡喜聽自然的心聲
的，願愛的能奔放無拘的自由地告我心聲！祝您快樂！
祝您健美！

　　　　　　　　　　　　　　　　　　　貽蓀上
　　　　　　　　　　　　　　　六、廿七日，晨

致杜潤枰函（1945 年 6 月 28 日）

潤妹：

　　自我和哲文漫談一次後，許多地方使我加深了對您
的瞭解，也加深了相念，我深切的體念到您有富而豐的
感情，我也擔心您感情的不易正常得到安慰而煩悶，尤
其是我遠離您和您的老友遠離的現狀下，我擔心您在這
樣境遇裡會變得孤獨，更多自感的抑鬱，是嗎？我開始
為親愛的妹妹惦念著！想到這裡，我希望著這次由我面
謁交部陳參事大經先生，請伊轉送郵政總局的那個請調
報告能立刻成功，這樣，愛的就可在一、二月中投到愛
的懷裡，讓我們自由的愛著，享受我們自由的樂趣和一
切愛的情趣，我也像您一樣的願望，能使您早日得到心
靈的自由呼吸，尤其像您有豐富感情的可人兒，我深知
是不可太久抑的，必得讓您自由地奔放，祇有這樣您才
能更健美！身心愉快而活潑！潤！我相信陳先生幫忙是
可以成功的！讓我們靜候上帝賜予幸福吧！

　　剛在到三民主義青年團中央團部聽青年講座，主講
是吳文藻先生，他是江陰夏港人，冰心女士的丈夫，為
現代社會學專家，曾留學美國六年，並三度遊歐美各

國，此次剛從太平洋學會開會返國，講題「美國的精
神」，他說明美國精神就是青年精神——因他是近代最
年青的國家和民族，代表著最年青的思想和作風——分
析為自由精神（民主政治）、拓荒精神（工業化之原動
力）、人道精神（和平與正義及為平民的精神）、實驗
精神（科學）。他根據美國的歷史，日常生活、政治、
經濟、資本主義、科學、文化來引證說明，一點沒有杜
造而實在是這樣的，實在足為我們青年中國的中國青
年效法。潤！愛的！願我倆以自由的拓荒精神創造理
想，以人道的服務精神去為人類的永久和平而作實驗
的努力。愛的！祝您晚安！願您儲備起豐富的感情待
愛的發掘！

貽蓀上

六、廿八，晚十時

致杜潤枰函（1945 年 6 月 29 日）

潤：

廿五日賜音得讀為快，愛的快樂就是我的快樂，愛
的痛苦就是我的痛苦，愛的！我們精神上早已結合為
一，精神上的甘苦，我們是一致的，從此次愛的有許多
煩悶不寧，直接也使我為之不寧，不是一個顯然的例證
嗎？潤：願相愛的相互至誠的為愛的真實追求而相敬相
諒，一切的快樂與痛苦，也坦誠的共同享受與分擔，從
精神上現在開始這樣，從生活中將來也必然這樣，我倆
要堅強自信！！

愛的懷念家庭，我也寄於無限同感，但丟在外面的

畢竟是偉大的妹妹，而不是被抗戰遺棄的妹妹呀！愛的！我們要正視抗戰與流亡給我們的磨練與成就，不應偏面的計較所遭遇的苦難和孤零，潤！在您愛的偉大享受中，除了永逝的母愛外，難道還有更超越我的愛嗎？何況妻愛有時會超越母愛呢？您不能從我得到愛的潤澤滋養，該是愛的過錯？願受上帝的處分，更願接受愛的痛苦，一切由我承受！祝您得到愛的溫慰！！

貽上

六、廿九

致王月芳、杜潤枰函（1945 年 6 月 30 日）

月姊、潤妹如晤：

　　我最先得向您倆抱歉，您們是如何的愛護我，賜我了無上的幸福與安慰，但我並不能十分的完滿的來答謝和承受您倆美意，有時更懶得少給您倆信，或許僅寫了些並不是中肯的話，這樣，對於潤妹一年來賜我的熱切的愛慰，和期望我的殷切的願望，我僅單獨的自我的享受，而並不能以相等的愛慰賜予愛的對方，這坦誠與爽直的自我檢討與反省，今日我願向您倆承認，更願向潤妹深致歉意，並祈求原諒和寬恕，潤妹也許因此感到起伏的不寧，也增了月姊的掛念，是不是？

　　我自從今年後勤部改組後，奉調到中央黨部組織部工作，以迄目前為止，我得告訴您倆的是「半年來在不寧靜中工作」，一、二月份是鬧著後勤部改組，三、四月份是鬧著工作選擇與適應新環境，五、六月份是鬧著仍返後勤部與整個轉業問題。當然，潤妹能先後曉然

的。裡面夾著潤妹的請調問題，我的社交活動問題，分別使我生活失去了平衡的調節，有時更會生出許多煩惱。當然，潤妹也能體味到的。因此，除感謝潤妹給我最大的愛慰與月姊最大的安慰外，我自己找不到能自我安慰的地方。老實說，給潤妹溫愛的精神被分掉了許多，自己整個半年沒讀一本好書，工作也在敷衍狀態下拖著。雖說，我沒有名利之私，更沒夢想升官發財，但在不寧靜的生活中，對於一切興趣的減低和納悶，必然是心理與生活的現象。我想像也許潤妹在去年沒進郵局前和在失學後的段落中，或許有更比我不寧靜的現實教訓。但，新希望會隨時降臨，何必自苦太甚，所以我願堅忍著一切，相信您倆也能同情和同意我的看法。

對於「愛」的看法，我不太喜歡「神」化，我卻喜「愛」的能真實的「誠」化，除了必要的「愛」的序曲必得演奏外，我也不太喜歡「愛」的插曲，所以，我堅決認為必需剷除「戀愛」過程中的虛偽與猜疑，在愛的過程中，跡近於這二點的行為與思想，我是放棄採用與無暇顧及的。月姊諒能較深刻的認識我，潤妹也必能身受的感覺到。同時，我對於「家」的看法，我認為家的能否享受「權利」，基於能否負擔起對家的「義務」，假使負擔不起對「家」的最低義務，當然得不到「家」的真實幸福，更進而會加害於社會、兒女和國家。上面的看法，也許是偏面的，而且欠年青的，或許是較理智的；在一個熱情而豐富情感的的人，是不是會感到失望，也許同感，我是留著修正的地步，願和您們討論的。

　　我沒有能使潤妹充溢歡樂活躍的心靈！使愛的一直在單獨！並沒有能充份表示我關切！甚而從沒有答覆了愛的中心。我今日得部份的承受！抱歉！但上面也實在是我真實的自白。

　　愛的課題，我認為應該在下列條件下自然的解決的：愛的認識和瞭解是否深刻和一致了？愛的生活和要求是否便利和迫切了？愛的結合是否能保證義務必然獲得權利了？假使說愛的階段還停留在懷疑的苦悶中，愛的生活雖迫切而不能生活便利地在一起，也許對結合後的義務更不能自信，那麼，煩悶祗會使距離越遠的。明白的說起來，在具備首二個條件的時候，我願即刻進行結婚的準備，到了潤和我能自信婚後的幸福時，結婚進行曲就可演奏。推測的說起來，年內和明年新春是比較可能的，在抗戰期中結婚是最高的原則。日子嗎？雙十節、復興節、元旦、正月十五，都是我喜歡而容易紀念的佳期。潤妹！也如此設想嗎？月姊：您的看法如何？

　　但願我一切能為愛我的人所好，並願上帝早日賜福於我！！祝

快樂！！

　　　　　　　　　　您們篤愛的貽蓀敬上

　　　　　　　　　　六、卅，十二時

致杜潤枰函（1945年7月2日）

潤妹：

廿八日賜音接讀，愛的想到重慶來看我，基於愛的共同要求，我是絕對贊同而夢想的，您想對不？但您能請准假嗎？巨額的旅費和開支又如何？到渝後又居宿何處？最近重慶奇熱，遠非貴陽可比（凌和吳說的），到了華氏九十度啦，下午辦公停止還怕熱不願動，整日昏昏的懶懶許多呢。我不能怎樣提出向您忠誠的程度已到了極點，因為千言萬語，的確祇有在愛的接受中才能明白，和體會到，而今日是沒有在一起呀。我雖不能說一切為了您，但在我惟一祇有您的人，在您應該得到了最大的安慰——您確乎佔有了我，但我為了我倆的共同真實幸福和不負您的篤愛，我得努力我的工作和一切，仍將大部份精神貫注在其中呀。愛的，我相信您是明白的！瞭解我的！到重慶來或我到貴陽看您，假使此次請調不成，我們可以在秋季研究的。您能到陪都來玩，祇要我倆共同的條件許可，那是再好沒有，人生太嚴肅而不談享受，那也反對，何況像我倆這樣理想的一對，不乘時接受人生最甜密的幸福，也是太笨的。愛！您也是這樣打算而今日納悶吧！軼叔即來重慶，再好沒有了，您的話一切可以和他談談，以便他轉告我。另外一點，我得向您說說，也許您也早知道的，就是我的經濟現狀，一句話，我是自給自足，不負債也無積儲，二年來到重慶後竭力的節省，還沒有將自己弄得能敷衍門面，其他建設當然談不上，這樣談過度的應付巨額開支和組織家庭問題，所以我必得慎重再三，免得連累了您和戚

友呀！每月的收入是薪津壹萬貳仟元，代金陸千元，兩
共不到貳萬元。除伙食可有壹萬伍千元，我無嗜好，但
每日二個雞蛋要貳千元，零用和應酬起碼要叁仟元（其
實絕對不夠，送一次禮就要二、三千元，請一個朋友吃
早點就要一、二千元），餘的萬元，購衣祇可一件襯
衫，購鞋祇可一雙普通皮鞋，做衣服等是夢想呀！再沒
有不義的收入，可是要有意外開支。愛的！您能諒解在
重慶一個奉公守法的公務員的苦嗎？所以，要建築在清
白、純潔、熱血的青年身上的愛情也好，生活也好，它
是痛苦與快樂相等的！這話我告訴您不過是使您明白生
活的現況之一而已。相反，重慶人有本領的也有，享受
的也比比皆是，但像我一樣的人，也是大多數，愛的！
老實說，要我今日招待一位貴賓，我是一口也無辦法
的！寫到這裡，同仁催著到中央團部聽周鯁生先生演
講，留著下次再談吧。祝
快樂！

貽蔯上
七、二

敏月哥均此問好。

致杜潤枰函（1945 年 7 月 4 日）

潤：

卅日來信剛剛在清晨恬靜的幽思中得讀，少不得的
纏綿情意，使我神往！

我願軼叔來渝樂聚，讓他多帶些您的快樂我，稍釋
我心頭的重負，使我像和您樂聚一樣的快態！起碼精神

上是如此的！

我剛剛給交通部陳參事一封信，要他將前次請他轉送郵政總局的一個報告催辦，許多友人的看法，他能送到總局的話，應該是沒有問題的，因為他是機要室主任，部長手令要他寫呢？潤！願這次成功，您能緊接著軼叔來渝樂敘！讓我倆自由歡樂在青春的懷抱裡！像揚子江一般的澎湃！奔流！偉大！

貽於重慶

七、四，晨

哲文晤敘詳情已告您了。

致杜潤枰函（1945 年 7 月 5 日）

潤：

您第一九一號給我的愛音接讀了，也是您第十七個月給我的最末一次信。我昨晚在整理您開始給我的信的時候，您首次信是去年元月卅日寫的，一直編號整理著裝訂五冊，確乎洋洋大觀了。愛的！我認真要感謝上帝，給我倆了交換思想的機會，使我獲得了您這壹份愛的結晶的記錄，我將如何高興呀！

我翻閱著！吟味著！神往著！我曾陶醉在您特為慰勞我旅途困頓而寫的那篇輕鬆報告，您的愛！您的溫柔！您的體貼！我立刻感應到，我願愛的能多賜我精神快慰！奮鬥的同情！

潤！您的許多話，我都聽著和樂意的執行，但我不願向您開不兌現的支票，因為我倆祗是「真」與「誠」的流露和交換，我不能挾入「假」與「虛」的欺騙，雖

說「愛」有時需要它，但我倆是不必的呀！您說我沒同
情您！給您失望！失望的苦楚！我是完全否認的！潤！
我可以向您告慰的，我平生沒有像愛您一樣的給任何女
人效忠過，或者說，您是唯一的佔有我的女性，雖說戰
前表姊曾愛過我，但我確是在不願談此事的時候，所以
她失望了。反之，我確也很容易愛上許多女友，然為了
過去的慎重和近年您的篤愛，使我隔絕了任何女友，恐
怕就像凌和哲文一樣談過一次心的也根本沒有。潤！我
認為愛應該而且必然建築在「真實」上，否則什麼希望
終會失望的！苦楚會真的在後面！愛的！您說對不？
潤！我此地更要坦白告訴您一件事，就是曾文正公說的
「寡欲養精」，最近為了您的許多事，我心緒繚亂了，
甚而失眠而衝動，當然損害身體的，更會使性情失常，
我犯此而亟圖痛改，所以提起您的注意！潤！願我倆在
合理生活下早日自由，但在艱苦時期我倆必得堅忍和奮
鬥。祝您
快樂

貽蓀
七、五

致杜潤枰函（1945 年 7 月 7 日）

潤：

一日和三日來信均快讀，敏生哥信亦讀，至快慰。
您們的懷念我，實在使我萬分不安和自愧！我不能給您
和敏月哥以具體的希望，更是不安之至。幸愛的能忠誠
相諒，能共同在奮鬥中努力前途，引以為至慰。

關於您的來渝問題，我經再三考慮，和與克誠兄商談的結果，決俟重慶最炎熱的時候過去時，即請愛的來戰時陪都一遊，以償您的宿願，那時如總局能准調批下，則可整個來渝工作，並籌謀婚事，否則，亦可來渝一遊，並相機再向總局設法，同時向其他單位活動，余思決可有工作也。來渝後，擬與克誠兄夫婦同遊南泉，以無愧來後方參加戰時工作也。盼愛的即作此打算，稍籌旅費，擬議中約為八月中旬，屆時可在克誠兄家居宿，毫無困難矣。至於我的工作問題，此次中央組織部局部改組時，我決離此，現除資委會沈先生相邀外，刻中央團部柳克述先生（六政主任，現任中央委員，係陳部長秘書長）囑返伊處服務，今日已將資歷證件等送伊，由該處張秘書簽辦。如無問題，我將仍追隨柳先生工作，以償吾願。至傳聞柳先生有出任湖南民政廳長說，則尚在醞釀中。總之，中央團部成功時，決赴該處。至您則無論如何，以來渝一遊為原則，果來日赴湘時，仍可再圖調動也。我願愛輔助我事業之成功，我願愛能在我的有希望的望樂中經驗！接受我的撫愛，創造共同的幸福，抗戰第九年今日開始，願我倆以最英勇的姿態前進奮鬥，創造自由，創造幸福！願我倆不久的將來，能陶醉在南泉之遊！祝快樂！

　　　　　　　　　　　　　　　　　　貽蓀上

　　　　　　　　　　　　　卅四、七、七，午

來款提出後再說，或購白竹布，或暫儲也。

致杜潤枰函（1945 年 7 月 9 日）

潤妹：

近日重慶炎熱的很，清晨起來就是華氏八十五度，中午要到九○度，下午雖然停止辦公，但熱得簡直休息也乏力呢！剛在早點，也就利用最涼快的時候，給愛的寫上幾句，貴陽也悶熱嗎？真的話，可能使您涼快些的！

七七是八週年了，抗戰已開始走到第九年，勝利的形勢已創造了國家新生的局面和機會，在舊金山會議，我們不是成了泱泱大國嗎？所以，抗戰帶給了吾人沉痛的創傷，但更多賜予了我們未來國家的自由獨立，和個人的幸福與快樂！今後的世紀，祇要吾人繼續努力到勝利，到建國成功，全世界我們是可以昂首而行的，我們可以一吐百年來的積辱，這裡面，我們再不該為過去小小的痛苦而呻吟，我們祇可說代價還化的不夠本；尚應該積極從艱苦的奮鬥中尋求教訓，加強我們的勝利早日到來，我們得鼓舞、積極和邁進！潤！您說對嗎？同樣，抗戰給我倆的遭遇也夠痛苦和沉悶的！但長時期的壓抑，祇是助長了我們的努力奮鬥，衝破在黑暗裡的桎梏，使我倆早日得到勝利與幸福。愛的！您該試試回想，假使您隨爸爸回祝塘，今日該是怎樣的遭遇呀？還有前途的理想嗎？假使您經不起挫折，您還能有有今日獨立的生存自由嗎？我，何嘗不然。所以，過去的痛苦裡，我倆祇要記取教訓，用不到呻吟，人生是奮鬥的，歷盡千辛萬苦的耕耘，也方有歷史的追憶的美呀！目前，雖說戰爭剝奪了我倆青春可貴的愛的享受，但愛原

是精神的，並是永恆的，那麼，短時的相距，並沒有分割我們的精神，相反，會更堅固我們永恆的愛。潤！假使愛祇求慾的享受，那嗎？到了神秘揭破時，還有什麼意義呢？潤！假使愛祇求共同物質的享受，那麼？到了困迫的時候，還有什麼呢？潤！我們的愛必得循自然的發展而求美滿，必得循創造的積累而求永恆，那時，我倆能「真」誠的相互撫慰，得到至「善」的結合，進而共同建設我們理想完「美」的家庭與事業，這才是我倆愛的真正價值與使命所在。所以，今天的一切不如人意的遭遇，也像國家所遭遇的困難一樣，不足使吾人恢心、煩悶或痛苦？相反，我倆要更英勇地拿出當年英氣，更積極！更樂觀，雄邁的前進！潤！偉大而真實的愛是屬於我倆的！永恆與幸福的愛也必屬於我倆！願和您比翼高飛，衝破雲層而昇入幸福之宮！！祝您

健康！！

貽蓀
一九三四、七、九
重慶中組部

致杜潤枰函（1945 年 7 月 11 日）

潤：

　　六、七、八愛音快讀，亦慰亦憾。請調事由我進行，亦由我負責到底，您既愛我，則為愛而稍受委曲，諒內心亦不以為難受也。內容係與過去相互寄閱者大同小異，總以老母在渝及在筑局食宿不便為理由，至於說帖壹項，您絕對不必再呈，亦無此必要，好漢做事，過

去就算，此等事根本算不上什麼。原呈原擬逕送人事室曾副主任，嗣以同鄉沈專員意，以由陳參事大經轉較有把握，故乃於面謁陳參事時，請伊轉送郵總局者，刻伊尚無回示，容後再說。總之，吾愛目前可安心工作，請調則必堅持到底，如不成，俟機來渝再定大計可耳。我意為愛而能經挫折奮鬥，才能更有意義，更為甜密，英王尚能不惜王位以求愛，吾愛豈不能捨郵政工作乎？故可成則調可也，不成則決有機時來渝可耳。未審吾妹之意中為善否？

另一可告慰者，則為您雖不成，而我之新工作，則已成功矣。前告中央團部柳克述先生邀赴該處工作，刻已達到圓滿結果，並促能即日到職亦無妨，但我以此間正值結束之時，同仁皆趕辦結束之時，故擬稍緩延到八月一日到差。柳先生原擬出任湘民廳長，嗣以陳部長不允離渝，故暫勿去。故吾愛能來陪都，今後實較理想，而我追隨辭（陳部長）、劍（柳克述）二公之願，亦得償矣。潤！我們要牢記「花未全開，月未全圓」之句，天下事有不如意處，乃所以策勵吾人之努力耳，否則極盛之際，必趨衰矣。我倆能始終在困心衡慮之局面下互勵互督，則成功也必永且久矣。曾在八本有云「養生以少惱怒為本」，則尚至盼吾愛以我的成功而樂而慰。您則來渝之道固多，要在吾人再力謀可耳。餘後敘，即祝
快樂

貽蓀
七、十一

敏月哥均此一讀，並致候近安。

致杜潤枰函（1945 年 7 月 12 日）

潤：

　　剛剛到了上清寺提到來款壹萬伍千元，並到交通部訪同鄉沈專員詢他善後救濟一文印好沒有？（還沒印）對於請調不成有何看法？他說完全因為他們認為事情太小，所以忽略了，以後乾脆辭職在渝另謀也好，何況結婚後也是沒有精力再做事的，所以，我認為到了秋中，那時我已到中央團部安下心來，你就來好了，郵局能再試請調成功最好，否則另覓工作就是了。從交部返部，就讀到您的航快，我非常快慰，您的看法和主張，我都贊成，您可準備著在秋中來渝，我目前已代您多方設法另謀適當工作，以便那時留在重慶工作。我們的愛可以在自由中享受與滋長成熟，我們的婚事也可以慢慢商定，選擇我們最理想的佳期，完成我倆最神聖而愉快的一幕。潤！抗戰已給我們飽嘗艱苦，但深信抗戰的勝利，也必帶給我倆勝利與幸福！我對於愛的並不能給予一般人所必具的慰問，或餽贈，有時我也感不安的，但我確已將整個愛交給了您，那別的似乎可有可無的一切，在我忙於工作或限於經濟的時候，我就忽略了，這許多，我知道一般女性是喜歡男性慇勤的，但我相信我倆能超乎俗習的的氣息，真像您說的「我可貴的，就是您能毫無一般男性惡犯的習氣，你的真純，就是您給我的永遠幸福」。潤！您來信給我的最大快慰，就在這一點。您能真切的認識我，這就是我倆十八個月的成績，

也是永恆的愛的基礎與保障。潤！我可無愧對您的，也不過是這點而已！其他方面，也許並沒有使您得到愉快的安慰，我可向您保證，我過去這樣，現在這樣，將來亦必這樣，而深信我倆必可在這上面建築平實而幸福的愛和美滿的家庭。潤！我對您也如此觀，您是嗎？

　　關於婚事，我還有五點要開誠和您談談。第一是我自己還在傍徨的途中，事業與職業沒有固定方向，這樣，對於婚後我的事業和職業，會發生嚴重影響的，我倆幸福的創造，必然要依我為主的（恕我老實說），再加上您的共同努力，方可必成。我過去雖曾追隨柳克述先生（陳部長方面）和沈澤蒼先生（俞部長方面），但尚沒有堅固的歷史關係，我必得在穩定我的事業方向上最先努力，以求固定，此次能再到柳克述先生處服務，那末加上和陳部長的學生關係，二度的追隨，也許今後可以事業和職業可以穩定而平實了。第二，您始終在貴陽，空間的距離絕對不能使我們談立刻結婚的話，祗可大家有此準備，希望早日來渝，再事商量，何況您的請調，我知道也許困難的？重慶找事也未必容易，如果望之太切，而愈不成功，則必使我們大失望、大痛苦的！此次請調迭次不成，老實說，我倆就相當傷神了，您的受損失，我更不安！所以我祗希望您能早日來渝，婚事願放在後面面商，這比較實際些，你說對嗎？第三，我看清楚戰時生活的痛苦，尤其是主婦的痛苦，我早就決心不願您再為我而受痛苦，何況抗戰八年來的你，必須有時間休息和真實的安慰。這樣，我方可不愧對您，也不負早年您爸爸和哥哥囑我招應您的囑望，否則，戰時

男性為自私享受而愚弄女性的婚事太容易了，我自己呢？也是如此，八年的艱苦奮鬥，需要一個融樂的家來溫慰我，假使建立了一個一天到晚在生活線上掙扎的家，我將怎樣繼續奮鬥呢？第四，我倆要免家中父老兄弟姊妹的真真懷念，必得在可以過太平日子的現狀下結合，免使遠念，倍增不孝之罪戾，在外呢？桐哥兒女成群，我愧未能稍助一分力量，相反八年中他時常助了我，月姐對我倆的協助，您是知道了，我們將怎樣使他們安慰而勿累他們呢？朋友和親戚也是一樣，我們不可以累及友朋，且足告慰友朋才可，目前一般人結婚就可向友朋乘機借錢等等，甚而拖累友朋亦所不惜，我深恨此，故願我能不如此也。第五，我倆確實沒有經濟基礎，家中劃款不可能（不通），友朋借債則絕不可，故需要在自力更生下創造一切。我來渝二年，但此物價生活之高，棉力儉約，僅足個人維持。故無債亦無積儲，您呢？剛入社會，做人做事希望能較多閱歷，豐富您的一切，自己的一切服裝等類，也可逐步設法添置，如此，再能來渝共同工作，共同計劃，增強愛的認識和生活的一致要求。那時，水到渠成，基於愛與自然的要求，婚事當然能急遽的演進，能得到我倆天賦的快樂與甜美的生活！潤！您也認為我的觀法和認識對嗎？好！祝福您健樂！

貽蓀於重慶兩路口巴中中央組織部

卅四、七、十二

　　凌和哲文，看她們不十分方便，假使通信的話，怎樣稱呼為好？

　　哲文假使升學的話，她的青年團工作，您願幹嗎？願意的話，也許可以由您接替，那裡有郊外的幽美，環境尚佳。到中美也很近的，到城也頂方便的。

致杜潤枰函（1945 年7 月14 日）

潤：

　　九日晨發信接讀，您遭遇之痛苦，我所深知，亦同所深受也。歷盡艱難困苦，必能磨練一付銅筋鐵骨，則拂逆之來，得失之間，吾人今後愈能奮鬥刻苦矣。請調不成，是我倆預作如此算的，因為我們並沒有依法去做事，雖情理可無自愧，但必竟自有應得，吾人不宜怨天尤人，求之在我可耳。調不成，則秋中來渝可另設法，共同甘苦，共同奮鬥，祇要您所願者，我決全力為之。說帖您怎樣做多好，總之不想在貴陽幹了，也不必太計較它的，葛飛我同時有快信伊致謝，成不成無妨，對人仍宜客氣來致謝，不露絲毫不快之意。月敏哥近況不暢快之時，自己要處處謹慎，今後您可以胞姊視月姊，來日方長，吾倆當盡力有以圖效也。暇可多讀小說，以排解紛雜之思慮，胸襟總宜廣大，勿為小拂意而鬱鬱，潤！我倆是從艱苦中認識，從認識中互愛，願從艱苦的愛的奮鬥的求到至樂的幸福！祝您健樂！

貽蓀

七、十四

　　桐偉哥有信，近很好，常懷念您來渝否，已告決促您秋中來渝。

致杜潤枰函（1945 年 7 月 15 日）

潤：

　　您近來精神覺到苦悶嗎？我至以為念！請調的不成功，應該由我全盤負責，從這裡知道了完全靠人家實在危險而無把握的事，記得您枰哥說得好，「奮鬥才能生存」，依賴是絕對沒有出息的，雖說我們的企圖僥倖與依賴是合乎情理的，但總不是正當的辦法。我已決心現在起多方面設法代覓穩妥工作，總希望您能達到秋中來渝的目的，以便補償您過去一切的精神損失，為我支付出來的，我將完全償還給愛的！願我倆成功！！

　　我中央團部已可前赴到差，但為辦理此間結束及希望能領到資遣費，所以擬俟到八月初再說。中央團部環境較此間為佳，隔壁是中央圖書館可讀書。主任也是老長官，同事也是老同事，精神也總可愉快的！

　　關於您的其他工作，您自己願擔任些什麼，希望如何，不妨供我參考，以便接洽時之代作具體性接洽也。近期天雨較涼，但參政會空氣真熱！

　　餘後敘，即祝

愉快

貽蓀
七、十五，晚七時

致杜潤枰函（1945 年 7 月 18 日）

潤：

　　愛音快讀，長學甥生日，我不能在筑暢敘，僅能遙領精神之樂耳。但他日空運發達，則固可轉瞬一小時即

團敘也。重慶近三、四日來，陰雨連綿，炎暑頓消，午後又為停止辦公，故精神已較舒暢矣。至我以例為暑天稍瘦，故今年亦然耳。

請調壹事，眾以陳參事必有把握，所以試一為之，今伊尚未回示，恐亦以出乎意料的難覆耳。以情衡之，伊固應玉成也，至於創例壹節，亦吾倆愛史中之插曲，至可留念也。今其他方面，正從事活動中，吾愛可準備來渝之計，以便一旦有成，即電汝來渝也。相敘不遠，敬以至誠的心來接受您至愛之心，發出我倆生命史中最歡樂的共鳴！！祝您

快樂！

貽蓀上
七、十八，晨

敏生哥能來軍醫署跟林可勝先生工作，我認為比較前途遠大。或能請林先生設法介一筑地獨立單位亦可，如衛生材料廠庫之類。

致杜潤枰函（1945 年 7 月 20 日）

潤：

來信及款均收，兩路口比上清寺近貳分之一，我每次快信是到兩路口寄的，八月中到中央團部，到郵局更近了。隔壁是中央圖書館，面臨大江，那環境是優美的多，柳先生兼編審室主任，我就到編審室工作，精神諒可愉快，問題在業務是否勝任而已。這裡可以發遣散費，我很想領他一筆錢，做我們結婚的津貼，能否成功，要看運氣如何？昨天晚上清理照片，看了八年中奮

鬥的我，能有一個人得到另一個一人的合作奮鬥，實在
非常高興、快樂，你也是如此想嗎？您的工作，我已多
方進行中，祇要有工作機會時，決定您主動來渝，以便
享受我倆的愛的生活，您靜待著吧！好！下次再談，即
祝
近好

貽蓀上
七、廿，晨

敏月哥均候。

致杜潤枰函（1945 年 7 月 22 日）

敬愛的潤妹：

　　我得以至誠向愛的祝頌，我倆將謹擇於中華民國的
誕辰——雙十節——舉行聖靈的洗禮，同偉大而自由的
祖國一樣，展開歷史最光輝最美麗的一頁！！

　　潤！我明日上午就要到三民主義青年團中央團部編
審室報到了，那裡是我理想的事業開始的場所，相信我
能在生平崇敬的柳克述先生孕育中長成，我精神與事業
已得到良師的保佑，堅信我以一貫的努力幹去，成功是
必屬於我的，正像抗戰的必勝一樣。潤！今後的日子，
已是愛的祝頌說的我的事業的光明日子。愛的！您祝福
的，我也得給您歡樂的承受；讓我倆高歌，掀開中國新
生的日子——雙十節，就是我倆的佳期！！

　　潤！我倆在抗戰中奮鬥，我倆必得在抗戰期中得到
勝利的安慰！我倆更必得在戰時的首都，神聖的舉行我
倆的聖禮——重慶——它象徵中華民國重慶復興，開創

恢宏的國運。我倆必得在這裡留下人生最美滿、最甜
密、最快樂的史實,以充實我倆的生命光輝!!

潤!那時我將樂意的、赤裸裸的、毫無保留的賜您
我的精神源泉,讓愛的佔有我,讓愛的保護我;二年
來吾愛賜予的安慰!鼓勵!幸福!我將全部呈獻愛的
前面!潤!我倆將不再是個別的賜予,而是緊密的交
流!共同的耕耘、同患難甘苦的奮鬥,將產生我倆的
奇蹟!!

潤!愛的!敬愛的妹妹!您現在像我一樣的興奮
嗎?我倆的血好像要飛騰,我倆的心好像結在一起了!
願我的月亮早日和愛的太陽樂敘!我倆虛誠的祈禱上帝
賜福!!祝我倆
幸福!快樂!!

摯愛的貽上
34、7、22

愛的!潤!!我將補充述說許多話在下面,以供我
倆共同的研討和作切實的準備!!

第一,關於我倆的佳期,我昨天和克誠兄研討了許
久,不移的原則,是在戰時舉行,這樣才富於意義,才
有價值,那麼,在勝利即將到來的形勢中,我們必得在
最熱烈的場合中舉行,不要待武漢收復,大家散去,不
如理想的有至友參加。所以,覺得以雙十節是最好了,
您說對嗎?雙十節是中國最好的日子,我倆將有多麼榮
幸!否則,至遲在十一月十二日的國父誕辰日。

第二,關於地點,當然重慶最理想最有意義的了,
何況您尚沒有看過,原想您先來遊一次再說,但正像我

到貴陽一樣，您來了就舉行佳期不是更好嗎？潤！南明河畔是可戀的！但嘉陵江口的偉大，揚子江的浩然，不是更可戀嗎？讓我倆任性的陶醉！讓我倆真實享受人生樂趣，不是可以一洗八年來的勞苦嗎？我將愉悅的承受您最高最聖純的愛，來充實我的生命。

　　第三，關於您如何來渝：當然，最理想的是能夠調到重慶來服務，那是多安適的，可以不受時期的限制（交通部的朋友告我說，此次因為接洽欠週，所以弄不成功的，假使再來報告，一定可以想法照准的），否則，您在十月初請假一月，乾爽的請婚假，當然毫無問題，車子事前商妥，愛的四號能到，五日休息，六日到九日就可暢遊南溫泉和許多重慶名勝！十日婚禮，十一日休息，十二日以後到廿五日可以暢遊十日，快樂十日，讓我倆盡情地歡歌！！廿六日再返筑。

　　第四，關於經濟：以力求簡單而莊重的原則下使用，不必要而戰後不便移回的東西，一件也不購，盡量以必需的應用的置購！那麼，我準備十五萬，您則準備來去即可矣。

　　第五，關於房屋，最困難時則克誠處可讓一小間，否則很可能利用到同鄉的房屋，租用短時的。至於證婚可請柳先生，主婚可請華緝熙及翁思信，介紹人則黃貽清、克誠等皆可，客人以最知己的五、六十人吃西餐便可，收支當然可以相抵的。

貽又及

34、7、22

第一頁，請抄一份寄我！

來信仍寄中組部，此間工作兼著還沒辭。

敏月哥統此代候，並徵意見如何？

您更可問問表哥的意見如何？我近太忙，恕不另函。

愛的，想必是樂意承受的，但您更寶貴的意見，希望立刻告訴我！待您決定後，我將告訴桐哥呀。

致杜潤枰函（1945 年 7 月 24 日）

潤：

今天是第二天到這裡辦公，因為工作還沒有接收，枯坐得反悶起來呢？此間二分之一的同事是老同事，精神是頂愉慰的，至足告慰。下午仍回中組部辦公，食宿皆在中組部，那裡公事也照辦，並且保守機密，尚未正式公開，原因是希望那裡遣散，現在僅利用機會來此工作而已。信則不妨就寄中央團部編審室或中組部，我想的是在八月一日正式前來工作呢。

昨天給您的信快讀了嗎？您的意見如何？我是願意接納您的愛的，祗要您告訴我。近來忙，您可提供具體意見和辦法，可以嗎？祝您

快樂

貽蓀上

七、廿四

中央團部

您來信說，關於請調沒有枝節了，也安慰許多。此事因為郵政法規太嚴，和我仍未能盡萬分的努力，所以功敗垂成，以後，可以埋頭準備，再有機會，一定捉著

不放鬆，但近來精神分散的很，也是苦衷。連日參加不
同型的集會四整晚，雖能實習到許多民生的精神和結識
朋友，但我也委實累極！好！祝您晚安

七、廿四日，晚十二時
中組部

　　我倆所需最低之準備部份，可和月姐一商，然後
將您已準備或可能準備的告我，其餘我再計劃辦理。
好嗎？

致杜潤枰函（1945 年 7 月 26 日）

潤：

　　來信接讀，至以為慰。工作地點是否更換，總自己
決定可也。至於前談雙十佳期，如無意外困難，或擬屆
時吾妹來渝後行之。目前工作暫勿積極進行，有成時當
可看機會如何而定，總以徵得您最後同意後行之也。
現以午前在中團部辦公，午後在中組部辦公，兼以公私
應酬至繁，精神殊苦，天氣又復悶熱，效率尤不易提高
也，事務與心思蔚集，近頗有忙不開之勢，所幸精神至
佳耳。對雙十之事，盼能多與月姐商討提供辦法與必要
之準備事項，俾使與克誠兄等洽商也。希如時間許可，
或可購託帶筑。餘辭後敘，即祝

近好

貽蓀上
七、廿六

　　敏月哥均此。

致杜潤枰函（1945 年7 月27 日）

潤：

　　昨天和克誠兄與欽文伯談雙十佳期事，伊等均表贊同，如時間來不及，則贊成延至國父誕辰日期舉行。我對於籌備事宜決以大部份請克誠兄全力辦理，伊亦至樂竭力相助，以伊在渝較熟悉，必可經濟較多也。自目前起即以全力傾注於此，所有準備什物以「必不可少」與「有一分財力準備一分」為原則，其中我倆可有之物品，即可勿置，故目前吾愛處如有可充佳期用而勿必添置之衣物，可列表告我後，與克誠兄於商討中改置其他必需什物也。重慶熱極，昨夜迄中夜二時尚不能入睡，想貴陽較涼，吾愛深夜或仍擁被而眠也。餘後敘，即祝

幸福

　　　　　　　　　　　　　　　　　貽蓀上
　　　　　　　　　　　　　　　　　七、廿七

　　敏月哥均此。

致杜潤枰函（1945 年7 月27 日）

潤：

　　親愛的！！我要為我倆共同的幸福祝福！更為你即將到來戰時的首都祝福！達到你的願望祝福！！愛！天上實在祇有聖潔的愛可以使人欽佩，所以人們總是拜膜上帝！愛！天下也唯有聖潔的愛可以使人幸福，所以人們總是熱戀愛人！！愛創造了人類的理想；創造了人類的綿延；創造了人類的幸福；愛是值得我們歌頌而結合的。所以，為了我倆完滿的達成理想，去奮鬥，去創

造，我們必得選下良辰佳期！！

　　經過最大努力的收穫，才是最甜密而光榮的！愛！
您和我早已是深深體味的吧！我倆過去是這樣，您當然
還會記起我赴筑途中的情況，但勝利與愉快乃必屬於最
大努力者，所以，我倆在筑能領略人生初試的愛的溫
慰和愛的幸福！潤！甜蜜而神往的回憶，可以增強我們
的信心，願愛的此次能同我一樣英勇地來到陪都，來到
我的身邊，我倆要最歡樂的最幸福的開始我倆共同的理
想，從裡面尋求人生的真樂，從裡面創造人生的更偉大
的意義和事業！！

　　我已決定您不必在渝另謀工作──起碼是婚前──
這樣，您可在短短的二月半中靜心準備著一切，不再為
旁的事分心，我也是如此可以集中力量準備事宜，在婚
後能否請調或留渝工作，那可以慢慢想法的！因為大局
是很可能轉急的，那麼勝利會迫使我們自然在一起，一
起兒凱旋回家後再出來工作的！

　　重慶的物價在急劇地跳漲，從現在起，我將每一分
力量集中在必要的準備上，這樣，可以節省了許多錢和
臨時的困難，重慶有同鄉在百貨公司服務，買東西可以
不賺錢廉購，這是最經濟的！您必得添置的衣物，可以
告訴我計劃，以便早日注意分配。房子問題相當嚴重，
開始尋求解決方法，成功後即告您。家中信根本不通，
空時再寫信講一聲吧！但您的親戚處可徵問意見的！並
轉告我參考。

　　潤！您的結實而健美是最可愛的！這樣，您才能以
超人的精神來撫慰我！幫助我，免我內顧之分心！！我

的身體原是很強壯的，但戰後連年的奔波，的確太辛勤了身體，營養的不良，和過度的思慮，也是對我身體莫大的影響，但我深信「精神愈用則愈好」，所以在外表不太強壯的我而精神是最滿足的，這點，我自信和自慰，也可告慰於您，今後，您的愛撫之下，當然您會使我身體更好的，潤！我深信您是我唯一的保護者，唯一的愛護者，誠如您自許的「賢妻」，而我所期望的「再生的母親」！！

敏生哥能得到新局長的器重，這是十分欣慰的，這證明努力的代價是自然的發展，遲早可以收穫。愛的未能順利請調成功，老實說，您的努力工作也是主因，因為那一個主管，皆是喜歡把好部下不放的，更會想許多方法阻止您走的。像您說的許多規定，正如現在的法律，那裡十足十的行呢，前日看到郵局方面同事，談起來他們就說不是門面而已。我們能理想地在重慶建立起樂園，然後歡迎敏月哥來，這是最理想的，但要看我們的力量如何，是否能有機會找到一個合適的房子呀！

愛的！您有「有趣的事」告訴我嗎？是不是您曾做過甜蜜的夢了！理想不定是空想，祇要看我倆努力的程度如何？正如夢境的甜蜜，我倆是可以真正享受的，並且，會更真實而甜蜜的！潤！您說對不對？過去告訴我們，在我未到筑時，您的許多理想，也許會認作空想的，但必經的困難過去後，現實告訴您的，不是在筑過著甜蜜的理想嗎？不久的將來也是一樣，而且更現實呢！我們不再是兩地掛念，轉輾不能入睡，而是快樂的熱愛的擁吻呢！潤！理想是啟發我倆努力奮鬥，理想是

得到幸福的淵泉！願您投身在一個理想之夜甜睡！！

　　祝福

健美！！幸福！！快樂！！！

貽蓀於中組部辦公室

34、7、27，晚7時、20時

致杜潤枰函（1945 年 7 月 31 日）

潤：

　　七月二十三日快信接讀，董先生要您幫忙，您當然要義不容辭的助她的！「助人為快樂之本」，我也最喜歡在力量可能時幫助別人，並且，不一定要得到什麼代價，我深信自然有循環的道理，所倡「助人者人恆助之」，亦即「助人即自助」者，但您自己的精神和身體一定要特別保護，勿使過分疲勞為是，免我惦念！！

　　我在廿三日就到中央團部審編室報到，開始接收我份內的工作，兩地相距僅五分鐘時間的短距離，所以能住在中組部，和在中組部吃飯。此間以結束在即，我主辦人事部份，如草率了事，勢必影響各級同志甚重，故決在可能範圍內將自己工作完全做好，一直到結束為止，並擬在此間請求資遣，也許可以領一筆五、六萬元的資遣費，以充我們的婚費哩。中央團部是老長官、老同事多，精神和工作都快樂。您可勿必念我的！今後工作開始，也許能勝任愉快的！！

　　桐哥已來快信，贊成我們的婚事，現在我們就可開始積極準備，以一切力量集中到這理想上去，一定要實現我們的願望，使我倆任性的享受「愛」之樂！！

　　克誠兄他可以全力幫助我倆籌辦婚事，這是比較較大的幫助，祗要房子能解決，婚經費能按預計籌措，我想是雙十節可以實現美夢的！您呢？！

　　我即到中團部辦公，以後來信即寄兩浮支路中央團部編審室我收。上班了，下次再寫！祝您

快樂！！幸福！！

貽蓀上
1935、7、31

致杜潤枰函（1945 年 8 月 1 日）

潤：

　　二十七日來信快慰接讀，您的意見我決可接受，祗要我們英勇地去做，相信什麼困難也會克服的，潤！希望二月後的今日能樂敘！！

　　我倆決本最大努力籌備婚事，婚後也決以留渝為原則，您可準備一切！！早日再度和黃克誠兄會談準備事宜，根據詳細的儉約的估計如下：

三大原則：

A. 房子不另行自覓——暫時用二天旅館，然後搬到克誠兄處住一起，利用多餘的半間空房，如此則傢俱、伙俱、房租、頂金，皆可全免或減少，可省拾萬元。

B. 衣服不添製——我暫不為婚事添衣，為您則做必要的幾件衣服。

C. 儀式莊嚴而儉約——預備六十人至八十人左右參加的婚禮場面。

三大支出：

A. 購置什物：床上用什物——被二條（六萬）、枕（壹萬）、床（壹萬），室內佈置——一桌二椅（壹萬）、茶具（壹萬）、洗具（壹萬）、梳裝具（壹萬）——約計拾貳萬。

B. 當日開支：儀式（拍照等）——伍萬，酒賠貼——伍萬（包括雜支）——拾萬。

C. 衣服：您酌做結婚衣服——陸萬至捌萬元。合計最低款卅萬元。

籌措原則：

A. 自籌：在十月以前，可能設法自籌拾萬元。

B. 桐哥：擬伍萬元，其他友人伍萬人。

C. 家中劃用拾萬元（接洽中）。

自目前起停止不必要開支、購置，集中於必需品之購儲，至您所能籌之之款項，決由您自行保管或動用，但克誠意您最好能劃用家中款拾萬元，以備家庭之準備金。

上項計劃中乃屬最低限度之儉約開支計劃表，可與敏月哥研究，如須增加或減省部份，可即函告，共同研討。婚後決不再返筑，故可先作離筑準備，徐雨蒼伯處可晉謁面陳準備情形，我實在忙的很，無暇詳告一切也，一切應請伊指示愛助。劉穀蓀先生處亦宜道及。至您如能劃款時，可以食米為標準，以筑市每擔價錢，折算家鄉還米擔數，舉例言：筑每石價為貳萬元，則劃米五擔，筑方即領用拾萬元，家中則付米五擔，此種物物交換最為公道，如客氣計算，可賠償書信未到前之折息也，能劃時則以早提用為是。總之，婚期經濟務求較裕，以免精神受影響也，況我倆皆家道小康也。

目前您處可充用婚期必用之什物，盼能先告，以便移力量購置急要物品。

桐偉哥早來信贊同，屆時能敏月哥來渝主持婚事，實屬最為理想，敏月哥之意見可歸納後告我，月姐信不另覆也。

近來身兼二職，開始與結束工作，皆屬繁雜，故終日忙極，婚事期迫，亦亟待多方籌措，吾愛當可知我之

近況矣。今後有事相商可直告，不必引為煩悶或痛苦，
天下事無不可克服者，況我倆決可克服一切困難也。我
屬於您，您屬於我，精神早合為一，赤誠相見，共圖幸
福之創造，實為吾人無限之光榮！願吾愛珍攝玉體！！
願吾愛

幸福！！快樂！！

　　　　　　　　　　　　　　　　　　貽蓀上

　　　　　　　　　　　　　　　　34、8、1

　　　　　　　　　　　　　　　中組部辦公室

來信寄重慶兩浮支路中央團部編審室我收。

致杜潤枰函（1945 年 8 月 3 日）

潤：

　　八月一日來信接讀，真快，真是快樂！我們決定在
雙十節舉行婚禮，決心與準備是成功與幸福的要件，我
將盡全力奔赴理想。

　　詳細的計劃已告您了，拾伍萬元不夠的，最低要叁
拾萬元，我自籌拾萬元，家中劃拾萬元，桐哥及戚友拾
萬元，或可順利籌足的，您呢？希望能自籌婚後基金，
及自己想用的錢就是了。您們的計劃，可提供全般的來
參考。

　　近日忙極，但精神甚好，誠曾文正公所說「精神愈
用愈出」。愛的九月底作來渝結束，十月初動身，祇遲
要三日到渝。請婚假名正言順較好。衣服要來渝做為
好，此以筑式不合渝穿也。所喜料不妨先後在渝先選
購，克誠兄可購便宜些。一切準備事宜，皆委託克誠兄

辦理，以急需者為原則，枕擬購二個新的，您處婚用什物可告我，以免複購也。雨蒼伯即致候，勿念。軼叔處盼代候，通信處知後即告我，您同學可告知己者，勿必請伊等協助（您來渝時則可告），此以我近日工作較忙，已皆託克誠兄辦理也。家中盼速通知，敏月哥均此。即祝

快樂

貽蓀上

八、三，晚

中央團部

我決向家劃用拾萬元，以米為原則，但渝每石貳萬元，則需劃米伍石，而筑市以每石伍萬元計，僅需貳石，桐哥甚遠，故如能在筑與月姊商後設法找到劃戶，實便宜較多，在家中信未到前，可酌拆息。以似允平，然後銀行電匯來渝購物，渝價又較筑市為便宜也。如筑代劃困難，決向渝方進行，您則劃否我無意見。至您請調可先打好基礎，到渝再設法，此間並同時進行工作矣。又及。

來信：兩路口兩浮支路中央團部編審室即可。

Miss 睦可代候，您可提及。

您在中國攝的二寸半身很好，可添印一些，在訂婚後寄來的那些。

致杜潤枰函（1945 年 8 月 9 日）

愛的！我的潤！！

二、三日來沒來信了，您也為來渝而忙嗎？是不是

心裡怪不平的！愛的！！請您安心吧！我一切得順利地計劃與執行。到那一天，我倆是一切準備完成了，祇有等待甜蜜的幸福！！

昨天我和克誠兄選購了一部份什物，大約是最需要的，您看差不多了嗎？潤！許多化裝品我是生平第一次購的，也祇有您可以享用它呢？！正像我倆什麼都開始第一次一樣！！

預備購的什物，主要是被頭二條，籐椅二把，便桶壹個，痰盂壹個，和壁上佈置的東西等，您看還有別的嗎？！

枕！讓愛的親手做，那時共枕之樂，會更歡樂的！！

您的衣服最好到重慶來做，第一是筑地衣形不合重慶穿，第二是筑地價貴，第三是有祝塘馮龍章兄在綢店，可以更便宜的！您們的衣服便宜些，做亦方便，重慶做好嗎？

愛的！您必得要在十月初就到重慶呀！一日就要動身，乘郵政快車，希望您三日就到重慶，此地克誠兄處可以住，他和我如似兄弟，以後，我倆將和他們合作一過時間，因為，抗戰即將勝利，自己覓房，太化上算了呀！！

愛的！！此次我倆的什物，決由我由克誠兄選購，以經濟而合用為原則，關於您要的，或可到渝後再說！！

您的經濟，最好能自己保管，免得使我隨意用去，以後，愛的隨時補助我用時可以的！潤！您說對不？！

許多話要說，下次再談吧！！祝

快樂！！

貽蓀上

中央團部

34、8、9，蘇聯對日宣戰日

8、8 日與克誠兄購物如下：

被單壹條　10000 元

面盆壹個　15000 元

熱水瓶壹個　4800 元

牙缸壹只　700 元

888 髮油一瓶　2800 元

香妃香水一瓶　1500 元

香妃髮水一瓶　950 元

三蘭香粉一匣　1150 元

三蘭胭脂一支　600 元

好蘭鳴口紅一支　800 元

三星牙膏二支　350 元

大喜香皂一塊　450 元

大梳一支　1400 元

中梳一支　1200 元

大牙刷一支　810 元

中牙刷一支　680 元

露克斯霜一瓶　600 元

三蘭花露水一瓶　900 元

414 毛巾二條　5600 元

柏鏡子一面　5000 元

刷子壹個　400 元

大西龍井茶一瓶　420 元

╳尺床壹張　8500 元

五抽桌壹張　9000 元

　　　　　╱74110 元

致杜潤枰函（1945 年 8 月）

潤妹如晤：

　　卅一日至五日信於返部時快讀，刻又接讀八日來信，深以為快。自九日宣佈日本投降以來，重慶已入狂歡狀態，勝利已到，凱旋之期不遠，屆時攜手榮歸，樂也奚如！婚事壹節，準備方面大體完成，但勝利已到，是否返里舉行，抑仍如期在戰時首都舉行，我毫無所見，可由吾愛決斷也。在渝則較富光榮意義，返里則大人及家鄉較熱鬧——但需延期至明年春天方有可能——囑告之事，一切遵您意思去做，長學甥活潑可愛，返里時吾人真無限快慰矣。昨返新橋得讀家信（二月五日），已接我倆訂婚照片，我您兩家俱各欣慰，囑即早日結婚等語。茲將原函奉上吾愛快讀，並盼仍快寄此間，但令兄之信尚未接到，為憾耳。

　　敏生哥所見及吾愛之意，皆以力主儉約，今抗戰又復勝利，將來攜帶不便，能稍集旅費似好，故決力求簡單也。至於一切實作最後決定時再行詳告。此間所購物品皆有函告，目前雙方即可獨購其他物品，至衣料前購者可充夾袍用，盼勿再購平布、烏花布、安安蘭布（同陰丹差不多），我皆有一段。至思信先生主張，盼能回

家熱鬧舉行，彼意我倆家在祝塘頗有地位，和平恢復，
家中必可熱烈舉行，屆時您亦可在家稍享幸福，短時休
息，併告以供參考者。桐哥處擬去信再問有無意見。餘
後敘。即祝
快樂！
　敏月哥均此敬候。

致杜潤枰函（1945 年 8 月 14 日）
潤妹：
　剛剛購讀號外，知道日本已正式接受盟國無條件投
降，祇靜待我們盟國正式公告了，重慶的他鄉之客，紛
紛以還鄉與復員為談話中心，人們是狂歡中迎接勝利，
我倆更有加倍的歡樂，八年來的痛苦與奮鬥，總算我
們完全勝利了。潤！當我倆結婚後凱旋而歸，不是最好
的橫遊新中國的密月旅行嗎？現在稍有問題的，就是日
本投降後政府將緊急開始復員準備，一、二月後決不能
再像今日一樣容納許多有為的幹部在陪都，勢必向前推
進，辦理全國的收復地區工作，政府機關也可能逐步推
進的。那時，我是否能較久留在重慶，局勢的演變實在
很難判斷。我倆惟有至誠的祝禱能在雙十節前後我們仍
留抗戰的司令台重慶一個短時期，讓愛的能暢遊戰時的
首都，留下我倆最有意義的一頁。然後，最理想地能一
起隨政府東返，由武漢而南京，再在陰曆年關返里省
親。那時您父親不是六十歲嗎？我倆剛好回家拜壽呢。
潤！抗戰是我們最出力與汗的，今後當然有我們的代
價。目前政府調整公務員待遇，而物價暴跌，已顯示功

在國家的人，有一天會能享受幸福，上帝也能賜福我們。您說是不？

婚事我的主張仍是如期舉行，物價下跌之後，款計可以緊縮，那麼家中是可以不必劃款了，為了返里時可能空運或汽車，故什物儘以少為原則，所以力求簡單合用為主必需的，擬向克誠兄借用。至於當天的儀式，也求莊重而儉約，特別知己外，概不發帖，以免驚擾戚友，您的朋友同學等我估計廿人參加，也是說發帖二十份而已，我的祗多六十份，故酒席以八桌為最高原則，您許多同學尚在求學，經濟拮据，決不發帖，以免增伊等意外用費，婚後再寫信通知，老同學必可原諒，是嗎？所有戚友同學名單，盼先寄我參考，以備提早發帖可也。您主婚如請思信兄，我當然贊成，他也會義不容辭，但也得您寫信請啦！一笑！雨蒼伯已來信，介紹人伊推蘇東昇或孫伯光代理，我決請蘇東昇了，我的主婚擬由緝熙伯擔任，原任介紹人可能克誠兄代理，因伊助我倆婚事最力也。關於應購各物，原則已定，小節我可隨時決定。至於百物現往下降，筑渝兩方皆可暫停購物，您的衣料可抵渝後選購，臨時決定比較合於時令及環境所需，縫製也是很方便的，不必過慮。此次婚事既以儉約為主，故決在可能範圍內力求節約，以備返里旅費之用，且免桐偉哥代籌，以留供伊等返里之費也。至於返里完婚壹節，比較有利者為(1)堂上較為高興熱鬧，(2)家鄉婚事鋪張，場面較大，(3)返里前分別行動時較為方便，但較之在渝舉行為(1)在渝較富歷史意義，(2)自力完婚，較堪自慰，(3)戰時友好，尚集陪

都，不若返里時僅鄉人參加耳，(4) 可免返里後完婚之
我您兩家巨款費用，此款移充戰後復興之用，似較有實
在意義，(5) 吾愛熱切之願望，我實願早以報之也。至
於來渝時間，務盼於九月底前準備妥當，十月一日即可
動身，郵局方面，可以結婚正式理由請求調渝區工作，
現值勝利，渝方郵員必有他調者，且女同仁亦無從援例
矣，諒可俯允，如能事前事前商妥，先請支局長蓋章，
然後來渝後數日再請眭小姐轉呈區局，轉呈總局，並抄
告區局轉呈文矣，屆時總局再為說項，則事必可成矣！
好！祝福愛的快樂！！

貽蒤於中央團部
卅四、八、十四
重慶
時讀號外日本正式接受無條件投降之一小時後

　　八月十日來信剛於寫完此信時接讀，至快。雨蒼伯
處可一謁，但不必談劃款矣。我函候並已接覆，但尚未
再候，希提及之。吾愛力主節儉，深為佩慰，保我勤儉
家風，則家庭之幸福安於磐安矣。吾愛衣料決來渝選購
可也。敏月哥不另候。

　　來款及照片皆收，款尚未提取。

致杜潤枰函（1945 年 8 月 16 日）

潤妹：

　　抗戰勝利已屬於我，舉世騰歡，世界和平即可重
建，吾人值此大時代，無限欣慰，吾人更得參與此偉大

之戰爭而奮鬥，實至引慰。

重慶還鄉與還都之說極盛，大勢所趨，則三個月內吾人即可返京。故雙十節婚禮時應參與之人員，可能部份先後出發離渝，即我本人，亦有隨時提早返蘇可能。故日前與欽文伯及克誠再三妥商結果，決擬儘量提早婚禮，以九月中旬舉行為最理想。吾愛則於九月初旬即請假來渝為佳，總以力求節約為主，準備事宜，可待吾愛來渝後酌為補充。原則上婚後決不返筑，亦不再請調來渝工作，您可即請求遴調京滬郵區工作，則年內雙雙返京滬及返里省親，決定可能也。至戰時結婚，以免返里時之家庭巨額費用，留待復員之用，亦一要因也。在我倆則自力更生，在戰時首都完婚，誠為一最富意義之自慰也。婚後能同時返蘇最理想，否則，吾愛隨郵局整批調返，或隨同鄉返蘇，或眷屬返里皆可矣。喜帖擬不發，改為登報以求簡單。接此信時，盼即與敏月哥再妥商如何，以便我作具體之決定也。謹祝
健樂！！

貽蓀於中央團部
卅四、八、十六
兩浮支路編審室

敏月哥及雨蒼伯及諸鄉戚均此。

致杜潤枰函（1945 年 8 月 17 日）

潤：

十四日快信剛接讀，您的意見我當然尊重，您的特別愛護我，更是萬分引慰。我的意見已經前信詳述了，

但和克誠兄與欽文伯等研討結果，總以提早在陪都結婚為好。第一，準備的事宜已可完成。第二，婚後就可返里，您也不會受婚後的苦了，在█時中祗有享受愛的快樂。第三，雙十節前政府決還返南京，我們可能九月中旬結婚，十月初就密月旅行返家了，結婚後一處走，祗要有機會，就可無問題，否則，不結婚的話，祗可分別返里呀。第四，重慶是富有意義，朋友、長官、同學、同事，都還能一敘，返家除大人外，儘是鄉下人，意義遠不及在渝偉大。第五，自力結婚，也了一件心事，至以自慰，也是勝利中的代價和安慰。第六，在渝一切簡便，不像返里後一定要鋪張，浪費巨款，此款留為戰後復員之用，實富意義。第七，在您家裡，回家結婚，當然可能賠嫁什物甚多，但假使您父親和哥哥真愛您的話，我們為他們省下婚嫁費，那末返里後給些您補償，當然可能的——老實話。第七，您婚假來渝時，就請求遷調南京郵區工作，到渝後待我返京時，您回同路返京報到，人員總是不夠，熟練的郵員，當然政府要羅集的。第八，九月五日請假到十月五日，相信那時就可啟程返京了，到南京幹郵政固好，不幹也無所為。不幹郵政，也可能在中央團部設法一路回京，或在團部工作的。第九，您不來重慶結婚的話，可能被派不合理想的地方——京滬以外，都是不合理想的——那時，我回去了，掉您在外面，也未結婚，我委實怕回家見您爸哥了。再像貴陽吃緊時，您不先來，然後想法真難擔。愛的，快和敏月哥決定大計，立刻航快告我。要結婚，九月初旬就動身。祝愛的幸福！快樂！

貽蓀上
八、十七
中央團部

　　結婚後返里時，仍可家中辦酒道喜的，但可不必太浪費了，親友和自己都好，大人當然仍有親鬧呀。最要的是如何轉調南京或上海，有機會馬上登記或申請，以便大批時在年內返京滬，我可隨團返京的，絕不可再分發別的地方，否則不幹算了。

致杜潤枰函（1945年8月17日）

潤：

　　昨天快信諒已接讀為快，時局急轉直下，政府為返南京慶祝國慶起見，軍政機關已定雙十節前返都矣。黨團機關為籌備十一月十二日國民大會起見，十一日前即返南京，中央團部並已決定年內遷返南京矣。婚事勢必提早，盼吾愛能於九月初旬即請婚假一月來渝，以便提早請調返京或偕同返京也。餘容後敘，即祝

幸福！

貽蓀
一九三四、八、十七

　　敏月哥均此。

　　中組部已允發三個月遣散費，大可為婚禮之補助，至慰。

致杜潤枰函（1945年8月18日）

潤妹：

八月十四快信接讀，您歡喜回家結婚嗎？還是先到重慶一遊，先行結婚，再蜜月旅行回家呢。頃得郵局同事面告，除總局調用幹部復員外，各區局人員已下令一律不准調動或請假（婚假當然例外），否則在未准前擅離，一律除名並永不復用了（當然不全絕對的）。因此，我的決定，無論能否請假或請調，決請吾愛於九月初旬來渝一遊面商，原則以結婚為主，但暫不正式公開發表，以留觀察時局直轉返京之趨勢。如此，吾愛亦可到陪都觀光，不失參加抗戰陣容也。屆時如能隨我先返或請調同返，最為理想（或可在中團部設法），否則婚後仍逕返筑，然後隨月姐返蘇時請調返蘇亦可（總局原則上決定蘇人返蘇工作，但時間要半年以後）。至於隨我返蘇，則工作當然可有保障，亦不必慮及於此也。或許我可先到南京，佈置家庭或分配眷舍呢。哈哈，勝利終屬於我。寫到此地，接八月十一日勝利之夜來信，「祗要你的樂意，我什麼都可以答應，貽！一切你決定好。」潤，好吧！希望您九月五日以前一定到重慶，早日實現我倆歡樂的、愉快的勝利之夜，讓我們得到八年來精神的最大安慰。愛的！願我能早日沉醉在您的樂意之中！步入幸福之宮！祝快樂！！祝我倆早日歡敘！！

貽敬上

八、十八

航信上海已通，能徵家中大人意見亦可，但來渝一遊，吾愛似可辦到。如不結婚，則或可資助部份經濟，

供桐偉哥早日返蘇之川資也。來渝期間，能有適當工作，則辭郵政而隨同返南京，則更佳。又及。

致杜潤枰函（1945年8月18日）

潤：

我一連給您了許多信，表示了我許多不同的意見，您呢？您真的決定如何呢？提早來呢？還是往後返里再議？愛的！我將遵從您的意志，因為您將呈獻至高的愛賜我，這神聖和您最愉快的日子，將是您的權利去選擇呀！潤！你滿意我的說法嗎？我是願將愛的最愉快的、滿意的同樣呈獻於您，祗待您的樂意。政府當局已作緊急還都的計劃，您也在報上看到嗎？所以，我是決定在雙十節前返京的，例外雖有，但是很少的。所以，愛的究竟如何想法，盼您從速決定告我，否則是一切不許可再議了。您也想到重慶遊一次嗎？我是希望無論結婚與否，能與您再在渝樂敍一次。潤！您也憧景美麗的夢嗎？我倆在抗戰的聖地——重慶——留下紀錄，應該是富有價值的，是不是？家中和您家中今日都給寫信，婚事仍先請您決定，因為像您這樣品學兼優的妹妹，我是應該至誠接受她的樂意的。好！祝您快樂，祝我倆能早日樂敍！！讓我倆高歌「勝利是我們的」！！快樂與幸福永屬於我倆！！

貽蓀

八、十八

敏月哥均此。

睦小姐代候。

軼叔有信嗎？

致杜潤枰函（1945 年 8 月 18 日）

潤：

午前哲文到中組部看我，因我在這裡，未能見面，悵甚！您快給信她，因為她說您很久沒信啦。

孫文俊兄處即函詢郵局復員及請調情形，以供我倆參考。但您來渝一遊，總是應該而很好的，您說對嗎？

潤！去年贈您的霜，也是我第一次購，此次許多東西，我根本不懂用法的，但為了愛的聖禮，我完全同意克誠兄的選購。潤！我同意您的老實話，我也告您老實話！

十二、十三日信剛接到，所以又寫了些。祝

快樂！

貽蓀上

八、十八日

來渝或返京結婚盼速告，我無定見，但決定後要立刻告家中的。

不在渝結婚的話，假使中樞遷京，無眷的我當然要先走，那時您祇可後走了，那時一定要我倆同意先告家中，否則，我有機會先返祝時，怎樣向您父親和哥哥講呢。對不對？

致杜潤枰函（1945 年 8 月 22 日）

潤：

十七日愛音接讀，您能一切遵從我的願望，我實在

非常引慰和自愧，我沒有能力給您最理想的希望和滿足，我實在非常不安！本來，一切的主動是應該我採取的，但我總承認協作更為美滿，更為幸福，何況在您是人生最光榮、最幸福的一幕呢。潤！愛的！你說對不對？

我已數度的向您建議來重慶一遊，並盼您在九月初旬就來，至於婚禮實在不過形式而已，精神是我倆早已結合了，你說對不？在渝呢？南京呢？返家呢？我主張在您來渝後親密的商量決定。潤！看那時需要怎樣辦就怎樣辦，好不好！就是結婚的話，也已一切準備妥善，祗要愛的樂意，我決定可以適應一切要求的。願早日歡敘！！

近日忙甚，祝平弟曾來遊三日。餘後告。祝

貽蓀上
八、廿二
重慶

敏月哥均此。

致杜潤枰函（1945 年 8 月 24 日）

潤：

十七日愛音接讀，立即並給您覆了，諒已接讀為慰。您很想有我在重慶能得一遊，我亦很想有您來重慶能得一遊，那麼不是倆心樂願嗎？但問題全在您是否決心來，還是遲疑不決的考慮太多，其實，愛情是超越理智的、無條件的，沒有值得斤斤計較的地方，否則至誠

的崇高性就會受損害了，我倆不是早決定不計較任何問題而決擇雙十節結婚嗎？不是以在抗戰期中結婚為最高原則嗎？您也不是以和我結婚後返里為最光榮嗎？那麼，祗要對我倆有幸福的決定，是可以不必受外界的影響來左右，否則，左右為難，不知如何是好，陷予矛盾之心境之中，一定非常痛苦的。抗戰勝利是迅速降臨，您當然容易念起家的可愛，您篤愛我，當然希望我減經許多重負和不必要的自籌的，基於上述二點，您心中是願意回里結婚的，許多長者也許亦有同感的，當然不能說沒有充分的道理存在，尤其愛我之深！但這樣是違背我倆基本的意志自由的，我倆的愛在有色的拘室中進行，祗能滿足形式的愛，而不切真實的愛的要求，我倆應該有我倆新家庭的理想，不能夢想或依戀依存性的舊式家庭生活，何況落伍的舊家庭決不會使您合意，再加上我爸爸戰後也娶了後娘（生媽在戰前去世，早告您的），您也是一個有後娘的長女呢？潤！我已決心在外面結婚，重慶最好，南京其次，為了您我的幸福和自由，我反對一切返祝結婚的主張和意見，我倆早以同甘共苦相誓，我倆有八年苦的戰鬥精神，祗有自己的苦中求樂，才是真的甜而樂！理想的家庭要建築在我倆努力上，篤愛中，苦鬥中，更其建立於合乎我倆時代的環境中。潤！你說如何？你完全同意我主張嗎？我更要向愛說明的「您還是想在重慶草草完成」這句話，我是不同意您這樣講的，我不能使您對我建立這樣的觀念，我希望您能真誠瞭解！！因為我們的崇高的愛是基於精神的，決非任何形式而能滿足對方的！！

我的決意是希望您在九月中到重慶一遊，結婚是原則，但尊重愛的意志，那時親密的商量，我決可採納的，盼即賜我愛的決心！！

願愛的幸福！願愛的歡樂！！

貽蓀
卅四、八、廿三日
兩浮支路中央團部

敏月哥均此。

重慶百物下跌，經費是不成問題的。

致杜潤枰函（1945 年 8 月 24 日）

潤：

我希望您能決心在九月中旬前到渝，如此的話，我們很可能如原定的計劃在渝舉行婚禮的，婚後政府對眷屬必有整個辦法，年內是可能返京的，假使我先走，政府也會有眷屬安家費（起碼三週的），如再能那時請調返蘇或另覓工作是最好了，但來渝是必然要實行的，愛的！您能接受我的願望嗎？您也殷望早日在愛的撫慰中歡樂嗎？潤！那天啟程就給我快告吧！敏月哥如何決定，也速告！即祝

快樂

貽蓀上
卅四、八、廿四

敏月哥均此。

致杜潤枰函（1945 年 8 月 26 日）

潤妹：

接十七日愛音後，迄未來音，懸念殊甚。對婚事意見如何，即可告我，勿再以一切為顧慮而妞妮勿言也。至我之決定為提早於十月一日舉行婚禮，愛則於九月廿日（即八月十五日）前趕抵重慶過中秋節。接此信後如完全同意我之主張，則盼急函告我，以便於十五日前一律辦理妥善（接來信後即印喜帖矣）。至其他一切皆屬小題，我愛來渝可親蜜商談後辦理，以余倆之精誠相許，一定可以快樂與幸福也。即祝

快樂

貽蓀上
八、廿六日，午後
中央團部

致杜潤枰函（1945 年 8 月 27 日）

潤：

八月十四、十七兩日來愛音後，迄無信來，念念殊甚！愛的！不為我掛念而不安心嗎？我近日因為恢復整日辦公，晚間要兼辦中組部結束事宜，忙和心煩是您可知的，我是怎樣渴望您的來信安慰呀！但這半月您跟勝利一樣的遲遲給我快慰，我真苦極了！愛的！您的願望儘可講出來，更希望您來了重慶，重溫在筑時的南明之遊，讓愛的毫無保留地傾訴。潤！您不早就以我為唯一的知己嗎？並以一切願賜福於我嗎？那嗎？您還有什麼不可對我說的話呢？內心大家雖說會有矛盾，但經雙方

理智的或情感的克服，勝利就屬於我們了。潤！您還記得我到筑時的那首愛惜青春的詩嗎？愛的！您希望實踐您來渝一遊的願望嗎？愛的！您能知道我這快近半月的心緒的？我的願望沒有實現，我在離渝前後有能和您一敘，我是將怎樣的痛苦的！潤！祇有您能賜我精神的愉快和身體的健康，願您永遠賜愛給我！我亦將永遠在愛的保護中求得幸福！！

貽蓀

一九四五、八、廿七

孔子誕辰，晚六時

盼吾愛在中秋前（九月廿日）來渝一敘，這是都麼富有意義的？

致杜潤枰函（1945 年 8 月 27 日）

潤妹：

親愛的！我願愛的早日玉臨陪都，實現您自己的希望，接受愛的洗禮，發揮青春之光！！潤！您應該原諒我吧！因為您已是最明白而瞭解我的，愛的！過去與今後的一切，深願吾愛在諒解的、篤愛的觀點上接受我的意見，原諒我的開罪！──我雖說並不沒有開罪呢，但在一個男子多方面環境的煩惱下，相信過去或將來，是會無意的或任性的開罪於吾愛的──不！我早深信您會完全的忠誠地愛我的，這不過是自我的道歉而已！！潤！我理想的快樂的伴侶，願我倆更是奮鬥與成功的家庭模範！！

我一個月中似乎沒有能給愛的溫慰的歡心的報道，

除了決定我們的佳期後，使您一度樂意外，是嗎？潤！
這一個月我確乎累得很，雙重的工作，雙重的籌思！
我早希望有人給我適時的安慰呀！但她是遠離的這樣
遠！精神是飽滿的！但身體是因為暑天與過度辛勞是消
瘦了，也許您會吃驚的！愛的！您已佔有我的幸福！操
縱我的健康，在您沒有賜我幸福與健康的保護時，我是
不可自思的──因為我的心，總是懸著。您看懸著的東
西是如何的難受，何況主宰一個人的心呢？潤！祇有您
才能給我的心坎中的快樂和幸福！使他在愛的撫慰中安
定！活潑！健康！！愛！！願我倆共同把握幸福的機會
與關鍵！！

　　婚事我不願草草了事，也不願拖累父兄，我總記得
您剛開始給我的信，好像說「自力奮鬥去創造，才是我
們應走的徑途」，「依賴是等於自趨滅亡」，事實上，
我倆也是從苦中認識的，因為共有了苦的奮鬥精神，
才不計其他的心心相印和訂白頭之約的！所以我願在自
力的環境下完婚，實踐共同的願望──那就是我倆認為
最有意義而莊重的了！──返家時間成問題，許多意外
更成問題，結了婚或生了孩子返家，才是頂光榮的！
妹妹！您說對不？愛的！我要擁吻您！我要您賜予幸
福！！希望我倆在中秋節能樂意的團敘！傾訴……！！
願您今晚賜我美麗的夢！！

貽蓀於中央團部編審室

1945、8、27，晚12時

致杜潤枰函（1945年8月29日）

潤：

我真苦著您沒有來信的時候，突然愛的廿、廿二、廿三、廿三午後、廿四夜深各信一口氣接到了，我不知從那裡看起！在那一頁裡，您能給我最大的最快樂的表示！終於從廿四日的看了「我已到無問題的離此，因為能請到婚假的」。愛的！我倆就這樣替我倆一個月後的美麗之夜祝禱吧！愛也不必再延期支付了！妹妹！！其實我是不必延期支付，而您是可以不受延期收入之失望呀！潤！對嗎？！愛的……兌現之支票我已同時送出，現在照錄如次：「筑二支局杜潤枰妹，婚事家長同意於十月一日舉行，盼九月二十日前抵渝，貽未豔叩。」想您已早此而讀到，您覺得心花怒放嗎？我現在感應到您會像我此時一樣的情緒緊張，尤其是在某些部份，是不是！潤！人生的可貴和青春的可愛就在此等處充滿活力和樂意，我倆不是此時此刻已將世界變到僅有我倆嗎？相信理想之夜萬籟俱絕，混沌的自然，將更會賜愛於我們自由，讓我倆遠遊於快樂之宮，享受自然賜予的真切的愛和樂！同時，八年來的積壓，也可在相互的撫慰中消失，傾訴中舒暢！！

關於愛的工作問題，我早就考慮到的！您也似乎願為工作而犧牲一時的幸福，您這種精神我當然欽佩，但您總應該為自己幸福作全面估計呀！郵政是現代國家的職業女性工作，絕不是中國社會的主婦所能兼職的工作，老實說，我每日寄信您看到兩路口郵局幾位女同志的拚命忙，除同情外，為了我倆的幸福和健康，就每次

反應出不能再使您繼續幹了！潤！以您的學能何怕無較好而輕鬆的工作，並且也能使我倆常敘一起，接受您的愛護！就以中央團部而論，有眷屬宿舍（目前則不足分配——青年新村），有日間托兒所，有公共食堂，有圖書館，人才多，朋友多，遠比郵政好得多了！但您離我遠，有機會也是無法想，其他更不說了！所以，愛的工作和願望，我早就明白的，祇不過我不願向您開不兌現支票，寧可來了想法成功後再說！！

「自力奮鬥的成績」才能博得大眾的歡心，父老的引慰，自己的安慰！您不是獨個兒苦鬥到八年的今天嗎？您難道願意功虧一簣的留一件婚事依賴父兄嗎？我一生的工作開始就是自力奮鬥的，您當然知道得透澈，那麼，您願使我中途變換堅強的自信心而為依賴心嗎？潤！！我們早申說過「自力的堅苦奮鬥是我們愛的主流」，相信您是會承認而願永久發揚我倆這樣精神的！是嗎？！

收復區的家鄉，有許多事要清理，財產、人事、貨幣往來，您是可以知道的，那麼，我倆何必去忙上加忙呢！還不如婚後返家頂光榮的，父老們要熱鬧，那麼補請幾桌酒有何妨呢？其他不相干的人聚著也無意義，我倆根本不要那種熱鬧的，是不是！您說的關於來渝匆匆結婚，好像勢非不可的樣子，這是您的心中多疑，我倆先訂婚，再結婚，談了二年戀愛，通信在三百封信左右，試問今日的戀愛者，誰有我們慎重！真誠！「勢非不可」？我倒要問您了！在筑的時候我們雖沉醉在南明河畔，但我們是最尊重對方的，「非禮勿動」相信是心

印的信條，雖說，事後您說過沒有給我最大的更多的快樂，但深信我倆一直是在尺度的社交中活動，絕不會有勢非不可發現的！潤！我倆深信都是上帝的聖潔的孩子，我倆是可以自傲的！！

復員問題整日在當局討論之中，國內外大局穩定而樂觀，返京和返里會更快實現的。寫到此地——凌和哲遠道來訪，她們的關切我倆無限感佩，我的意見也告訴了她們，也許會寫信告您的，她倆希望您早來，為是工作可能先解決的——您們營主任黃宇人就在我對門辦公，您能早來，說不定可以請他說項在中央團部安置工作的，因為現在改組期中，也許機會多的，潤！您早來是頂好的，這樣，一起走的可能性更大了！好！祝您快樂！健美！！

貽蓀於1945、8、29、午時
中央團部編審室

致杜潤枰函（1945 年 8 月 30 日）

潤：

昨日發長信諒快讀為慰。電報今日由黃克誠兄代發矣，我倆的佳期，決定為十月一日，愛的！我相信您是完全同意的，您能早日實現理想，我相信您是更樂的！！

您的至友凌和哲昨天到中團部訪我，我已完全將我的看法告訴他們，他們十分同意您能早來重慶，她們調皮地說，在渝的十幾位女同學，要看枰妹放第一砲！！

喜帖即印貳佰份，但原則上是準備那日僅有七、

八十人觀禮就好了，能有至友知己參加，一人是較不相干的十人還熱鬧，那天，祝塘同鄉特別多，也許是乘機歡敘吧！！

您要發的非渝區戚友同學通信處，盼即日抄清楚後快寄我處，以便提早於九月十五日前寄出，以便人家來道賀的！重慶的友人，可以在廿日前到渝後再發的！！

家裡擬再寫信報告如期舉行婚禮了！航空快的話，也可讓他們為我倆祝福！！愛的！您能提早來渝時儘早為好，因為許多關於您的準備，必得到渝酌量的！在婚前如有工作機會，也許可以進行，遲則機關搬家，再不會添新人的！！

潤！愛是至高無上的，他創造了人類，他幸福了人類，他綿延了人類，誰忽視了它，將會失掉至高的人生意義！潤！「愛」的活力將是我倆新生命的淵泉！娟娟長流，如何流長我倆的生命與幸福，將等待我們的耕耘！潤！加油吧！希望您完成一切接受理想之準備！邁上愛的旅程！邁進愛的樂園！！祝愛的
健樂！！幸福！！

貽蓀手上
1945、8、30
中央團部

您在訂婚那天攝的個人照很好，盼來渝時添印壹打照片，以便各方面應用（原照片附上）。您入黨嗎？團證有嗎？做工作在政府機關最重要的，如未入黨，可寄照片來辦理。又及。

致杜潤枰函（1945 年 8 月 30 日）

潤，我的愛！

我此刻實在已很疲乏！但許多話還相信能提起精神給您信，所以就這樣寫著了！愛的！當我此刻看到桌上的日曆，預想下月的今天，我倆該是都麼緊張的！有趣的！我倆要準備演出人生史上光輝而富有劃時代意義的一頁，您說是不！！

國內外的好消息太多了，日本投降了，美軍已開始佔領本土，中蘇親善訂立友好條約了，可以企求卅年的和平建國；美國借款廿億元，戰後的緊急建設經費也有了著落；宋院長即將訪英，留下來的英國懸案，當然能一口氣解決的！國內的團結問題也化為小問題了，毛澤東的來渝，內戰的危機絕對可以消滅了！陳公博漢奸也自殺，民族正氣激發的情緒，復興可期！公務員八年來也夠苦了，此次調整待遇，發「勝利獎金」三個月，眷屬由公家送回，還有旅費！哈哈！勝利終於屬於艱苦奮鬥而善良的民眾！發國難財的反而物價總要跨台了！潤！勝利給您帶來了最大的收穫！我倆的美滿之果，完全是勝利之神賜予的！值得自慰！！

愛的！一個月後的明天的現在，我倆將是一體的歡聚了！！關山已阻不住我倆的「愛」，一切代用品的最大貢獻者——情書——也宣告停用了！潤！那時我們將忍不住的傾訴！讓熱情自然地交流！開始我倆人生青春美麗的生活！！愛的！當您赤裸裸地偎倚在愛的懷裡，接受愛的相互撫慰，我倆八年來的抗戰辛勞！將得到最大的寬慰！安慰！快樂！！

　　希望您十五日前必得動身來渝，一切要妥當而安穩的，免得我掛念！離職時也許可以先領「勝利獎金」的，可能時不要聲張說出不回筑的說，愛的！這點您當然聰明的！祝愛的快樂！！

愛您的貽上

1945、8、30，夜十時半

佳婚前一月之前一夜

　　26 日與 28 日的信均快讀，您能提早在月初來渝，這是最好的！盼您快來吧！

致杜潤枰函（1945 年 8 月 31 日）

潤枰妹妹！！

　　廿六日、廿八日愛音均讀，您能英勇地接受我的願望！我是多麼引慰！英勇的決心才能保障成功，才能解放您的心靈，愛的！我將引用這個原則，今後賜您樂願的「愛」！！潤！您樂意嗎？！

　　剛接到二封寶貴而愉快的家信，一封是穎蓀弟（胞弟）三月十四日發的，一封是您爸爸五月廿二日發的，郵通了來的真快呢？穎弟的簡單，所談的的您爸爸信裡都有，潤！照片您家收到了，他們都贊成和快樂的，您什麼時候告訴家裡說到渝的？愛的！恐怕您爸爸等早就料想您在我的愛撫中了！是不？！原信附上，讓您快讀吧！但愚民自尋災難，地方損失奇重，至以為憾耳。

　　我今明日也許再到克誠和欽文伯處一敘，決定喜帖的印刷和舉行婚禮的地點和時間，假使您能十日前到渝，也許可以由您參加意見後再印發了！克嫂李俊彬已

返城，她很希望您早來，她的「貓貓」真盼您抱著耍裡！她原是立信會計的，過去也工作三、四年，婚前的看法和您一樣堅持工作，現在願意做賢主婦了！您當然不同，相信婚後有一、二年黃金的幸福，不會很快有孩子拖住您的！潤！我們現開始為您來而準備臥房了！——也是新房！！

請假的離職手續，車輛的穩妥，旅途的自己留心健康和行李！親友的辭別，一切要準備的！盼愛的有條不紊做的頂好！！祝

健和樂！！

> 您的貽蓀哥哥敬上
> 1945、8、31，午
> 中央團部

我的電話是「3791」轉請樓上編審室我接可也！

潤妹：您來渝時應該注意的幾點，我拉雜的告訴您參考：好不好！！

(1) 您要在九月十五日以前辦好請婚假的手續和汽車票，十五日一定要動身，預計五日，那麼二十日必可到渝了，在渝過中秋節是最好的！千萬不要失此良機！！旅途不可捉摸，一定要估計放寬。

(2) 婚假可自九月十五日請到十月十五日，最好能領十月份全月薪，結婚而透支或先借，是可以成功的。假可請三星期婚假，二星期程假，原則上決定不再返筑——我的決心是如此的——

(3) 您的行李可以全部帶渝，以便返京時帶回，或

留待團部公物運回,可能的話,買掉也可以的!

(4) 汽車要坐您們自己的特別郵快車,既快又穩,一切也經濟方便,其他的車子,總是化不上算的。旅費以充裕為原則,旅費切不要抱節約的念頭,多化錢才能求得平穩和旅中舒適!!

(5) 旅中生人不要太接近,偽善而欺騙之風在旅途中最盛行,但對人客氣總是上算的!!

(6) 汽車動身之時,可請敏哥給我電報,以便接您,汽車是否到海棠溪?或逕到城內何處,快要弄明白後告我,以便候您,否則,生疏之地,你許多會不方便而痛苦的!

(7) 您如到海棠溪時(南岸的車站),可先到車站對門社會服務處搖自動電話,接到市區「2324」軍政部第一被服廠黃克誠,或「3791」中央團部總務組請叫樓上編審室王貽蓀接(晚上恐怕接不到)。

(8) 您到渝時,如我接不到您時,您可跟大家一起渡江(儲奇門碼頭),東西叫力伕擔,渡江買票,行李買票較多,渡口木船儘可能不必乘,因為貴而不穩的!過江後仍由力伕擔著走,走上儲奇門時,第一條馬路是林森路,時間早,您可直拉黃包車到「飛機碼頭下石板坡67號」,大約三、四百元即可,門口(先要下坡走,巷口有郵筒)有衛兵,係軍一被服廠倉庫,詢黃股長克誠後即可入內,大約曲折五十公尺,到一幢樓房上樓第二間房就是克誠的住家,你問黃克誠或李俊彬就可了。特別注意下車時行李的招呼,尤其是晚上時候。

(9) 時間遲或方便的話,最好先到錢德昇先生家

中，錢太太許玉瑾是同學，都是祝塘頂要好的同鄉，他們住在林森路軍委會辦公廳（即行營）附近，一條叫「朱街子」的街，曲折進去六、七十公尺就到「57」號，在轉灣處，石頭門楣，對大門天井上去左面房間就是，你問錢先生就可了。這裡離儲奇門很近，上坡到馬路後可以黃包車直拉到門口「57 號」，大約一、二百元是最貴的，我上次回渝也是先到錢先生處住的，您可以先將行李放好後，再找看我或克誠的。

(10) 您如有朋友或同學能更近儲奇門或太平門（郵政總局在那裡，郵車可能停那裡）的話，能先到她們家裡住也是很好的。否則錢先生家是最近便的。

(11) 黃克誠白天在南紀門馬蹄街 3 號軍一被服廠材料課辦公，我在中央團部辦公，您可自儲奇門乘黃包車逕抵「菜園坦」（約四百元），然後上坡到兩浮支路詢中央團部（坡很高），到團部後，您可不經傳達室，逕向下坡走，看到左手樓房掛「值日牌」的就走進去，一直走在第二個樓梯上樓，面對就是青年管理處處長室，他的斜對面就是「編審室」，推門就可問我了。假使您到「都郵街」的話，或「小什子」，可坐黃包車（約二百元），然後在那裡乘公共汽車（60 元票價），直到兩路口下車，一直走過第一個警亭轉灣就是兩浮支路了。走進百公尺就右轉入中央團部。

(12) 你動身時，乘之車輛牌號？何班？何日何時開出？應於何日抵渝何站？何地名？大約何時可到？皆盼先期告我，或可守候較有把握也（附寄重慶地圖一份及說明）。

致杜潤枰函（1945 年 9 月 2 日）

潤：

昨日原想給您一信的，但以午後參加同學會被推選為主席團之一，會後負責開票，直弄到晚上十時返部，又被選為理事，以後更將多事了。潤！昨晤克誠兄知道錢太太許玉瑾前日生了孩子，所以您到渝時，可不必先到她家裡，能打電我接您最好。否則接不到時，能住南岸海棠溪友家最妥，否則遲就住旅館，可能時則輪渡過江後到林森路逕坐人力車（較貴亦不妨坐）到「下石板坡」黃克誠兄家可也（一直馬路到巷口）。然後將行李寄放附近店家，下坡數十公尺六十七號就是被服廠倉庫，詢衛兵後到裡面克誠家後，可叫勤務再搬行李。白天到時，中央團部電話是3791 請接樓上編審室我可也，軍一被服廠黃克誠是2324 可也。目前以交通困難，政府返京，恐在年底矣。離職時手續要辦妥，要正式請婚假，私印可留一個敏哥處，以便代取款項之用，如勝利獎金等。餘後敘，即祝

健與樂

貽蓀上
九、二

電已悉。婚期申謁不及時，則改西東。

圖 4 喜帖　　　圖 5 結婚啟事
（家屬提供）　　（重慶《中央日報》
1945 年 9 月 20 日，
家屬提供）

結婚啟事

　　次男貽蓀、長女潤枰承華欽文、徐雨蒼兩先生之
介紹，謹詹於民國三十四年九月二十日在重慶江蘇同
鄉會舉行結婚典禮，恭請柳克述先生證婚，特此敬告
諸親友。

　　　　　　　　　　　　王仲卿、杜志春謹啟

圖 6 王貽蓀、杜潤枰結婚紀念照（家屬提供）

圖 7 結婚證書（家屬提供）

致杜潤枰函（1945 年10 月26 日）

枰妹如晤：[3]

　　枰！這是新婚後第一封信，這裡我得首先對您忠誠崇高的愛，致無上的敬意與佩慰。其次，我得重申我們共同的信心「甘苦與同」。相信我倆過去從艱苦中認識，從奮鬥中前進，今後必能從努力克服一切艱難困苦，而創造共同理想的生活！面對我們的困難越多，我們應該越英勇，祗有勇敢才能戰勝怯弱，祗有吃盡苦中苦，方能算人上人。我們唾棄依賴與貪鄙階級的可恥，我願愛以全力支持我的大人囑望的「潔身自好」之品德與殷念的「強健身體」，願愛為我最理想的「賢淑的伴侶」（父親語）。

　　關於房子問題，今日黃華兄帶信說要退定洋，我以早定了的事豈能開玩笑，故仍囑伊退去，說不定仍有麻煩的。關於工作問題，則宣傳處王副處長已有覆信，他說先有人介紹馬女士談過話，她如不來的話，就可以您報委，希望已成十分之一了。其他服務處也有缺，但要求錄事能繕寫的好，您願意試的話，可帶一份總理遺囑回來，油印後寫您做過沒有，我也擔心不能勝任的，當然不幹。

　　星期天午前九時在團部，九時後也許到克誠家中，午後二時到巴中組織部會議室舉行青年協會的月會。枰！我希望您能於星期日的晚前總有一次來面敘。好！祝您愉快！祝您

---

[3] 作者自書：存念，十一、廿六。

快樂！！

　　　　　　　　　　貽蓀敬上

　　　　　　　　　　十、廿六，午

　　哲文姊均候。

　　本日已另函後勤部端木副部長轉請徐總局長准予指調渝區工作，並函懇葛局長准予病假，以利進行請調，如再不成功，決不幹郵政矣。

後 記

王正明
王貽蓀、杜潤枰長女

　　記得自母親過世後，父親的身體狀況日益衰退，雖有妹妹正華從旁協助，但因我倆均在職中，仍深覺有所不足。俟我一屆滿服務年資，立即申請退休，可全心在家照料陪伴父親。

　　我們相處三年餘，罹有巴金森症的父親已身體僵硬、很少言語。在這之前只有妹妹尚能與他簡短談話，因妹妹常與他交談八年抗戰前後的問題，由此父親將其珍藏近七十年的日記、信件、證件……等交給妹妹。妹妹翻閱後，曾書寫三篇與書信等有關的研究報告，後因原本的其他研究工作，甚為忙碌無暇整理。而這些文件多為原始手工裝訂，已有鏽蝕、鬆脫現象，文字為行書或行草書寫，直接閱讀頗有困難，且有散落之虞，亟待整理保存和掃描存檔。

　　這事務性的整理、歸檔工作就落在我的身上，我利用父親睡回籠覺、午睡時間，專注的將這些文件，一一裝入分頁資料夾，並掃描建檔後，又逐頁逐字輸入電腦，建立電子文字檔案。

　　歷時兩年餘，父親的身體急遽衰退，我照顧的時間加長，而停頓了整理工作。待父親逝世後，雖恢復工作，但速度趨緩，再加二年後妹妹遽逝，我亦在其後二

年罹患重病，使我動力日衰。現身體雖已康復，但年歲漸長，後繼無人，正煩惱這批寶貴的抗戰民間史料，何去何從？

某日忽接獲一通電話，讓我重燃希望，是妹妹的老長官——國史館前館長呂芳上先生來電詢問：「因成立民國歷史文化學社，專門集結出版以抗戰時期為主的史料。願否提供正華發表研究報告的原始資料，協助整理並付印成書？」我當然欣然接受，立即簽約授權，並提供所有已整理與未整理的各類文件數十冊。

當年父親因祖父的臨別交代：「人在外地，兄弟姊妹要保持互相聯絡。」大哥（桐蓀）的提醒：「你要保存每一封接到的信。」所以父親從抗戰伊始到勝利還鄉，保存所有來往的信函和各類文件，大陸變色時，信函文件亦隨身攜帶來台，日後隨著職務、住家的變動，從高雄左營，而臺北市、中和、新店，遷移不下十數次，都妥為裝箱運送。記得有年九三暴雨，家中遭水淹至膝蓋上，損失了部分老照片和日記，殊為可惜。

這幾本日記是抗戰中期的，民國 28 年的日記是母親跟隨外祖父於民國 26 年底逃難至湖南長沙後，不願再隨家族返回老家——江蘇江陰，爭取留在後方找尋復學（初二輟學逃難）機會，經同鄉安排進入後方軍醫院擔任護士工作，安頓後所記錄的生活及就學奮鬥日記。一位十七歲的女孩獨力掙扎在因戰事受傷後送的傷兵世界，並努力尋求讀書機會，最終完成高中學歷，還進入嚮往的貴陽醫學院，但只就讀一學期，因經濟接濟不上而休學，為了生活考上郵局任職，成為她一生的職業，

但也因此認識父親結下良緣。父親則是在民國 26 年底隨祖父逃難到湖北武漢，進入湖北省政府辦理的鄉政人員訓練班，受訓後分發至江陵任職，後為尋求新出路轉往湖南沅陵，不意錯過考期，只得暫去電訊訓練班受訓，因表現優異獲得保送，正式進入軍事訓練班接受訓練。時已民國 30 年，他翔實地記下之後的軍旅的生活。希望父母在八年抗戰期間點點滴滴的手稿記錄，能為那一代苦難的中國人留下見證。也讓苦心保存這些文件的父親，在天之靈得到安慰！

在此非常感謝民國歷史文化學社社長呂芳上先生的賞識，暨全體工作人員的辛勞整理，使得父親、母親的珍貴手稿能出版面世，為八年抗戰留下片羽鴻爪，見證那個時代民間的實況和心聲。

民國日記 25

關山萬里情：王貽蓀、杜潤枰
戰時情書與家信（一）

Love Letters and Family Letters: Wang Yi-sun
and Tu Jun-ping on the Home Front - Section I

原　　　著	王貽蓀
編　　　者	民國歷史文化學社編輯部
總 編 輯	陳新林、呂芳上
執行編輯	李佳若
文字編輯	高純淑
審　　　訂	王正明
美術編輯	溫心忻

出 版 者　　🛡 **開源書局出版有限公司**

香港金鐘夏慤道 18 號海富中心
1 座 26 樓 06 室
TEL：+852-35860995

✳ **民國歷史文化學社**

10646 台北市大安區羅斯福路三段
37 號 7 樓之 1
TEL：+886-2-2369-6912
FAX：+886-2-2369-6990

銷 售 處　　**源流成文化 股份有限公司**

10646 台北市大安區羅斯福路三段
37 號 7 樓之 1
TEL：+886-2-2369-6912
FAX：+886-2-2369-6990

初版一刷　2019 年 11 月 30 日
定　　　價　新台幣 400 元
　　　　　　港　幣 115 元
　　　　　　美　元　15 元
I S B N　978-988-8637-40-9
印　　　刷　長達印刷有限公司

台北市西園路二段 50 巷 4 弄 21 號
TEL：+886-2-2304-0488

封面書法字來源出處：
中華民國國家發展委員會，CNS11643 中文標準交換碼全字庫
網站，http://www.cns11643.gov.tw